Paula Lambert

EINE FRAU MIT PENETRATIONS HINTERGRUND

Roman

Piper München Zürich

Mehr über unsere Autoren und Bücher:
www.piper.de

FSC
www.fsc.org
MIX
Papier aus verantwortungsvollen Quellen
FSC® C083411

Originalausgabe
Mai 2012

Satz: Kösel, Krugzell
Gesetzt aus der Minion
Papier: Munken Print von Arctic Paper Munkedals AB, Schweden
Druck und Bindung: CPI – Clausen & Bosse, Leck
Printed in Germany ISBN 978-3-492-27456-2

Für Liz Obletter und die Schwestern der Abtei S.
Vor allem Schwester R, die mir vieles beibrachte.

Sechs Monate, bevor sich die schwere Tür hinter mir schließt, sitze ich mit Mimi im Wartezimmer von Dr. Eugenides und beantworte Fragen in einem Psychotest. Mimi liest die Fragen vor, ich antworte.

»Sie haben eine erste Verabredung mit dem Mann Ihrer Träume«, liest Mimi, »was ziehen Sie an?

A) Einen knappen Mini. Schließlich soll er sehen, was er bekommt. B) Eine Bluse und eine Hose. Bloß nicht zu aufreizend. C) Ein Kleid, das meine Weiblichkeit betont, ohne zu sexy zu wirken. D) Irgendwas, er interessiert sich schließlich für meine inneren Werte. Also?«

Ich kann auf solche Fragen nicht antworten. Was Frauenmagazine angeht, habe ich eine Hirnblockade. »Ich verstehe die Frage nicht. Woher will ich schon vor dem ersten Date wissen, dass er der Mann meiner Träume ist?«

»Keine Ahnung. Du weißt es eben einfach.«

»Aha.« Das ist natürlich viel zu einfach. Wenn ich weiß, dass er mein Traummann ist, warum sitzen wir dann in einem Restaurant herum? Sollten wir uns nicht schwitzend in den Laken wälzen, einfach aus Freude darüber, dass wir uns haben? Sogar Romeo und Julia haben gevögelt, sobald die Amme mal kurz woanders hingeguckt hat. Und die waren minderjährig und kannten sich vom ersten Treffen bis zum Tod gerade mal fünf Tage. Das geht mir alles zu langsam.

»Ich nehme E: Ich ziehe gar nichts an.«

Mimi mag Testfragen in Frauenzeitungen. Unseren ersten gemeinsamen Psychotest haben wir mit zwölf ausgefüllt: »Finden Jungs dich süß?« Der Inhalt hat sich seitdem nicht verändert, außer, dass jetzt auch gevögelt werden darf. Dieser hier will wissen: »Sind Sie bereit für die große Liebe?« Ich ahne ungefähr, wie die Antwort lauten wird.

Mimi seufzt. »Nehmen wir die nächste Frage. Sie wollen ihm Ihre Liebe beweisen. Wie machen Sie das? A) Sie kaufen ihm einen Kasten Bier. B) Sie schenken ihm ein Buch, das Sie aus den schönsten Urlaubsfotos und Ihren Notizen selbst gebastelt haben. C) Sie buchen einen Wochenendtrip nach Paris, die Stadt der Liebe. D) Sie dekorieren das Bett mit Rosenblättern und geben sich ihm hin.« Das ist wirklich herrlich. Einmal habe ich die Sache mit den Rosenblättern ausprobiert. Das war, als ich noch jung war und den Blödsinn geglaubt habe, der in Frauenzeitschriften steht. Hinterher war das ganze Bett voller Blattläuse.

»Ich nehme A«, sage ich. »Mit dem Rest kann kein vernünftiger Mann etwas anfangen. Außerdem kann ich Schnittblumen nicht leiden.« Schnittblumen zu bekommen ist für mich das Gleiche, als würde man mir ein frisch überfahrenes Eichhörnchen überreichen. Ich will mir nichts in die Vase stellen, was kurz darauf anfängt zu faulen.

Mimi malt einen Schnörkel um meine Antwort. »Bitte sehr. Immerhin sind wir da einer Meinung. Nächste Frage. Mit welchem Makel könnten Sie am ehesten leben? A) Mit seinem ausdauernden Schnarchen. B) Mit seinen rustikalen Manieren. C) Mit seinem gewöhnungsbedürftigen Freundeskreis. D) Ich liebe einfach alles an ihm.« Mimi sieht mich erwartungsvoll an. Ich sehe die Sprechstundenhilfe erwartungsvoll an und hoffe, dass ich endlich ins Sprechzimmer darf. Die tippt aber gerade etwas in ihren Computer. Also zurück zu den Fragen. Mein Schlaf ist mir heilig. Ich verstehe nicht, warum Leute darauf bestehen, ihre Nächte damit zu verbringen, sich an einen anderen Menschen zu klammern und dessen körperlichen Auswürfen zu lauschen. Ich schlafe am liebsten alleine. Die Getrennte-Schlafzimmer-Theorie hat in mir eine militante Anhängerin gefunden. Aber die Leute hören ja nicht auf mich. Lieber wälzen sie sich morgens völlig übernächtigt aus dem Bett, um ihre Partner anschließend in Schlaflabore zu schleppen. Mimi weiß das. A fällt also aus.

»Okay, okay«, sagt sie. »B und C gehen auch nicht. D vielleicht?«

»Nein.«

»Aber warum nicht? Er ist schließlich dein idealer Partner!«

Mimi und ich kennen uns, seit wir Teenager sind. Wir sind so etwas wie Lara Croft und Terry Sheridan, zwei Seiten ein und derselben Münze. Ich sehe mich allerdings mehr auf der Lara-Croft-Seite. Mimi ist martialer. Wenn es ein Problem gibt, und auf dem Tisch liegen zur Klärung des Sachverhaltes ein Holzstab und ein Klappmesser, würde sie alles daran setzen, irgendwoher eine Bazooka zu organisieren. Ich habe keine Ahnung, woher ihr plötzlicher Hang zur Romantik kommt. Vielleicht ist es das Alter. Wenn das Leben einem erst mal die Kanten abgeschliffen hat, wird man milder.

»Ich kenne ihn doch gar nicht!«, rufe ich. »Warum soll ich alles an einem lieben, den ich gar nicht kenne?«

»Das ist doch nur ein Test!«, ruft Mimi zurück. Die Sprechstundenhilfe guckt hinter ihrem Tresen hervor. Vielleicht nimmt sie mich doch schneller dran. Nur der Ruhe wegen.

»Meinetwegen«, sage ich. »Dann nehme ich eben B.« Ich esse auch gerne mit den Fingern, und ein herzhafter Rülpser entspannt ungemein. Den Rest kriegt man hin, indem man sich mit dem Typen einfach nicht in der Öffentlichkeit blicken lässt.

»Okay, letzte Frage.« Mimi ist ihrem Ziel, der Erklärung meines bedauernswerten Familienstandes, jetzt ganz nahe. »Er möchte Ihnen einen Heiratsantrag machen. Was ist für Sie der schönste Ort dafür? A) Am Strand unter Palmen. B) In einem vollen Restaurant. C) An Ihrem gemeinsamen Lieblingsort. Oder: D) Im Rahmen einer Fernsehshow.«

»Oder: E) in Ihrem Schlafzimmer«, schlage ich vor. Sollte irgendjemand in diesem Leben auf die Idee kommen, mir einen Heiratsantrag zu machen, hoffe ich, dass er dabei so diskret wie möglich vorgeht. Wenn mein zukünftiger Exmann um meine Hand anhält, will ich auf keinen Fall irgendwelche Zeugen dabei haben. So was macht sich später schlecht vor dem Scheidungsrichter.

»Du bist ein hoffnungsloser Fall«, sagt Mimi und kritzelt irgendwas in die Tabelle, in der man die Gesamtpunktzahl des Probanden einträgt. Ich weiß jetzt schon, was dabei herauskommt. Aber es ist immer schön, das eigene Scheitern mit den Worten eines Experten erklärt zu bekommen.

»Sie sind von einer festen Bindung meilenweit entfernt«, liest Mimi vor. »Sie kennen nur ein Wort: Ich. Und noch mal Ich. Zu teilen fällt Ihnen schwer – sich anzupassen auch. Wo andere nach Harmonie streben, gehen Sie stur auf Konfrontationskurs. Das macht Sie zu einem interessanten, aber unbequemen Partner. Versuchen Sie es doch mal mit ein bisschen Zärtlichkeit.«

»Das steht da?«

»Wort für Wort.«

Erstaunlich. Wirklich erstaunlich.

Die Sprechstundenhilfe schaut über den Rand ihrer kleinen Theke. Wie eine Schnappschildkröte, kurz bevor sie sich eine Maus holt.

»Frau Lambert?«

»Ja?«

»Dr. Eugenides erwartet sie.«

†

U*m 1880 meldete der Arzt* Dr. Joseph Mortimer Granville in London den ersten mechanischen Vibrator zum Patent an. Der Arzt litt an einer dauerhaften Sehnenscheidenentzündung der rechten Hand, die von der Behandlung seiner Patientinnen herrührte. Granville hatte sich als Therapeut der weiblichen Hysterie einen Namen gemacht. Die Symptome reichten von Schlaflosigkeit über Reizbarkeit und Nervosität bis hin zu übermäßiger Feuchtigkeit der Vagina. Die gängige Therapie bestand aus einer manuellen Massage der Vulva und Klitoris. Das Ergebnis, der *hysterical paroxysm*, war den männlichen Ärzten unerklärlich. Die Patientinnen gaben quiekende Geräusche von sich, krampften oder stöhnten. »Im Anschluss an die Behandlung wirkt die Patientin entspannt, fast sediert«, notierte ein Assistent das verblüffende Ergebnis. Damals galt der Orgasmus als eine Fähigkeit, die allein den Männern vorbehalten war. Die Praxen von Ärzten wie Dr. Granville waren übervoll. Manchmal frage ich mich, ob wir wirklich so viel weiter gekommen sind.

Der Stuhl, in dem ich jetzt liege, sieht aus, als hätte ihn Dr. Granville noch persönlich zusammengeschraubt. Die Fußschalen sind aus Stahl gefertigt, das Gestell ist ein weiß lackiertes Metallgestänge und hat ungefähr die gleiche Temperatur wie Trockeneis. Als ich hinaufsteige, laufen blechern klingende Echos durch das ganze Ding. Viele Frauen suchen sich einen weiblichen Gynäkologen, weil sie sich schämen. Ich gehe immer zu Männern. Wenn ich mir schon von einem Fremden zwischen die Beine starren lasse, will ich wenigstens sicher sein, dass derjenige ein bisschen Spaß dabei hat. Dr. Eugenides ist so jung, dass ich ihn gerne an meine Brust drücken möchte, um ihn ein bisschen aufzupäppeln. Er kommt frisch aus dem Krankenhaus und hat die Praxis voll möbliert einem Arzt abgekauft, der offenbar an Altersschwäche eingegangen ist. An der Wand neben der Tür hängt ein Rahmen, in den Dr. Eugenides die passende Urkunde zum Promotionsthema geheftet hat: *The role of cancer stem cells in triple negative breast cancer related chemoresistance.* Er ist also nicht nur jung, sondern hat auch noch ein Herz für das menschliche Leben. Wirklich erfrischend. Dafür hat er sich ein paar putzige Patientinnen verdient. Ich leiste nur ein bisschen Starthilfe. Monatlich. Weil er so nett ist.

»Na, wie geht's uns denn heute?« Der Krankenhausjargon hat sich noch nicht ganz abgeschliffen. Ganz der zuverlässige Onkel.

»Ich bin nur zur Kontrolle hier«, sage ich. Statt einer hübschen Unterhose trage ich einen blauen Schlüpfer, auf dem in großen, silbrig glitzernden Buchstaben steht: »Hallo, wie geht's?« Menschen in unbehagliche Situationen zu bringen ist eine meiner größten Leidenschaften. Dr. Eugenides guckt schnell weg und klappert mit dem Besteck, das er freundlicherweise in eine Nierenschale mit warmem Wasser legt. Ich ziehe in der Zwischenzeit den Slip aus. Er hat seinen Moment gehabt.

»Dann wollen wir mal«, sagt der Doktor mit so viel Schwung in der Stimme, als hätte er vor, einen Reifen zu wechseln. Mit weit gespreizten Beinen auf einem hässlichen Stuhl zu liegen und den Unterleib mit Metallklemmen aufgestemmt zu bekommen ist nichts, was ich täglich brauche. Aber mir gefallen die kleinen Details, die drum herum passieren. Ich mag es, wenn die Sprechstundenhilfen ohne anzuklopfen hereinkommen, um Karteikarten zu holen. Mir gefällt, wie neutral sie dabei gucken. Wie sie sich darum bemühen, einen routinierten Blick auf die Vulva der Stunde zu werfen und dann wieder rauszumarschieren. Wahrscheinlich gewöhnt man sich mit der Zeit an alles. Das Leben der Menschen wird von Routine zusammengehalten. Ich habe mich nie an irgendwas gewöhnen können. Wenn man der Routine ab und zu einen Stein in den Weg legt, wird es deutlich interessanter.

Dr. Eugenides werkelt umständlich mit dem Besteck, während er gleichzeitig versucht, seine Armbanduhr in mir verschwinden zu lassen. Eine Weile murmelt er vor sich hin, dann stockt er plötzlich. Er zieht das Besteck heraus und legt es in die Nierenschale zurück. Dann nestelt er an seinen Handschuhen.

Es gibt zwei Arten des Innehaltens. Die erste ist die freudige Variante. Man sieht plötzlich einen lang vermissten Freund auf der Straße. Man vergleicht die Lottozahlen und merkt, dass man sechs Richtige hat. Dann gibt es noch die andere Variante: Man hebt ein Loch für ein Haus aus, und der Bagger stößt auf etwas Hartes. Einen Bunker. Oder eine Bombe aus dem Zweiten Weltkrieg, bei der der Zünder freiliegt. Das Innehalten von Dr. Eugenides gehört eindeutig zu der zweiten Sorte.

»Was ist los?«

»Nichts.« Er zögert, als würde er noch etwas sagen wollen, und hätte es sich dann anders überlegt. »Es ist nichts.« Wir wissen beide, dass er lügt.

»Dr. Eugenides«, sage ich sehr freundlich. »Sie haben gerade bis zum Ellenbogen in meiner Vagina gesteckt. Wir sind also intim gewesen. Wenn irgendwas nicht in Ordnung ist, können Sie es mir ruhig sagen. Ich bin erwachsen.«

Sein Gesicht verbiegt sich, und für einen Moment sieht er aus wie ein Schuljunge, dem man gerade die Löffel langgezogen hat. Dann hat er sich wieder im Griff.

»Es ist nur ein Gedanke, der mir gerade kam. Nichts wirklich Wissenschaftliches.« Er probiert ein Lächeln. Offenbar fühlt er sich auf dem Gebiet jenseits der Ratio nicht sehr wohl. Weil ich nichts sage, muss er wohl oder übel weitersprechen. »Ich habe mir Ihre Vagina angesehen«, sagt er. »Das Vestibulum vaginae ist schön rosig, die Cervix geschlossen, die Flora intakt. Alles in Ordnung so weit. Aus medizinischer Sicht. Aber dann überkommt mich plötzlich so ein Gefühl. Zuerst ist es also nur ein Gedanke, aber er geht nicht weg. Ich sehe also noch mal genau hin. Pars posterior, Pars anterior, alles okay. Aber der Gedanke geht immer noch nicht weg.«

Ich unterbreche ihn nicht. Einmal habe ich als Testperson an einer Versuchsreihe an der Universität teilgenommen. Die Studenten sollten mit Quizfragen herausbekommen, an welcher seltenen Immunkrankheit wir litten. Morbus Wilson, Schnitzler-Syndrom, Kostmann, Wiscott-Aldrich. Was ihnen am meisten Spaß machte, war, mit lateinischen Fachbegriffen um sich zu werfen. Wenn ein Arzt einem sagen will, dass man bald einem Krebsleiden erliegt, ist Respekt geboten. Ich ermuntere Dr. Eugenides also mit einem Nicken, weiterzumachen.

»Dann, als ich das Besteck rausziehe, kommt ein Bild dazu. Nicht verschwommen, sondern ganz klar.« Für den Rest schämt er sich. Seine Lippen pappen zusammen. Als hätte er statt Labello Sekundenkleber draufgeschmiert.

»Dieses Bild hat also etwas mit mir zu tun«, schlage ich darum vor. Aber ich tappe vollkommen im Dunkeln.

»Es ist, wie gesagt, nichts wirklich Wissenschaftliches.«

»Damit kann ich leben.«

Er holt noch mal tief Luft. »Es ist Ihre Vagina«, sagt er dann. »Ich glaube, sie hat Sehnsucht nach Liebe.«

†

Arthur *Schopenhauer* hat einmal geschrieben: »Alle wahre und reine Liebe ist Mitleid, und jede Liebe, die nicht Mitleid ist, ist Selbstsucht.« Ich weiß nicht, ob er recht hat. Aber ich weiß, dass mir die Liebe Angst macht. Vielleicht liegt es daran, dass ich Belege der Liebe nur aus zweiter Hand kenne. Meine Eltern gehören nicht zu denen, die sich mit 80 voller Zuneigung gegenseitig die Windeln wechseln werden. Sie sind zusammen, weil es zu kompliziert wäre, die Steuerbescheide auseinanderzupflücken.

Also habe ich mich an Filme gehalten. Das Problem ist, dass die meisten Liebesfilme schlecht ausgehen, selbst dann, wenn es ein Happy End gibt. Nehmen wir zum Beispiel »E-Mail für dich«. Tom Hanks spielt darin einen stinkreichen Buchladenmonopolisten, der sich in eine relativ erfolglose, aber liebevolle Buchhändlerin verknallt, was er aber nicht weiß, denn die beiden schreiben sich zunächst unter Decknamen nur E-Mails. Im wahren Leben killt er ihren Shop aus gnadenloser Profitgier, merkt aber gleichzeitig, dass er die kleine Buchhändlerin liebt. Und sie ihn. Ein Happy End also, aber leider eines, das einen hässlichen Beigeschmack hat. Sie hat schließlich keine Existenzgrundlage mehr, sondern nur einen Knacker mit unglaublich viel Geld. In Zukunft wird ihr nichts anderes übrig bleiben, als mit seiner Kreditkarte shoppen zu gehen, den einen oder anderen Ladies Lunch zu besuchen und sich mit *Cosmopolitans* zu betäuben. Davon wird sie über kurz oder lang schrecklich bitter werden, ihre Mundwinkel werden anfangen zu hängen, und er wird beginnen, mit einer Bibliothekarin frisch von der Uni zu vögeln, weil er keine mies gelaunte, verbraucht aussehende Tante will, die ihm den ganzen Tag Vorwürfe macht. Ich fasse zusammen: Mann gewonnen, Buchladen und Selbstachtung verloren, und als wäre das alles nicht schon genug, muss sie sich auch noch alle sechs Monate zum Schönheitschirurgen begeben, um die verdammten Mundwinkel in den Griff zu kriegen.

Oder »Titanic«. Schöne junge Frau aus gutem, aber mittellosem Hause soll für einen zünftigen Preis an einen neureichen Heini verscherbelt werden, verliebt sich aber, während der Kahn unaufhaltsam dem sicheren Ende entgegenschippert, in einen knackigen armen Künstler, von dem sie sich in einem unter Deck geparkten Auto entjungfern lässt. Dann sinkt das Schiff, der junge Kerl erfriert, und sie steht ohne Jungfräulichkeit und Familienanschluss da. Kurz: Mann gewonnen, dann verloren, Jungfräulichkeit futsch und damit die Chancen auf dem Heiratsmarkt quasi gleich null, Mutter weg, vermutlich abgefrorene Zehen wegen der verdammten Kälte. Und dann, am Ende, schmeißt sie den Klunker, der ihr und all ihren Freunden ein Leben in Saus und Braus beschert hätte, achtlos ins Meer.

Und »Pretty Woman«: Eine junge Frau mit Penetrationshintergrund, die aber eigentlich nur keine Zeit hat, was Vernünftiges zu machen, gabelt einen reichen Macker mit Höhenangst und Vaterkomplex auf. Penetrationshintergrund ist übrigens ein super Wort. Da kann sich meine Freundin mit Migrationshintergrund gehackt legen, wenn ich dazu komme und sage: Hallo, ich bin Paula, eine Frau mit Penetrationshintergrund. Das dürfte ungefähr die gleiche Wirkung haben, wie wenn ich sage: »Sie sind nicht depressiv.

Sie haben einfach nur ein beschissenes Leben.« Aber ich schweife ab. Nachdem sie sich ein paar Tage lang von allen Leuten runtermachen lässt, schlüpft sie in ein hübsches Kleid und wirft mit Schneckenhäusern um sich, woraufhin sich der reiche Kerl denkt, ach kuck mal, die kann ja richtig ulkig sein. Und außerdem kann Molly the Lolly natürlich noch ein paar Tricks, die die Weiber aus dem Country Club nicht drauf haben, weshalb der Macker beschließt, sie zu behalten. Und in einem lichten Moment sagt sie: »Nein danke, ich will lieber würdevoll leben als den Rest meiner Tage von deinen widerlichen Freunden wegen meines Jobs angegrapscht werden.« Leider lässt sie sich dann doch noch mit ein paar billigen Schnittblumen und einem Auto aus dem Hotelfuhrpark rumkriegen. Fortan wird sie in einem schicken Penthouse sitzen und bei jeder Party Streit bekommen, weil irgendein Kerl von ihrer kleinen Ich-AG gehört hat und versucht, einen Rabatt zu kriegen. Ihr Mann wird in eine unschöne Serie von Schlägereien verwickelt und zu einer sechsmonatigen Haftstrafe verurteilt. Hinterher ist er natürlich seine Kunden los, muss Stück für Stück seine Häuser, Wohnungen und Autos verschachern, und wenn sie beide Ende 50 sind, steht sie wieder an irgendeinem Straßenstrich, um genug Geld fürs Frühstück und die Miete reinzuholen.

Wie gesagt, die Liebe macht mir Angst. Vielleicht sehe ich auch nur die falschen Filme. Aber wenn ich mich zwischen Vollkontakt mit einem spanischen Inquisitor und einem hilflos flatternden Herzen entscheiden müsste, würde ich mit ziemlich großer Wahrscheinlichkeit den Inquisitor nehmen. Ich mag es, wenn die Qualen vorhersehbar sind.

Mit einer Vagina, die Sehnsucht nach Liebe hat, ist natürlich alles anders.

Ich muss Mimi aus der Praxis schleifen, was ziemlich kompliziert ist, weil sie mindestens 20 Kilo schwerer ist als ich. Wir schwanken wie zwei Matrosen, die nach ein paar knackigen Seestürmen zum ersten Mal wieder Land unter den Sohlen spüren. Ich ächze. Mimi wird von Lachkrämpfen geschüttelt. Ich kneife sie in den Arm und sage: »Reiß dich zusammen.« Die alte Frau, die sich im Treppenhaus an uns vorbeischiebt, packt den Bügel ihrer Handtasche fester. Das hat man davon, wenn man zu ganzheitlichen Ärzten geht.

†

D*as Testergebnis einer Frauenzeitschrift* halte ich gerade noch aus, aber ein weissagender Gynäkologe ist an diesem Tag zu viel für meine Nerven. Ich brauche jetzt was zu trinken, und zwar etwas, das stärker ist als Kräutertee. Wir gehen in die nächste Eckkneipe und bestellen zwei Bier.

»Ihr täuscht euch in mir und meiner Vagina«, sage ich zu Mimi. »Ich gebe ihr viel Liebe. Und mir selber auch. Tatsächlich bin ich die ganze Zeit verliebt. Denk nur an diesen Typen, mit dem ich im Herbst ausgegangen bin. Benno. Das hätte wirklich was werden können, wenn er nicht so selten gelacht hätte.«

»Erstens«, sagt Mimi, »hieß er Bernhard. Und zweitens hast du gesagt, er sei im Wesentlichen ein hübscher Dildo, der dir die Restaurantbesuche bezahlt. Das ist nicht Liebe, das ist Kapitalismus.«

»Fein, dann eben der aus dem letzten Jahr, mit dem wir segeln waren. Mit dem habe ich sogar über unsere Hochzeit gesprochen.«

»Ja, und dann hast du ihn rausgeschmissen.«

»Aber doch nur, weil er mich fast umgebracht hat. Jedes Mal, wenn er mich geleckt hat, hat es sich angefühlt, als würde er versuchen, mir die Gebärmutter rauszusaugen. Ich hatte berechtigte Angst um meine Fortpflanzungsorgane!«

»Und was ist mit dem Filmheini?« Mimi will es jetzt offenbar wirklich wissen. Ich erinnere mich an keinen Filmheini. Sie könnte diesen Schauspieler meinen. Ich schlage ins Blaue und warte ab, ob ich treffe.

»Du meinst diesen Blonden? Also bitte, wir lagen stundenlang nackt nebeneinander und hatten keinen Sex. Entweder er war schwul, oder er wollte mich respektieren. Und keines von beidem passt in mein Bett.«

»Du musst den Leuten auch mal eine Chance geben, sich zu entfalten!«

»Was meinst du mit entfalten?«, sage ich. »Ich will keine verdammten Schmetterlinge in meinem Bett, ich will einen Mann!«

Die Männer im Pub sehen inzwischen alle zu uns rüber. Vielleicht wegen der Schmetterlingssache. Vielleicht, weil sie einfach ihre Ruhe haben wollen.

»Ich kann lieben«, sage ich darum leiser, »es ist nur so, dass ich nie den Richtigen treffe. Ich kann nichts dafür. Das ist Schicksal.«

Mimi fasst meine Hand und hält sie davon ab, weiter mit dem halb vollen Bierglas herumzufuchteln. »Meine Liebe, glaub mir, Schicksal ist, alleine auf einer Insel zu landen, wo du niemanden zum Reden hast außer einem Volleyball. Was du durchmachst, ist kein Schicksal, sondern ausgelebte Bockigkeit. Der gute Amor ballert einen Pfeil nach dem anderen auf dich, als hätte er nichts Besseres zu tun. Aber du wischst die Dinger einfach ab, als würdest du eine Rüstung aus Stahl tragen. Du wirst ihn noch umbringen.« Sie sagt das sehr freundlich, boxt mir aber mit der freien Hand kräftig gegen die Schulter.

»Du liegst völlig falsch«, sage ich. »Ich passe nur auf, dass mich keine Streifschüsse erwischen. Von den Dingern kriegt man nämlich Infektionen.«

†

Zu *Hause* sehe ich mir als Erstes im Spiegel meine Vagina an. Ich finde, sie macht einen durchaus fröhlichen Eindruck. Tatsächlich glaube ich, dass sie mir aufmunternd zulächelt. Ich habe zumindest schon traurigere gesehen. Es gibt von jedem Körperteil zwei Versionen, eine fröhliche und eine traurige. Zum Beispiel weiß man, wenn man hinter Menschen herläuft und einen Blick auf ihren Arsch werfen kann, sofort, mit wem man es zu tun hat. Fröhliche Ärsche haben eine lebensfrohe Prallheit. Alles an ihnen scheint irgendwie nach oben zu zeigen, und wenn man sich ein bisschen seiner Phantasie hingibt, kann man sich vorstellen, dass sogar der Stuhlgang einem fröhlichen Hintern viel leichter fällt. Im Gegensatz dazu sind Menschen mit einem traurigen Arsch mit großer Wahrscheinlichkeit angestrengte Presser. Sie halten ein, bis sie Gänsehaut auf den Unterarmen kriegen, ihre Pobacken sind, selbst wenn sie beleibt sind, irgendwie schlaff und nach innen gewandt. Es gibt keine Jeans, die einen traurigen Arsch in Form bringen kann, und das ist ein Glück. Mit Leuten, die traurige Hintern haben, mache ich nämlich keine Geschäfte. Und ich würde lieber Schneeengel in einem Pool voller Elefantenscheiße machen, als mit so einem ins Bett zu gehen.

Das Gleiche gilt vermutlich auch für Vaginas. Ich habe mir noch nicht genügend angesehen, um empirische Vergleiche anstellen zu können, aber ich bin ziemlich sicher, dass meine sehr, sehr glücklich wirkt. Optimistisch. Yes, we can!

Zur Sicherheit schlucke ich vor dem Zubettgehen ein Antidepressivum.

In der Nacht erscheint mir meine Großmutter im Traum. Sie sagt nichts, aber sie wedelt vor mir herum, als würde sie versuchen, Algen in einem See zur Seite zu stoßen. Ihr langes rotes Haar wabert, und ich sehe durch die rosafarbene Hose und das T-Shirt überdeutlich ihre Konturen.

Meine Großmutter kannte sich mit Sex aus. Ihren ersten Orgasmus hatte sie mit 69, und es muss für sie in etwa das Gleiche gewesen sein, wie wenn einer spanischen Nonne die Muttergottes erscheint: Sie konnte einfach nicht aufhören, davon zu reden. Sie sprach zu ihren Töchtern über die Vorzüge des oral provozierten Orgasmus und dozierte ihren Söhnen zum Thema Ausdauer. Die Einzige, die von den Details verschont blieb, war ich. Zumindest was das Reden betraf.

Manchmal, wenn es in ihrer Zwei-Zimmer-Wohnung ganz still war, konnte man hören, wie in der Nachbarwohnung etwas an der Wand schabte. Wahrscheinlich standen die Nachbarn dahinter mit einem Becher am Ohr. Die Wohnung war mit den bräunlichsten Möbeln eingerichtet, die ich jemals gesehen habe. Sie waren so braun, dass sie jedes andere

Lichtspektrum einfach verschluckten. In der Wohnung kam man sich immer vor, als würde man in einem frischen Klumpen Erde hausen.

Wir waren eine Menge Enkel, bestimmt ein Dutzend, aber ich war die Einzige, die die Ferien bei ihr verbringen musste. Es war so, als hätte die Familie beschlossen, ein Opfer zu bringen, damit alle anderen ihre Ruhe hatten.

Ich bekam gerade Brüste, da klebten am Kopfteil ihres Bettes plötzlich zwei silbern glitzernde Buchstaben.

»Wer ist B?«, fragte ich.

»B bin ich«, sagte meine Großmutter. »B wie Barbara.«

»Und wer ist D?«

»D ist Dirk.«

»Wer ist Dirk?«, fragte ich.

»Das verstehst du noch nicht.« Das sagte sie immer, wenn ihr etwas unangenehm war oder sie keine Lust hatte, darüber zu sprechen.

»D« war 34 Jahre alt. Er fuhr Busse voller Seniorinnen von Sehenswürdigkeit zu Sehenswürdigkeit. Meine Großmutter war 69. Sie hatte ihn auf einer Tour durch den Spessart kennengelernt. Ich nehme an, dass er in vielen Städten Übernachtungsmöglichkeiten hatte, aber meine Großmutter besuchte er häufiger. Sie fing an, ihr Haar wachsen zu lassen und es rot zu färben. Dazu trug sie Kleider und Hosen in verschiedenen Pinktönen. »D« schrieb ihr den Namen einer Creme für ein elastisches Dekolleté auf ein Papier, meine Großmutter schrieb meiner Mutter Briefe über die Freuden des späten Orgasmus. Das war ungefähr die Zeit, zu der meine Mutter anfing zu trinken.

Manchmal denke ich darüber nach, was »D« an »B« gefallen hat. Vielleicht war er auf ihr Bankkonto aus. Vielleicht mochte er einfach alte Frauen, die sich seltsam kleiden. Was er nicht wissen konnte, war, dass die Großzügigkeit meiner Großmutter nicht ganz so ausgeprägt war wie ihre Orgasmusfreude. Wenn Sie etwas verschenkte, dann war es meistens schon gebraucht. Ein Schneebesen oder ein Schuhlöffel zum Geburtstag, eine Brotdose zu Weihnachten. Dazu steckte sie eng beschriebene Karteikarten voll umständlicher Abkürzungen und seltsamer Sätze, in denen sie die Bedeutung des Geschenks herauszuarbeiten versuchte. »M. d. Brotdose habe ich vorzgl. Nachmittage auf dem Feldberg verbr.«, oder »Denk a. Aschenputtels Schw., wenn d. einen Schuhlöffel gehabt hätte! Den hier habe ich 1972 bei Woolworth im Schlussverkauf gkft. und nur 2, 3 mal benutzt. Er ist also NEU!«

Ich weiß nicht genau, was meine Großmutter »D« geschenkt hat. Aber irgendwann zwischen einer Volker-Lechtenbrink-Kassette (»Schon s. o. gehört. Was f. e. Stimme!«) und einem Potpourriset von Tchibo

(»Nur kurz ausgep., aber dann daran ged., wie herrlich das in DEINE Whg passt.«) muss er aufgegeben haben. Sie ersetzte ihn durch einen älteren Mann, der Hans hieß. Er war 40.

Ich weiß nicht, ob sie die Buchstaben am Kopfende jemals entfernt hat. Vielleicht war die Zeit zu knapp, und außerdem hat meine Großmutter nie Wert auf Takt oder gutes Benehmen gelegt. »Aber bitte, das macht doch nichts«, wird sie zu Hans gesagt haben. »Dann nennen wir dich eben Donnie, wie in dem Film. Ein Gigolo bist du allemal«.

In meiner Familie gibt es niemanden, der mir sagt, ich wäre aus der Art geschlagen.

†

A*m Morgen nach Dr. Eugenides' Vaginaanalyse* nehme ich mir die Kiste mit den Tagebüchern und Kassetten meiner Großmutter vor. Ich habe die Bänder seit ihrer Beerdigung vielleicht dreimal angehört und da auch nur, um meine Mutter mit ein paar Zitaten zu erschrecken. Der Inhalt der Kiste besteht aus vier in Kalbsleder gebundenen Büchern, ein paar Dutzend Briefen und Postkarten und 24 auf Kassetten gesprochenen Briefen. Das Papier der Bücher ist gelb und an manchen Stellen dünn wie Blätterteig. Aber ich kenne die Geschichte in Auszügen. Wenn meine Großmutter getrunken hatte, wurde sie nicht nur beleidigend, sondern auch redselig.

Zum ersten Mal geboren wurde meine Großmutter am 2. September 1919 als Frieda Johanna von Issendorf in einer Mischung aus Panik und Hoffnung. Die Panik war berechtigt: Meine Urgroßmutter wollte kein Kind, nicht mal einen Jungen, und da ihr die Schwangerschaft nicht erspart blieb, hatte sie zumindest vor, im Kindbett zu sterben. Die Hoffnung nicht: Mein Urgroßvater erwartete einen Sohn, der einmal die Geschäfte übernehmen würde – eine von vielen Fertigkeiten, auf die sich Otto Wilhelm von Issendorf nicht im Geringsten verstand. Nach einer Nacht voller Schreie und dem lauen Spätsommerwind, der durch die geöffneten Fenster hereindrang, war meine Urgroßmutter immer noch am Leben. Und in der Wiege lag nach meiner Großmutter, ein feistes, unverschämt rosafarbenes Kind, das sich weigerte zu sterben und sogar die Typhusepidemie im Frühjahr darauf überstand, in dem es einfach noch dicker wurde.

Die Issendorfs besaßen im Westhavelland gut 40 Hektar Land, auf denen sie Kartoffeln und Gemüse pflanzten. In den Stallungen standen 100 Stück Milchvieh. Klein-Friedas Haar wurde von einer Gouvernante namens Cäcilie jeden Morgen mit 100 Bürstenstrichen bearbeitet und zu einer Frisur geflochten, bei der die Kopfhaut zu bluten begann. Die Mutter saß meist am Fenster und starrte auf das Grün und die Bäume, die darauf wuchsen. Den Wunsch, aufzubegehren, betäubte sie mit dem milchigen Inhalt einer kleinen Flasche, die ihr der Viehdoktor gegen ihre Rückenschmerzen mitbrachte. Das Fläschlein immer zur Hand, saß sie täglich auf dem Stuhl am Fenster, als könne sie nicht atmen, sondern müsse sich stattdessen mit kleinen Schlucken den lebensnotwendigen Sauerstoff zuführen, wie ein Taucher an seinem Mundstück saugt, um unter Wasser nicht zu sterben.

Zu viele Obstbäume können deprimierend sein. Im Frühjahr betäubt die Süße des Blütenduftes die Sinne. Im Spätsommer breitet sich ein dumpfer Geruch aus, der von dem Fäulnisprozess der im Gras gärenden Früchte stammt. Den ewigen Kreislauf des Lebens vor Augen, dauerte es trotzdem Jahre, bis meine Urgroßmutter den Mut fand, sich an einem von ihnen aufzuhängen. Zu ihren Füßen lag eine bis auf den letzten Tropfen geleerte Flasche Laudanum.

Wenn man anderer Leute Tagebücher liest, fühlt man sich automatisch schuldig. Während ich lese, sehe ich mich ständig um, obwohl ich ihre Asche eigenhändig verstreut habe. Wenn auch nicht so, wie ursprünglich geplant.

»3. April 1932. Mit dem Herrn Vater über die Felder gejagt. Ein herrliches Gefühl! Leider stolperte das Pferd – sein Pferd –, und er riss sich an einem Zwetschenbaum das linke Ohr ein. Der Vater, nicht das Pferd. Es hat sehr geblutet, ich habe ihm mein Taschentuch gereicht, und dann ging es schon.«

»6. April 1932. Das Ohr sieht arg aus. Der Vater sagt, es ist nur ein bisschen entzündet, und ich soll Spülungen mit Kamillenwasser machen. Aber wenn ich daran rühre, kommt ein gelber Brei heraus, der nicht gut riecht. Habe das Mädchen nach dem Viehdoktor geschickt, wir erwarten ihn morgen früh.«

»7. April 1932. Was für ein grausiges Unglück. Vorhin musste der Herr Doktor dem Vati das Ohr abschneiden. Er hat gesagt, dass der Vati sonst stirbt. Wie man an einem entzündeten Ohr sterben kann, weiß ich nicht. Wie der Vater geheult und geschrien hat, das war nicht sehr schön. Das Mädchen hat ihm ein großes Glas Schnaps gegeben, da war er dann ruhig.«

An dieser Stelle fehlen ein paar Seiten. Jahre. Jemand hat sie säuberlich mit dem Lineal herausgerissen. Ich weiß aber, dass die Ohrlosigkeit meines Urgroßvaters dazu führte, dass der Hof langsam verfiel. Ich weiß, dass er das bisschen kaufmännisches Geschick nun endgültig entschlafen ließ und stattdessen dem Glücksspiel verfiel. Als wäre seine Kaufmannsehre mit dem Ohr abgetrennt worden. Nachdem der Hof vom jüngeren Bruder meines Urgroßvaters übernommen worden war, ging er in den Stall und schlang ein Seil um den Balken, der das

Gebäude in zwei Teile trennte. Links die Kälber, rechts die Kühe. In der Mitte mein Urgroßvater, der dort wie eine Lampe baumelte, bis ihn der Knecht mit einem Schlachtbeil zurück auf den Boden holte.

Um ihre Chancen auf dem Hochzeitsmarkt nicht zu gefährden, feierte meine Großmutter ihre eigene Wiedergeburt. Am 23. April 1940 fuhr der Zug aus Leipzig pünktlich um 15 Uhr 23 auf Gleis 2 des Berliner Anhalter Bahnhofs ein. Aus Wagen 3 stieg Barbara Jahn, eine Frau, deren Vergangenheit erst fünf Tage alt war. Fünf Tage, seit sie ihre gefälschten Papiere aus einer Werkstadt in Borna abgeholt hatte, die so dreckig war, dass sie eher geeignet schien, schmutzige Dampfmaschinen zu reinigen als eine befleckte Familiengeschichte.

Der Name bedeutete nichts. Sie hatte ihn aus dem Fernsprechbuch gesucht, den Vornamen blind mit dem Finger ertastet und dann auf gut Glück den Nachnamen hinzugefügt. Was ihre Geschichte anging, so war ihr Wunsch eindeutig: Sie hatte keine, und sie wollte keine. Irgendwer hat dann ein Foto von der jungen Frau gemacht. Der Zug ist im Hintergrund zu sehen, sie steht vorne, die Beine kokett gekreuzt, das lange Haar legt sich in steifen Locken über einen Fuchs, den sie vor der Abfahrt gegen ein paar Ohrringe getauscht hatte. Man sieht, dass ihr Haar, bevor sie es später rot färbte, den gleichen Ton von fauligem Teakholz hatte wie meines. Auf der

Rückseite des Bildes steht in sich verkeilenden Buchstaben: »Endlich, Ankunft Berlin, Anhalter Bhf! Glücklich u. s. aufgeregt!«

†

B*arbara Jahn* war eine unzerstörbare Überlebende. Sie kochte wässrige Suppe aus Gemüseresten, die sie hinter Krämerläden fand, und vergaß dennoch nie, sich die Fingernägel zu maniküren. Wenn sie sich abends ausführen ließ, kam sie am Kurfürstendamm aus dem Haus mit der Nummer 192 mit damenhaften Schritten herausgetrippelt, als habe sie sich gerade noch oben in der Wohnung frisch gemacht. Tatsächlich versorgte sie den Portier mit Zigaretten und ein wenig Flirterei, damit er ihr hin und wieder die Tür aufhielt und so tat, als sei sie eine geschätzte Mieterin des Hauses. In Wahrheit teilte sie sich ein feuchtes Zimmer in der Ohlauer Straße, wo sie sich nachts in einem quietschenden, fleckigen Bett hin und her warf und unruhig auf die Atemzüge ihrer Mitbewohnerin lauschte, die scharf auf ihren Fuchspelz war.

Sie nahm den dritten Mann, der ihr ernsthafte Avancen machte. Er war ein Jahr älter als sie und Feldwebel bei der Wehrmacht. Es gibt ein Foto von ihr aus der Zeit, von schräg unten geschossen. Die

Aufnahme muss bei einem Landausflug gemacht worden sein. Sie trägt ein wahnwitzig kurzes Kleid und einen Blumenstrauß im Arm. Das offene lange Haar zeigt Bewegung, als wäre ein sanfter Wind über die Wiese gestrichen. Sie lächelt in die Ferne, aber die Ernsthaftigkeit konnte sie nicht aus dem Gesicht tilgen. Wieder hat sie auf die Rückseite etwas notiert, diesmal in der dritten Person, als würde sie von einer Frau sprechen, die sie nur flüchtig kennt. »Hier sehen wir Barbara J., jung und soooo glckl. verliebt.« Sie heiratet Ernst Kaminski am 2. Oktober 1941.

Barbara Jahn wählte sich einen Mann, und es war der falsche.

»3. September 1942. Gestern ist Ernst erst spät ins Bett gekommen. Ich habe getan, als würde ich schlafen, aber er hat mich dennoch an meine Pflichten erinnert. Manchmal habe ich Schmerzen dabei. Ich würde gerne etwas sagen, aber ich getraue mich nicht, weil er sofort laut wird. Und ich weiß ja, wie dünn die Wände hier sind. Mallwitzens von nebenan höre ich immer streiten, dabei hat er endlich wieder eine feste Anstellung gefunden. Dann hat das Baby geweint, und er hat schnell fertig gemacht, damit ich nach Reinhold sehen konnte.«

»22. März 1944. Vor zehn Tagen ist Margarethe geboren worden. Ich nenne sie Madga, das ist so ein schöner Name. Ernst sagt, dass sie ganz schiefe Augen hat, und wenn ich genau hinsehe, merke ich, dass er recht hat. Das hat sie aber nicht von mir, das kommt aus seiner Familie. Er sagt, dass sie hässlich ist und niemals einen Mann finden wird. Ich hoffe, der Krieg dauert noch lange, dann bleibt er fort.«

»12. Dezember 1946. Heute habe ich Post aus dem Gefangenenlager bekommen. Es geht ihm gut, und er bekommt genug zu essen. Manchmal habe ich gedacht, wie es wäre, wenn er gar nicht mehr käme. Reinhold, Magda, Hermann und ich kämen schon alleine zurecht. Hermann kann jetzt schon krabbeln, das sieht zu ulkig aus, auch wenn er immer noch ein bisschen mager ist.«

»7. April 1947. Ernst ist nun seit einer Woche wieder zu Hause, und es ist ein rechter Ärger mit ihm. Es ist ihm nicht sauber genug, und er sagt, das Essen schmeckt schlimmer als im Lager. Und abends kommt er dann an mich heran und will, dass wir das eine tun. Wenn er fertig und eingeschlafen ist, fängt er an, um sich zu schlagen und zu schreien. Ich will nicht schon wieder etwas Kleines haben, die Bälger sind so anstrengend und gehorchen immer weniger.«

»2. Februar 1948. Heute habe ich Reinhold und Magda kräftig geohrfeigt, weil sie die Katze zu Maria in den Stubenwagen geworfen haben. Sie hätten noch mehr verdient, aber die Nachbarn haben schon tüchtig gegen die Wand geklopft. Die Kleine ist ganz zerkratzt, aber das macht nichts, schließlich ist sie Ernst wie aus dem Gesicht geschnitten. Ich glaube, dass schon wieder etwas unterwegs ist. Ernst gibt keine Ruhe, denn er sagt, das Bett ist das Einzige, wofür ich tauge. Ich habe ihm gesagt, dass ich auch noch nähen kann, aber er hat gesagt, ich soll nicht unverschämt werden, und hat mich auf das Bett geworfen. Zwei Mal hat er mich ins Gesicht geschlagen. Diesmal hat die Sache noch mehr wehgetan als sonst. Ich habe ihn danach geboxt und gesagt, dass er ein Scheusal ist. Er hat gesagt, ich soll mir doch einen anderen suchen, wenn es mir nicht passt. Wenn ich jetzt wieder etwas erwarte, springe ich von der Leiter.«

»2. November 1948. Elisabeth ist viel zu früh gekommen. Vielleicht wegen der Sachen, die ich probiert habe, aber die Ärzte sagen, sie wird es schon schaffen. Ernst hat gar nicht vorbeigeschaut. Er sagt, es ist ihm egal, ob da noch ein Kind ist oder nicht. Ich mag sie gar nicht im Arm halten, weil so wenig an ihr dran ist. Ich weiß aber nicht, ob ich sie im Arm halten will, wenn mehr an ihr dran ist. Manchmal denke ich, dass ich die Kinder gar nicht mag und einfach nur weg will. Ich fühle nichts.«

Elisabeth, das ist meine Mutter. Wenn ein Geschöpf vom Beginn der Empfängnis an weiß, dass es nicht erwünscht ist, entwickelt es sich anders. Entweder es wird zäh und widerstandsfähig. Oder es wird willenlos.

Ich weiß das alles, und trotzdem erschrickt es mich. Das Komische ist, dass ich nicht so sehr über die Gewalt und die Lieblosigkeit stolpere. Ich habe die Geschichte so oft und in so vielen Varianten gehört, dass sie mir gar nicht mehr seltsam vorkommt. Was mich am meisten erschreckt, ist etwas anderes. Es ist die Tatsache, dass meine Großmutter sicher mindestens ein paar Dutzend Mal Sex mit ihrem Ehemann hatte und dabei fünf Kinder empfangen hat. Und dass sie dabei nicht ein einziges Mal einen Orgasmus hatte. Jede Generation hat ihre Aufgabe. Meine ist es offenbar, auf diesem Gebiet für einen Ausgleich zu sorgen.

†

V*ieles an Beziehungen* ist Glaubensfrage. Es gibt eine hübsche Geschichte über Bohr und Heisenberg. Im Jahr 1926 doziert der erst 26-jährige Werner Heisenberg am Kopenhagener Institut für theoretische Physik des 16 Jahre älteren Niels Bohr. Die Diskussionen zwischen den beiden Wissenschaftlern verlaufen so fruchtbar, dass beide Männer im folgenden Jahr nahezu zeitgleich ihre Interpretationen der Quantentheorie veröffentlichen, Heisenberg seine Unschärferelation, Bohr seine Theorie über das Komplementaritätsprinzip. Die Physik ist im Vergleich zur Mathematik eine unpräzise Wissenschaft. Es gibt Raum zur Spekulation. Man kann im Versuch scheitern und doch die Richtigkeit einer Vermutung beweisen. Die Physik ist wie ein lebendiger Organismus, der nur von wenigen verstanden wird. Das ist ihr Schicksal.

Eines Abends besucht Heisenberg den berühmten Bohr in seinem Haus. Zu seiner Überraschung stellt Heisenberg fest, dass über der Tür im Wohnzimmer ein Hufeisen hängt. Er will nicht unhöflich gegenüber dem älteren Kollegen sein, aber die Sache beschäftigt ihn so sehr, dass er schließlich fragen muss. »Mein lieber Herr Bohr«, sagt er schließlich und zeigt Richtung Hufeisen, »Sie sind doch nicht etwa abergläubisch?« Niels Bohr blickt zum Hufeisen und gibt mit einem Schulterzucken zurück: »Nicht doch. Aber ich habe gehört, dass es auch funktioniert, wenn man nicht daran glaubt.« Genauso geht es mir mit der Liebe. Ich glaube zu wissen, dass meine Großmutter am Ende die Liebe gefunden hat. Ihr Stilmittel war der multiple Orgasmus. Ich denke, dass das Vaginaprojekt eine Chance verdient hat.

†

Ich treffe Mimi am nächsten Morgen. Wir gehen langsam über die Straße in Richtung Frühstückscafé. Ohne Nahrung im Magen bin ich nicht zu gebrauchen. Mimi ist Feuer und Flamme für das Projekt Vaginarettung. Seit sie vor vier Monaten einen gewissen Christian kennengelernt hat, ist sie liebesmäßig zur radikalen Konvertitin mutiert. Wie Mimi von einer Frau, die Männer benutzt wie Einweghandtücher, zu einer Frau werden konnte, die Liebesbriefe parfümiert, habe ich noch nicht herausgefunden. Unter dem Arm trägt sie eine Mappe und ist beunruhigend gut gelaunt.

»Ich habe die halbe Nacht wach gelegen«, sagt sie. »Aber dann wurde mir alles klar.«

Ich bin müde. Zu viel Enthusiasmus am Morgen vertrage ich nicht. »Ja?«

»Ja! Absolut. Die Sache liegt auf der Hand. Es gibt keine Zufälle.« Sie hat ein bisschen vorrecherchiert. Den Männermarkt sondiert. Herausgefunden, wo sich Männer tummeln, die auf meine besonderen Ansprüche zugeschnitten sind. Die potenziellen Jagdgründe hat sie auf einem Stadtplan mit einem roten Filzstift umrandet. Die Schnittmengen, in denen ein Jagdgebiet ins andere überlappt, hat sie schraffiert. Die Stadt ist jetzt in Go- und No-go-Areas unterteilt. Kreuzberg darf ich nur noch partiell betreten, Treptow ist für mich ebenso tabu wie der Norden Pankows. Ansonsten habe ich Glück: Mein Supermarkt liegt inmitten einer Schraffur, also in einem »GAM«, dem Gebiet mit der Größten Anzunehmenden Männerwahrscheinlichkeit.

»Hier haben wir deine künftigen Erkundungsgebiete«, sagt Mimi. »Das heißt natürlich nicht, dass du die anderen Territorien nicht mehr betreten darfst. Ich spreche schließlich nur Empfehlungen aus. Alles klar so weit?«

»Glasklar.«

»Gut. Hier haben wir die ideale Kampfzone.« Sie zeigt auf die Mitte Berlins. Dort sind sehr viele Gebiete umkreist und noch mehr schraffiert. »Wir verfolgen die Hit-and-run-Taktik. Rein in den Einsatzraum, Lage checken, raus aus dem Einsatzraum. Wenn irgendwas oder besser irgendwer hängen bleibt, gehen wir noch mal rein.«

»Mimi, denkst du nicht, dass du ein bisschen zu viele Actionfilme siehst?«, frage ich. »Du hörst dich an, als würden wir in den Krieg ziehen.«

Sie sieht mich verständnislos an. »Liebe *ist* Krieg!« Sie haut auf den Tisch, dass meine Tasse einen kleinen Hüpfer macht. »Liebe bedeutet, sich selbst auszuweiden! Liebe fühlt sich an, als würde dir ein Jagdmesser mit der ungeschliffenen Seite zuerst ins Herz gerammt und dann langsam herausgezogen werden. Liebe tut weh.« Sie blickt in die Tiefe des Cafés. Die Frau, deren Blick sie unterwegs trifft, duckt sich weg.

Falls sich sonst noch jemand fragt, warum ich mir, von meiner bekloppten Familie mal abgesehen, mit der Liebe schwertue: Das hier ist die Antwort.

Ich versuche, was zu sagen, aber es kommt nur ein Krächzen heraus. Sogar meine Stimmbänder haben Angst vor dem Jagdmesser. Auf jeden Fall werde ich Mimi bei nächster Gelegenheit die Action-DVDs wegnehmen. Und »The Expendables 2« wird auch nicht geguckt. »Hör mal«, sage ich. »Ich wechsele einfach den Frauenarzt, und dann ist alles gut, okay? Lass uns diesen Quatsch schnell vergessen. Außerdem will ich gar keinen Mann. Du bist mir anstrengend genug.« Mimis Blick kehrt zu mir zurück. Ihre Augen verengen sich zu Schlitzen. In einem Drehbuch würde jetzt stehen: »M. fixiert Gegner P. mit gnadenlosem Blick. Ihr Blick sagt, Freundchen, leg dich nicht mit mir an, ich werde dir rektal sämtliche Gedärme entnehmen. Ohne Betäubung. Auf P.s Stirn sammeln sich erste Schweißtropfen.«

Ich taste unwillkürlich nach meiner Stirn, aber die ist trocken. Mimi ignoriert meinen Einwand und redet einfach weiter. »Wir machen keine Gefangenen. Wir schlagen zu, wenn der Gegner es am wenigsten erwartet. Dann lähmen wir ihn und bearbeiten ihn, bis er auf unsere Seite überläuft.« Ich sehe mich schon mit einem Sack über der Schulter bei Dr. Eugenides antanzen. »Gucken Sie mal, Herr Doktor«, würde ich sagen und den Sack vor seinen Füßen ausleeren. Herausfallen würde ein geschlechtsreifes Männchen im zahlungsfähigen Alter. »Sehen Sie. Ich *kann* lieben. Meiner Vagina geht es *prima*. Wollen Sie mal nachsehen?« Manchmal frage ich mich, ob Mimi die richtige Beraterin für die Problematik ist.

†

Eine halbe Stunde später stehen wir vor dem Technikmuseum am Ufer des Landwehrkanals. Vor der Fassade hängt an einer Gerüstkonstruktion ein alter Rosinenbomber. Ich frage mich, ob das Ding noch flugfähig ist. Nur zur Sicherheit. Falls sich die Dinge ungünstig entwickeln.

»Ich weiß, ich weiß«, sagt Mimi und tätschelt mir beruhigend die Schulter. »Du denkst jetzt bestimmt an braune Bundfaltenhosen, lange strähnige Haare und gebrauchte Lötkolben. Aber ich habe mit dem Pförtner telefoniert. Er sagt, es kommen eine Menge Ingenieure hierher.«

»Und ein Ingenieur ist der ideale Mann für meine Vagina?« Lötkolben hin oder her, wenn schon, dann will ich einen Mann, der nicht nur beim Lesen von Bauplänen Freude empfindet.

»Erstens«, sagt Mimi, »braucht man immer jemanden, der die Glühbirnen wechselt oder irgendwelche Sachen anschraubt, montiert oder anschließt. Das wäre mit einem Ingenieur abgedeckt. Zweitens hast du immer gesagt, du willst einen gebildeten Mann, und diese Typen haben alle einen Studienabschluss.«

»Erstens«, gebe ich zurück, »habe ich meinen Hausmeister. Dem muss ich nur einen Zehner geben und nicht mein ganzes Leben, damit er meine Apparate am Laufen hält. Und zweitens meinte ich, als ich gesagt habe, ich will einen gebildeten Mann, dass er auf dem Gebiet des Lebens gebildet sein soll. Ich will einen, der sich mit Kunst auskennt, mit lange schlafen, mit gutem Essen und Wein, mit Filmen und Musik. Nicht mit einem verdammten Geodreieck!« Wir befinden uns jetzt in einem Scorsese-Film. Mimi überlegt, wo sie mir unauffällig eins mit der Schaufel überziehen kann, bevor sie mich verscharrt und auf mein Grab pinkelt. »M. fixiert P. Die Hand in ihrer Tasche spielt mit dem Lobotomiebesteck, das sich darin befindet. P. ahnt nichts von dem Werkzeug, spürt aber, dass es schlecht um sie steht.«

»Also gut«, sage ich schließlich. »Dann gehen wir da eben rein.«

Ich war noch nie im Technikmuseum. Schon die Empfangshalle sieht aus wie ein Sammelbecken für Menschen, die gerne ihre Hände an Glaskugeln halten und dann zusehen, wie sich dort kleine lilafarbene Blitze entladen. Die Gauß'sche Regel zur Normalverteilung besagt, dass eine Summe von unabhängigen Zufallsvariablen mit endlicher Varianz immer in einer

Standardnormalverteilung endet. Wenn ich eine Tüte Schokodrops von oben in eine Art gleichmäßiges Gängesystem kippe, werden sich die meisten Schokodrops Richtung Mitte bewegen. Ich gehe davon aus, dass es zwischen Schokodrops und Männern keinen allzu großen Unterschied gibt. Wir gehen also nicht nach links oder rechts, sondern geradeaus.

In der »Lebenswelt Schiff« ist es ziemlich leer. Drei ungefähr Zwölfjährige spielen mit einer Hängematte herum, weiter hinten steht eine Frau und schaut durch ein Bullauge ins Innere eines halben Fischtrawlers.

»Klappt ja spitzenmäßig, dein Plan«, sage ich. »Ich sehe mich schon auf dem Weg zum Traualtar.«

»Du kannst mich mal«, sagt Mimi, »wir sind einfach in der falschen Abteilung. Kein echter Mann interessiert sich für Schiffe. Außer er ist Matrose, und die sind grässlich unzuverlässig. Richtige Kerle finden wir sicher da drüben.« Sie zeigt auf ein Schild: »Fotografie und Filmtechnik«.

Vor einem Schaukasten stehen zwei mittelalte Männer und sehen sich durch ein Vergrößerungsglas die Verschlüsse einer circa 40 Jahre alten Großbildkamera an. Beide tragen langes Haar, das sie mit einem Gummi zu Pferdeschwänzen zusammengefasst haben. Beide tragen schwarze Lederjacken und ausgewaschene Jeans von irgendwann in den Neunzigerjahren. Sie sind einander so ähnlich, als hätten ihre Mütter versucht, sie heute mal als Zwillinge zu verkleiden. Derjenige, der ein bisschen weiter links steht, stupst den anderen an. Offenbar hat er gerade etwas Aufregendes entdeckt, vielleicht eine besonders hübsch geformte Schraube. Was auch immer Mimi sich erhofft hatte, es funktioniert nicht. Gott sei Dank. Dann kann ich endlich nach Hause gehen und mich mit etwas Sinnvollem beschäftigen.

Ich klatsche freudig in die Hände und erschrecke damit die beiden Schraubengucker, die sich rasch einer EXA Rheinmetall von 1953 zuwenden. Das ist zumindest der Name, der auf dem Schild im Schaukasten steht. Ich sage »Dann gehen wir mal« und drehe Richtung »Vom Ballon zur Luftbrücke« ab, weil es von dorther am meisten zieht und also auch der Ausgang nicht weit sein kann. Mimi sieht aus, als hätte ihr Optimismus gerade einen doppelten Kinnhaken erwischt.

»Meinetwegen«, sagt sie. »Vielleicht war es einfach nur der falsche Tag.« Sie zieht den Stadtplan aus der Tasche und breitet ihn umständlich aus. »Ich erkläre dir jetzt noch mal die Taktik. Nur, damit du die Mission nicht gefährdest. Als Erstes habe ich deine Wunschliste angelegt. Auf der Wunschliste stehen all die Attribute, die dein Traummann mitbringen sollte.«

»Sollte ich nicht die Wunschliste anlegen?«, frage ich vorsichtig. »Schließlich wäre es ja mein Mann.«

Mimi bringt mich mit einem Blick zum Schweigen. »Papperlapapp«, sagt sie. »Du bist natürlich nicht objektiv. Ich weiß ganz genau, was für einen Mann du brauchst. Schließlich kannte ich dich schon, als dein Hymen noch intakt war. Außerdem hast du keine Ahnung von liebenswerten Eigenschaften. Für dich gibt es nur Männer mit dicken Penissen und solche, deren Schwänze nicht der Rede wert sind. Ich bestimme, was auf die Wunschliste kommt. Basta. Hol sofort deine Badesachen.«

Das Schwimmbad in der Gartenstraße sieht von außen aus wie ein Krankenhaus, von innen sieht es nicht nur so aus, sondern riecht auch so. Mimi und ich stehen frierend am Beckenrand. »Die meisten Männer«, erklärt sie und zeigt mit großer Geste über das Wasser, »gehen gerne schwimmen. Es liegt gewissermaßen in ihrem Naturell. Mann gegen Natur und so. Und wenn sie alleinstehend sind, erledigen sie das Schwimmen immer um die Mittagszeit. Das ist so eine Art Gesetz. Schwimmbäder am Wochenende kannst du vergessen, aber unter der Woche sind wie eine prall bestückte Obstwiese. Du musst nur noch ernten.« Ich hasse Schwimmbäder. Große Wasserflächen, die mit Chemikalien angereichert und deshalb so klar sind, dass ich die hornigen, gelben Fußnägel der alten Männer darin sehen kann, sind mir suspekt. Wenn ich am Rand eines Schwimmbads stehe, denke ich nicht an Romantik, sondern an Scheidenpilze.

»Ich will da nicht rein«, sage ich.

»Du musst«, sagt Mimi und schubst mich ins Wasser.

Es ist kalt. Dann weicht das betäubende Gefühl dem Rauschen in meinen Ohren und dumpfem Kindergeschrei. Vorsichtig versuche ich, die Augen zu öffnen. Die blauen Kacheln schimmern weich durch meine Kontaktlinsen. Das Wasser brennt wie verrückt und versucht, mir meine Hornhaut wegzuätzen. Wie andere Leute es aushalten, ohne Schwimmbrille unter Wasser dauerhaft die Augen aufzuhalten, ist mir schleierhaft. Überhaupt verstehe ich Menschen nicht, die gerne in Schwimmbädern herumtollen. Das Meer ertrage ich gerade noch so, alles andere ist mir fremd. Während ich darüber nachdenke, merke ich, dass ich immer noch unter Wasser bin. Vor Überraschung mache ich den alten Fehler und nehme einen tiefen Atemzug.

Es ist erstaunlich, wie viele Leute man anlocken kann, wenn sie glauben, jemandem live beim Ertrinken zusehen zu können. Ich steige aus einer schäumenden Wasserfontäne empor, schlage ein paarmal effektvoll um mich und klammere mich dann keuchend und grunzend an den Beckenrand. Es dauert ewig, bis ich die Augen wieder aufbekomme und aufhören kann zu husten. Ein paar Menschen stehen besorgt um mich herum, andere schwimmen neugierig näher. Langsam wie ein Drittplatzierter hebe ich den Arm, damit alle sehen, dass ich noch lebe. »Alles okay«, rufe ich nach einer Weile, »es ist nichts passiert. Nur ein bisschen Wassergymnastik!« Es geht schließlich niemanden etwas an, dass ich kaum schwimmen kann.

Mimi steht am Beckenrand und schüttelt traurig den Kopf. Dann fallen ihr die ganzen Männer auf, die ich mit meinem kleinen Todeskampf angelockt habe, und ganz langsam hebt sich ihr Daumen zu einer Gewinnergeste. Ich kann die Regieanweisung vor mir sehen: »M. beobachtet P. argwöhnisch, weil P. sich seltsam und unberechenbar verhält. Sollte die kleine Einlage einen Fluchtversuch darstellen? M. ist nicht sicher, macht aber gute Miene und tastet nach dem Totschläger, der in ihrem Bikini steckt. Nur für den Fall, dass P. nicht mitspielen sollte.«

Der blonde Bademeister beugt sich über mich. »Alles okay?« Auf seiner Stirn bildet sich eine Sorgenfalte. Leichen in öffentlichen Bädern machen sich nicht gut. Wahrscheinlich überschlägt er gerade im Kopf, was es kostet, das ganze Wasser abzupumpen und reinigen zu lassen, falls ich doch noch den Löffel abgebe.

»Alles in Ordnung«, versichere ich ihm, »ich bin völlig okay.«

»Nichts ist in Ordnung!« Mimi hat in der Zwischenzeit offenbar ein bisschen über Full Metal Jacket nachgedacht und ist zu dem Schluss gekommen, dass es das Beste wäre, den Bademeister anzubrüllen. »Die Dame ist gestürzt. Dieser Beckenrand ist lebensgefährlich! Was denken Sie sich nur dabei? Bestimmt hat sie sich den Kopf gestoßen. Ist ein Arzt anwesend? Hallo, befindet sich hier ein Arzt vor Ort?« Mit ihren Händen formt sie einen Trichter und brüllt über die Wasseroberfläche. Immerhin schafft sie es so, dass auch wirklich der Letzte mitbekommt, was für ein Trottel ich bin. »M. beschließt, P. durch Demütigung gefügig zu machen. P. würde am liebsten durch die Fluten ins offene Meer treiben. Leider ist da nur der Absaugstutzen am Beckenrand.«

Eine Stunde später sitzen wir im »Bonfini« und wärmen uns mit ein bisschen Wein wieder auf. Mimi hat die Karte auf dem Tisch ausgebreitet. »Gut, dann streichen wir diesen Bereich«, sagt sie und kreuzt einen großen Teil der Innenstadt durch. »Das hat jetzt überhaupt keinen Sinn mehr.«

»Das kannst du nicht machen«, sage ich. »Wo soll ich denn dann shoppen gehen? Trinken? Essen?«

Mimi presst die Lippen aufeinander. »Das hättest du dir früher überlegen müssen. Du hast meine beiden Top Spots sabotiert. Jetzt bleiben uns nur noch die Außenbezirke.« Sie blickt auf und sieht mir fest in die Augen. »Schöneberg.«

»Nein«, sage ich. »Alles, nur nicht Schöneberg.«

†

Ich lebe seit fast zwanzig Jahren in Berlin, und der Gerechtigkeit halber wechsele ich alle paar Jahre das Viertel (Tiergarten, Moabit, Mitte, Kreuzberg, Friedrichshain, Kreuzberg, Prenzlauer Berg), aber für Schöneberg hat mein Gerechtigkeitssinn nicht gereicht. Das Erstaunlichste an Schöneberg ist der Volkspark. Sobald es ein bisschen wärmer wird, sammeln sich dort in einer grünen Senke Dutzende von angeheirateten Thailänderinnen unter bunten Sonnenschirmchen, essen Gemüsegerichte, die sie in Tupperdosen aus Kühlboxen hervorzaubern, und lästern auf Thailändisch über die Unzulänglichkeiten ihrer deutschen Männer. Die Männer sitzen ein bisschen abseits auf Bierkisten, rauchen und reden über die Vorzüge ihrer thailändischen Frauen, die, wenn man ihnen glaubt, praktisch und pflegeleicht sind und auch sonst keinerlei Zicken machen. Und wenn man dann wieder zu den Frauen schaut, weiß man mit Bestimmtheit, dass sie gerade darüber reden, wie man die Typen so um die Ecke bringt, dass es keiner von der Ausländerbehörde mitkriegt.

In Schöneberg gibt es außerdem eine erstaunlich hohe Dichte an Psychoanalytikern.

Wenn man von da, wo ich lebe, nach Schöneberg hineinfährt, und zwar mit dem Auto, kommt man direkt auf ein Hochhaus zu, dessen Außenhaut aussieht, als litte das ganze Haus unter einer seltenen

Krankheit, in deren Verlauf auf dem Putz überall Satellitenschüsseln wuchern. Im Inneren des Gebäudes ist es stockdunkel, es riecht nach Kotze und halb offen stehenden Müllschluckern. Die Leute nennen das Ding »Sozialpalast«, was noch ein bisschen bitterer klingt, als es in Wirklichkeit ist. Wenn es mir zu gut geht, stelle ich mich hier ein wenig in den Flur und atme die Luft ein und aus. Danach weiß ich wieder, wo ich im Leben stehe. In dem Haus leben Menschen aus ungefähr 80 Nationen nebeneinander her, und weil ihnen keinerlei Perspektive bleibt außer dem deutschen Fernsehprogramm, ist die Stimmung ziemlich mies. Das hält den Betreiber der Hütte natürlich nicht davon ab, vom Staat horrende Mieten zu verlangen. Es gibt also kaum einen vernünftigen Grund, nach Schöneberg zu fahren. Ich komme wegen der Psychiater.

Ich finde, dass jeder Mensch einen Analytiker haben sollte. Erstens kann man ruhig ein bisschen was für die lokale Wirtschaft tun. Und zweitens tut es unheimlich gut, jemanden zu haben, der einem zuhören *muss*. Mein Psychiater lebt in einer kleinen Nebenstraße mit Zuckerbäckerhäusern, in einer Wohnung, die so vollgestopft ist mit Büchern, dass mich beim Betreten sofort eine Schreibhemmung befällt. Als ich vor zwei Jahren das erste Mal die dunklen Praxisräume von Dr. Sternberg betrat, als ich dann am Ende eines langen, düsteren Flures das helle Sprechzimmer sah, war der Arzt heiterer Stimmung.

»Meine liebe Frau Lambert«, sagte er. »Ich kann Ihnen versichern, dass ich noch jeden hinbekommen habe, so verkorkst er oder sie auch sein mag!« Inzwischen ist sein Enthusiasmus deutlich gedämpft. Manchmal, wenn er mich ansieht, stützt er das Kinn in seine linke Hand und versinkt für Minuten in grimmiges Schweigen. Gelegentlich seufzt er dann und sagt: »Erstaunlich, sehr erstaunlich.« Er hat sich inzwischen einen langen Bart wachsen lassen und sieht auch sonst zunehmend verwahrlost aus. In letzter Zeit wirft er häufig einen Blick auf seine Uhr und seufzt.

Es ist noch keine zwei Wochen her, dass er nach einer halben Stunde sagte: »Himmel, wie die Zeit vergeht! Wir müssen ja Schluss machen!«

»Aber Dr. Sternberg«, sagte ich. »Ich bin doch erst eine halbe Stunde hier. Außerdem wollte ich Ihnen noch die Geschichte erzählen, wie mein Onkel mit dem Lieblingskürbis seines Schwiegervaters erwischt worden ist!«

»Zeit ist relativ, meine Liebe. Was für den einen dies ist, ist für den anderen das«, sagte er und schob mich aus der Wohnung.

Ich habe jetzt also noch einen Grund weniger, nach Schöneberg zu kommen. Mimi hält das natürlich nicht ab. Sie sitzt hinter dem Steuer ihres 74er Chevrolet Caprice und tritt aufs Gas. Der Wagen schiebt sich mit gurgelndem Motor über die Potsdamer Straße. Sie hat sich dieses Ungetüm vor ein paar Jahren gekauft, mit dem Argument, dass eine große Frau in ein großes Auto gehört. »Wie sähe das denn aus«, hatte sie erklärt, »wenn ich mich aus einem Golf pelle? Als hätte ich ein Kleid an, das zwei Nummern zu klein ist!«

»Aber die Umwelt«, hatte ich gesagt, »denk an die Umwelt!«

Seitdem fährt sie nur noch an besonderen Tagen. Und wenn ich es nicht sehe. Weil Mimi zu nichts eine emotionale Bindung aufbauen kann, das keinen Namen hat, hat sie das Auto auf den Namen »Elvis« getauft. »Es ist dick, schwer und hat ungeheuren Appetit auf fettiges Zeug«, hatte sie gesagt. »Und es wird ziemlich wahrscheinlich bald sterben. Du musst zugeben, dass der Name passt.«

Wir stehen an der Ampel Kurfürstenstraße. Die Frau neben uns guckt sauer zu uns herüber. Ich mache mich klein, was nicht so schwierig ist, weil die Sitze so tief sind, dass ich sowieso kaum aus dem Fenster schauen kann. Jedes Mal, wenn wir mit Elvis unterwegs sind, rechne ich damit, dass irgendwelche Umweltaktivisten aus dem Gebüsch springen und uns mit alten Ölfässern bewerfen. Nur, um allen zu zeigen, was für Umweltferkel wir sind.

Ich murmele irgendwas in der Richtung.

»Du bist völlig paranoid«, sagt Mimi. »Darüber solltest du mal mit deinem Dr. Dings sprechen.«

»Sternberg«, sage ich. »Und ich würde ja gerne. Leider ist er in den nächsten Wochen auf irgendeinem Seminar. Er sagt, er meldet sich, wenn er zurückkommt.«

Mimi lacht heiser auf. Ihren Kommentar verkneift sie sich.

»Wohin fahren wir eigentlich?«

»Das wirst du schon sehen«, sagt sie.

»Du weißt genau, wie sehr ich Überraschungen hasse. Gib mir wenigstens einen Tipp.«

»Nein.«

»Dann den ersten Buchstaben.«

»Nein.«

»Den letzten?«

»Vergiss es.«

Elvis gleitet über die Potsdamer Straße. Mimi führt ihn nach rechts in die Pallasstraße. Wir fahren unter dem Sozialpalast durch. Ich ducke mich drunter weg.

»Sagst du mir jetzt, wohin wir fahren?«

»Nein.«

»Wann sind wir da?«

»Wenn ich es sage.«

Mimi drückt genervt aufs Gaspedal. Das Schild, das Autofahrer davon abhalten soll, kleine, niedliche Schüler umzuholzen, fängt hektisch an zu blinken: »Langsam, langsam!«

An der Art, wie sie herumkurvt, merke ich, dass sie versucht, mich zu verwirren. Offenbar will sie mir die nächste Station als *das* große Ding präsentieren. Nach ungefähr zehn Minuten halten wir am Straßenrand.

»Wir sind da«, sagt Mimi. Ich sehe mich um. Direkt vor meinem Fenster ist ein Waschsalon, dahinter eine Praxis für Zahnreinigung. Auf der anderen Straßenseite ist ein winziger Laden, auf dem »Hurricane Records« steht. Das muss es sein. Vielleicht ein aufstrebender junger Produzent. Mimi denkt eben doch mit, auch wenn man es nicht immer merkt. Ich stehe auf Musiker. So langsam fange ich an, mich für Mimis Verkupplungsplan zu erwärmen.

Ich klatsche in die Hände und sage: »Danke. Das ist eine prima Idee.«

Mimi sagt: »Ähm, eigentlich habe ich nicht mit so viel Begeisterung gerechnet. Aber bitte, gern geschehen. Da ich nicht damit gerechnet habe, dass du Wäsche dabei hast, habe ich mir erlaubt, Elvis' Kofferraum mit meiner zu füllen.«

»Wäsche?«

»Na, du willst ja wohl nicht ohne Wäsche da reingehen. Wie sähe das denn aus?«

Jetzt bin ich verwirrt. Ich taste nach. Ich trage doch Wäsche, sogar ganz gute. Die blaue mit den Spitzen. Und Groupie hin oder her, es ist wohl eher unwahrscheinlich, dass ich mich vor dem Herrn Produzenten sofort auskleiden werde.

Mimi seufzt, murmelt irgendwas von »Tiefbegabtenförderung« und steigt aus. Dann geht sie hinten zum Kofferraum, holt einen blauen Seesack heraus, läuft um Elvis herum, öffnet die Beifahrertür und drückt mir den Sack in die Hand.

»Du musst ihn tragen, das wirkt dann echter.«

»Soll er denken, dass ich gerade auf der Durchreise bin?«, frage ich. »Ein bisschen Unabhängigkeit zeigen, um die männliche Bindungsangst zu beruhigen? Genial, meine Liebe, genial. Du denkst wirklich an alles.«

»Er?« Mimi dehnt das Wort im Mund, so lange es geht. Erstaunlich, wie viel Zeit man mit zwei Buchstaben verschwenden kann. Als sie damit fertig ist, sieht sie mich mit leeren Augen an. »Manchmal frage ich mich wirklich, wie du das Abitur geschafft hast«, sagt sie. »Du bist sehr, sehr seltsam.«

»Na, egal.« Ich schultere den Seesack und springe aus dem Wagen. Keine ganz leichte Übung, denn Elvis' Bodenblech liegt so niedrig, dass es fast den Bordstein berührt. Ich gehe um das Auto herum und warte, bis ich die Straße überqueren kann. Ich kann sogar schon die Eingangstür der »Hurricane Records« sehen. Ob sie ein paar Goldene Schallplatten an den Wänden hängen haben? Als ich auf dem Mittelstreifen angekommen bin, drehe ich mich zu Mimi um. Sie steht neben Elvis und sieht ganz verzweifelt aus. »Was zur Hölle«, ruft sie, »tust du da?«

†

Im Waschsalon ist es warm. Nicht gemütlich warm, sondern so, dass man sich das T-Shirt vom Leib reißen möchte, um sich damit den Schweiß von der Stirn zu tupfen. Wir sitzen vor einer Sechs-Kilo-Trommel und sehen Mimis Wäsche zu, die sich langsam in der schäumenden Lauge dreht. Drei Trommeln weiter wäscht ein Bauarbeiter seine betonverkrusteten Hosen. In Maschine zwölf wird etwas, das sehr grau aussieht, langsam immer weißer. Über uns flackert das »Schnell und Sauber«-Schild. Irgendwer müsste mal die Neonröhren wechseln. »M. versucht P. durch Schlafentzug und tödliche Langeweile zu zermürben. M.s Blick gibt zu verstehen: Das hier ist nur ein Vorgeschmack auf die Hölle, die folgt, sollte P. nicht bis zum Abendgrauen heiratswillig sein.«

»Warum sind wir noch mal hier?« Ich klinge noch enttäuschter, als ich bin. Nicht erfüllte Erwartungen sind Niederlagen, die am bittersten schmecken. Als ich ungefähr neun war, habe ich mir eine Barbie gewünscht. Ich wollte eine, deren Kleid mit roten Herzen aus falschem Samt beklebt war. Stattdessen bekam ich eine in Jeans, einem Karohemd und mit einem Lasso am Gürtel. Wenn man ihr auf einen Knopf auf dem Rücken drückte, hob sie den rechten Arm zu etwas, das aussah wie ein Hitlergruß. Das hier fühlt sich ähnlich an.

»Ich kenne zwei Frauen, die hier, genau hier, einen ganz tollen Mann kennengelernt haben«, sagt Mimi. »Zwei Frauen! Das ist auf einer Datingwahrscheinlichkeitsskala ganz nah an 100 Prozent dran. Männer, die ihre Wäsche in hippen Waschsalons waschen, tun das ausschließlich, um Frauen kennenzulernen.«

»Oder weil sie Angst haben, ihre eigene Waschmaschine zu ruinieren«, sage ich. Der Bauarbeiter sieht böse zu mir rüber.

»Aber mal ehrlich«, sage ich leiser. »Bist du sicher, dass es dieser Waschsalon ist? Besonders hip sieht der nicht aus.«

»Hundert Prozent. Beide Mädels haben gesagt: ›Geht in den Waschsalon auf der Hauptstraße.‹ So viele gibt es ja nicht. Wir müssen einfach noch ein bisschen warten.«

Wir waschen also Mimis schmutzige Buntwäsche, trocknen sie und legen sie zusammen. Dann waschen wir ihre Weißwäsche und trocknen auch die. Zwischendrin kommt eine junge Frau herein, sieht sich den gräulichen Brei in Maschine zwölf an, brummt irgendwas und geht wieder. Der Bauarbeiter ist mit seiner Betonwäsche fertig und zieht sich am Kaffeeautomaten ein widerlich riechendes Gebräu für den Nachhauseweg. Der Zeiger auf der Uhr an der Wand hat sich von drei auf vier Uhr geschoben und kratzt an der Fünf.

»Können wir jetzt gehen?«

Mimi nickt. »Meinetwegen«, sagt sie und erhebt sich. »Vielleicht ist heute einfach der falsche Tag, um die Liebe zu finden.«

Vor Freude über das Ende der Aktion Herzblatt springe ich auf. Kann sein, dass ich ein bisschen viel Enthusiasmus in den Sprung gelegt habe, kann sein, dass der Bauarbeiter absichtlich ein kleines Pfützchen Flüssigwaschmittel hinterlassen hat. Innerhalb von Millisekunden hänge ich in der Luft und knalle nach einer ausgeklügelten Choreografie aus rudernden Armen und verschiedenen »Hüääächhzzz«-Lauten mit dem Hinterkopf direkt auf den Boden vor Maschine Nummer vier. Selbst Mimi kann das platzende Geräusch hören. Innerhalb von Sekunden ist alles voller Blut. Als wir mit Elvis Richtung Auguste-Viktoria-Klinikum brettern, sehe ich auf der anderen Straßenseite einen weiteren Waschsalon. Darüber steht »Rock 'n' Roll Laundry«. Und das Ding ist voll wie ein Forellenzuchtbecken.

†

Es gibt Leute, die mögen Blut. Mein Onkel Walter zum Beispiel. Er war ein Mann mit einem Haarschopf, als wäre ein Tier auf seinem Kopf eingeschlafen, und einem Gesicht, das pflaumenrot war, wahrscheinlich, weil er so viel Blutwurst aß. Im Herbst, wenn auf dem Hof seins Freundes die ersten Schweine geschlachtet wurden, zog Onkel Walter seine dunkelgrüne Gummischürze und Gummistiefel an, um beim Auslassen zu helfen. Am Mittag sah man ihn dann mit einem Holzstab in einem Trog durch das Blut rühren. Seit er in Homers »Odyssee« gelesen hatte, dass die Krieger vor dem Kampf mit Blutwurst gestärkt wurden, war er ganz verrückt danach. Er stand einfach da, rührte in dem Topf und machte schmatzende Geräusche mit seinen fleischigen Lippen. Im ganzen Hof hing ein süßer Gestank von Tod, und wir Kinder standen am Eingang zur Ausblutstube und betrachteten die rosafarbenen baumelnden und vollkommen leblosen Leiber von Flecki, Specki und Rosi.

Mir wird von Blutgeruch bis heute schlecht. Als wir endlich am Krankenhaus ankommen, habe ich auf meinem Kleid einen hübschen Kotzfleck. Elvis hat leider die Angewohnheit, seinen automatischen Fensterheber selbstbestimmt zu bedienen. Manchmal schiebt er einfach so das Fenster zu. Es gibt gute und es gibt schlechte Momente dafür.

»Ich mach's nachher sauber«, sage ich zu Mimi.

»Um die Kotze mache ich mir weniger Sorgen«, sagt sie. »Hier drin sieht es aus, als hätten wir jemanden ausgeweidet.« Das Leder auf meinem Sitz glänzt vor dunkler Feuchtigkeit.

Mimi hakt mich unter, als würden mir mindestens die Gedärme raushängen, nachdem die Vietcong mich ein paar Stunden lang mit selbst gebastelten Bajonetten gekitzelt haben. Sie zerrt mich durch die Automatiktür der Notaufnahme, blickt sich kurz um und tritt mir mit Schmackes gegen das Bein, bis ich aufschreie. Den Moment nutzt sie, um mit gebührender Panik und einem Schuss »Die durch die Hölle gehen« in der Stimme zu rufen: »Wir brauchen ein Notfallteam! Und einen Defibrillator! Blutkonserven! Hier ist überall Blut! Schnell, ich weiß nicht, wie lange sie noch durchhält!« Immerhin umgehen wir so die übliche Warterei. Irgendwer schiebt mir einen Rollstuhl unter den Hintern und schafft mich in einen Nebenraum, wo er mich mit dem Gesicht zur Wand abstellt. »P. wartet mit angstentstelltem Antlitz darauf, dass der Pfleger zurückkehrt, um ihr eine Spritze mit starkem Sedativum in den Rücken zu rammen. Sie hört die Schreie M.s, die erfolglos versucht, sich aus ihrer Zwangsjacke zu winden. P.s Finger krallen sich in das weiche Plastik der Armlehnen.«

Mimi kommt in den Raum gefedert. In der Hand hält sie ein Klemmbrett mit dem Aufnahmebogen.

»Gott, ich hasse Krankenhäuser! Man kann den Tod förmlich riechen, findest du nicht?«

»Mimi?«

»Ja?«

»Verpiss dich, okay?«

Nachdem Mimi abgezogen ist, um die Frau in der Aufnahme ein bisschen aufzuscheuchen (Ich nehme an, dass sie wahllos auf Leute zeigt und etwas in der Art sagt wie: »Sehen Sie diesen Mann dort? Der wird jeden Moment einen Blinddarmdurchbruch haben, das sieht ja wohl ein Blinder! Und Sie sitzen hier und lösen Sudokus! Schämen Sie sich nicht?«), habe ich Zeit, mir das Blut von den Händen zu waschen und mich ein wenig umzusehen. Nach allem, was ich ertasten konnte, ist die Haut auf etwa zwei Zentimetern Länge aufgeplatzt, aber das Blut läuft jetzt nicht mehr, sondern tröpfelt nur noch. Ich drücke den Baktolin-Spender mit dem Handrücken nach unten und öffne den Wasserhahn mit dem Ellenbogen, genau wie ich es in »Emergency Room« gesehen habe. Dann seife ich mich ein, genau wie es auf dem Schild über dem Waschbecken steht. Ich reibe sogar den rechten und linken Daumen separat ein, bevor ich den letzten Schritt anwende: »Geschlossene Fingerkuppen in der rechten bzw. linken Handfläche reiben.« Anschließend gebe ich einen Spritzer Sterillium auf die Hände und halte sie dann in die Höhe. »Schwester«, sage ich, »bereit für die Handschuhe und den OP-Kittel. Und machen Sie ruhig ein bisschen Zackzack, da drinnen liegt ein Patient, der auf meine Hilfe wartet!«

»Ach, was haben wir denn hier? Eine Kollegin?«

Es ist eine Männerstimme. Mittelalt, schätze ich, ein leichter Dialekt, vielleicht Westfalen. Ich drehe mich nicht gleich um. Es dauert nämlich ungefähr zehn Sekunden, bis sich das knallige Pink in meinem Gesicht zu einem Rot abgeschwächt hat. Das Wichtigste in so einer Situation ist, so zu tun, als habe man sowieso vorgehabt, mit sterilisierten Händen bei Selbstgesprächen ertappt zu werden, während einem das Blut am Hinterkopf trocknet.

Leider fällt mir nichts ein, was ich sagen könnte. Ich lasse also die Hände sinken und mache eine total bescheuerte Verbeugung. Sein rotwangig gesundes Ich und mein angekotztes, blutverschmiertes Ich beschnüffeln sich kurz. Er kommt zu dem Schluss, dass es besser ist, sich erst mal ordentlich zu waschen. Er federt an mir vorbei zum Waschbecken und schäumt seine Hände ein. Ich trete ein Stück zur Seite, setze mich auf einen der schwarzen Drehstühle und versuche, mir eine souveräne Erklärung für meine Platzwunde auszudenken. Zu meinem Pech ist er schneller.

»Machen Sie sich wegen der Sache übrigens keine Sorgen.«

»Wegen welcher Sache? Sie meinen wegen meiner Verletzung?«

Er lacht. Nicht unhöflich. »Wegen der kleinen

Filmeinlage eben. Passiert öfters. Ich nehme an, es laufen einfach zu viele Arztserien, was?«

»Oh«, mache ich. »Ja. Haha.« Souveränitätspunkte: Minus 70. Mindestens.

Er rückt näher an mich heran, packt mich an den Schultern und dreht mich so, dass er einen freien Blick auf meine Schädeldecke werfen kann. »Ach je«, sagt er dann. »Wie ist denn das passiert?«

»Waschsalon«, sage ich. »Ich bin ausgerutscht.« Irgendwie habe ich keine Lust, ihn anzulügen.

»Und da kommen Sie hierher? Auf der Anmeldung steht, dass Sie im Prenzlauer Berg wohnen.«

»Die Waschsalons in Schöneberg waschen einfach sauberer«, sage ich. Verdammt.

Er dreht mich um und sieht mir ins Gesicht. Das Braun in seinen Augen hat goldene Einsprengsel. »Ich sage Ihnen was. Zum Fädenziehen kommen Sie einfach in meine Privatpraxis. Die liegt nämlich auch im Prenzlauer Berg. Dann sparen Sie sich den Weg. Ich arbeite hier nur ehrenamtlich. Sie wissen schon, der Ärztemangel.« Er dreht mich wieder um, hantiert mit einer Spritze und sagt: »Das wird gar nicht wehtun. Ich habe nämlich einen Supertrick. Ich spritze direkt in die aufgeplatzte Haut, mitten in die Wunde hinein. Da sind die Nerven eh schon tot.« Was dann passiert, weiß ich nicht. Ich falle nämlich in Ohnmacht.

†

Ich vergesse Gesichter nicht. Das war schon immer so. Man muss mir nur ein Foto von irgendjemandem hinhalten, und ich erinnere mich auch Monate später noch an jedes Detail. Ein Haar, das aus dem Nasenloch hervorspitzt. Die zwei Millimeter, die das linke Auge ein wenig größer ist als das rechte. Die winzige Ansammlung von Falten, die sich im Mundwinkel bilden, wenn derjenige lächelt. Bei dem Arzt erinnere mich vor allem an seine Augen. Die Iris sah aus, als hätte jemand mit größter Mühe winzig kleine Goldmünzen darin versenkt. Vielleicht erinnere ich mich auch deshalb an die Augen, vielleicht auch deshalb, weil sie das Erste waren, was ich gesehen habe, als ich wieder zu mir gekommen bin.

»Hallo, hören Sie mich? Es ist alles vorbei. Da wird nicht mal eine Narbe bleiben.« Dazu seine Hand, die mir sachte auf die Wange klopft. Daran erinnere ich mich, und an die Adresse. Woran ich mich nicht erinnere, ist sein Name. Ich weiß aber, dass ich vor dem richtigen Haus stehen muss. Der Eingang ist mit einem guten Dutzend goldener Schilder zugepflastert, und die Autos davor sehen allesamt nach Leuten aus, die eine Privatpraxis besuchen oder besitzen: Mercedes, BMW, Jaguar, Maserati. Ich lehne mein Fahrrad an einem Baum daneben und streiche mein Kleid glatt.

Die Schilder lesen sich auf den ersten Blick wie

eine Festannonce im Adelsblatt. Von Schweinitz, von Mirbach, Di Fracastoro, von Liszt. Darunter haben sich ein paar Normalos getraut: Freud, Nadelmann, Semmelweis. Vom Naturell her bin ich wahrscheinlich eher ein Freud-Typ, aber ich weiß ziemlich sicher, dass Semmelweis der richtige Mann ist.

Auf dem Schild steht:

Korbinian Philipp Semmelweis

Unfallchirurgie und Allgemeinmedizin

Privatpraxis, Termine nach Vereinbarung

Korbinian. Wie der Pfingstochse aus dem Kinderbuch »Die kleine Hexe«. Was sind das für Eltern, die ihr Kind Korbinian nennen? Man kann den Namen nicht mal anständig abkürzen. Korbi. Ini. Binchen. Kein Wunder, dass der Mann Arzt werden wollte. Irgendwen muss man schließlich retten.

Die Praxis sieht genauso aus, wie eine Privatpraxis aussehen muss: eine kleine Amputation hier, ein paar Botoxspritzen dort, und schon kann man sich dieses fabelhafte Gemälde von Dirk Skreber leisten, das direkt gegenüber der Rezeption hängt. Der Rest sieht aus, als stünde man in einer riesigen Torte. Die Decke ist mit Sahnespritzern aus Stuck dekoriert, der Boden mit einem Biskuitteig aus hochflorigem Teppich überzogen. Mein Termin war um 17 Uhr 30. Jetzt ist es 18 Uhr 15. Das Wartezimmer ist erwartungsgemäß leer. Wenn man mehr von einem Arzt will als ein paar gezogene Fäden, muss man sich eben was einfallen lassen.

Hinter einem Tortenheber aus Holz blickt jetzt eine Sprechstundenhilfe hervor, die so süß aussieht, dass mein Cholesterinspiegel automatisch steigt. Sie trägt einen Dutt wie eine Ballettschülerin und hat ihren Kussmund mit rosenfarbenem Lippenstift ausgemalt. Dazu trägt sie Perlenohrringe und eine passende Kette. Ihr Lächeln ist unecht und trotzdem professionell herzlich.

»Sind Sie Frau Lambert?« Sie zwitschert fast. An dem Vibrato ihrer Stimme kann ich hören, dass sie Unpünktlichkeit für eine Eigenschaft von Leuten hält, die bei der gesetzlichen Krankenkasse versichert sind.

»Ja. Ich entschuldige mich für die Verspätung. Mein Hedgefonds-Berater. Sie wissen ja, wie die sind.« Ich lächle sie freundlich an, so von Kreditkartenbesitzerin zu Kreditkartenbesitzerin. Sie kneift die Lippen zusammen.

»Dann nehmen Sie mal Platz. Der Herr Doktor kommt gleich.«

Ich setze mich also artig hin und blättere ein wenig in der »AD«. Während ich mich zu dem Bericht über die Vorzüge von Türen aus Tropenholz vorarbeite, denke ich noch einmal über das Telefonat nach, das wir vor vier Tagen geführt haben. Ich habe die Nummer gewählt, die er mir auf einen Zettel geschrieben hat. Nur die Nummer, keinen Namen. Er meldet sich auch am Telefon, ohne sich vorzustellen. Seine Stimme ist warm und weich, als würde einem jemand Sahnekaramell ins Ohr gießen.

»Ja, bitte?«

Als ich erzähle, dass ich die Dame aus dem Waschsalon bin, lacht er leise auf. Das ist die Art von Geschichten, die man sich unter Ärzten gerne erzählt. Der Mann, der beim Putzen zufällig auf eine Glühbirne gefallen ist, die jetzt in seinem Hintern steckt. Die Frau, die vom Prenzlauer Berg nach Schöneberg fährt, um Wäsche zu waschen und sich dabei den Schädel aufschlägt. Ich lache auch.

»Ich hätte am Donnerstagabend noch etwas frei, wenn Sie wirklich nicht tagsüber können. Oder Freitag 17 Uhr 30. Das ist dann der letzte Termin des Tages.« Dann, kurz bevor wir auflegen, sagt er noch: »Ich freue mich.«

Die Uhr über der Rezeptionistin ist auf 18 Uhr 30 vorgerückt, als die Tür zum Sprechzimmer endlich aufgeht. Eine Dame mit weißen Locken tritt heraus. An ihrem linken Arm hängt eine Birkin Bag. An ihrem rechten Arm hängt der Doktor. Sein Haar fällt in schokoladenfarbigen Wellen in seine Stirn. Er spricht mit leiser Stimme auf die Dame ein.

Die Rezeptionistin springt auf. »Soll ich ein Taxi rufen, Frau von Mannstein?« Aber Frau von Mannstein will kein Taxi, sie will die Karamellstimme des

Doktors in ihrem Ohr. Dann löst sie sich und hält seine Hand in ihren. »Sie sind der Beste«, sagt sie. »Sie sind der Einzige, der mich versteht.« Wahrscheinlich hat er ihr gerade ein mordsmäßig großes Rezept über ein paar hippe Psychopharmaka aufgeschrieben, mit denen sie ihre Bridgerunde ein bisschen auflockern kann. Der Doktor schafft es irgendwie, die Dame aus dem Sprechzimmer raus- und mich hineinzuschieben.

»Alte Leute«, sagt er, nachdem er die Tür geschlossen hat, »was sie am nötigsten haben, ist ein bisschen menschliche Wärme.« Es schadet natürlich auch nichts, wenn man eine Sprechstundenhilfe hat, die gerade eine Rechnung über 280 Euro ausdruckt. Aber irgendetwas an ihm lässt mich glauben, dass er es ehrlich meint. Vielleicht will er mit der Praxis nur seinen Papi beeindrucken. Man weiß ja, wie das mit Söhnen ist. Wenn der Vater irgendein genialer Kerl war, müssen die Jungen versuchen, irgendwie mitzukommen. Über seinem Schreibtisch hängen eine Menge Urkunden. Ein paar von Universitäten, Frankfurt, Heidelberg, Yale. Eine sticht heraus. Die von den »Médecins sans frontières«.

»Sie waren bei den Ärzten ohne Grenzen?«, frage ich.

Er lächelt und dreht sich zu der Urkunde um. »Ja, im Afrikakorps. Wir haben ein paar Gaumenspalten zusammengeflickt. Unter anderem. Beruhigungsmittel und Betablocker zu verschreiben macht einen auf die Dauer nicht glücklich.«

Er wartet einen Moment, bevor er weiterspricht, damit ich Zeit habe, diesen zarten Anflug von Gesellschaftskritik zu verdauen. In seinen Kreisen kommt so etwas wahrscheinlich einer Revolution gleich. »Nicht, dass ich nicht dankbar wäre, natürlich.« Er tätschelt seinen Tisch. Teak, schätze ich. Oder Mooreiche. Seine Finger sind perfekt manikürt.

»Natürlich nicht. Ihr Vater war auch Arzt?« Ich klinge überzeugend interessiert.

Er nickt. »Wie mein Großvater. Und mein Urgroßvater. Im Grunde genommen waren alle Männer meiner Familie Ärzte.« Er seufzt. Ich seufze. Familie ist Schicksal, darüber sind wir uns einig. Für einen kurzen Moment überlege ich, ob ich ihm von meiner Großmutter erzählen soll.

»Ich blicke auf eine exzellente Ausbildung zurück«, sagt er dann. »Vor zwei Jahren hätte ich die Privatklinik meines Vaters übernehmen sollen. Stattdessen habe ich mich für das hier entschieden.« Er lässt seinen Blick ein bisschen durch das Sprechzimmer wandern und merkt dann, dass er damit nicht unbedingt in der gelebten Bescheidenheit gelandet ist. Ich denke, ich sollte ihm aus der Patsche helfen.

»Und dann natürlich die freiwilligen Dienste im Krankenhaus«, sage ich. »Und die Arbeit in Afrika.«

Er lächelt dankbar. »Ja. Genau. So haben wir uns kennengelernt.«

»So haben wir uns kennengelernt«, bestätige ich. Ich sage ihm nicht, dass ich mir allein heute zweimal die Haare gewaschen und mit Spülung bearbeitet habe, um sicherzugehen, dass nirgendwo unschöne Blutreste kleben. Mein Therapeut sagt immer: »Schicksal bahnt sich an. Sie müssen einfach nur darauf warten.« Wenn er recht hat, dann ist das hier Schicksal. Wenigstens hätte ich mir dann die Rübe nicht umsonst aufgeschlagen. Ich stehe auf seine »Reicher, armer Junge«-Tour. Er ist ein erstklassiger Zuchthahn mit einem Herz aus flüssiger Butter.

Die Intimität, die plötzlich in der Luft schwingt, macht ihn nervös. Er springt auf und stolpert auf einen kleinen Metalltrolley zu. »Himmel, wir reden und reden, dabei sind Sie doch wegen Wichtigerem hergekommen.« Die Schere hängt in seiner Hand wie ein Fragezeichen. Ich bin so gnädig und lasse ihn die Fäden aus meiner Kopfhaut entfernen und beglückwünsche ihn zu der hervorragenden Naht, und dann finde ich, dass es Zeit ist, sich auszuziehen.

†

Und er hat wirklich aufgeschrien?« Mimi dreht ihr drittes Gimletglas in den Händen. Die Frage stellt sie ungefähr zum sechsten Mal.

»Wie ich schon sagte, er hat nicht direkt aufgeschrien. Es war mehr ein angstvolles Blöken.«

»Wie ein Schaf auf dem Weg zur Schlachtbank.«

»Sagte ich doch.«

»Wegen ein paar Brüsten.«

»Tja, manche Leute sind einfach nichts gewohnt. Ich habe wirklich nur ein wenig mein Kleid gelockert. Und dann habe ich gesagt: Ach so, ich dachte, Sie machen noch einen Rundumcheck. Ehrlich, ich wusste gar nicht, dass manche Männer so, na ja, keusch sind.«

»Bestürzend«, sagt Mimi. »Wie heißt der Typ?«

»Korbinian.«

»Warte. Hieß so nicht der Ochse in diesem Kinderbuch?«

»›Die kleine Hexe‹, ja«, sage ich. »Jedenfalls scheint er wirklich anders zu sein. So lieb und gütig, obwohl er so viel Kohle hat. Und hässlich ist er auch nicht gerade.«

Mimi klatscht in die Hände. »Mensch, das ist es doch! Ich fasse nur mal zusammen, was das Schicksal dir in den letzten Tagen so vor die Füße geworfen hat. Erst sagt dieser Test, dass du nicht beziehungsfähig bist. Gut, das ist nichts total Neues. Aber dann sagt auch noch Dr. Eugenides, dass deine Vagina Liebe braucht. Und daraufhin begegnet dir dieser gut aussehende, wohlhabende, freundliche Arzt mit einem Herzen aus Gold. Ich sage ja wohl nicht zu viel, wenn ich behaupte: Das ist der Mann, auf den du all die Jahre gewartet hast!«

Das Gleiche habe ich auch schon gedacht. Aber das muss nichts heißen.

»Erstens«, sage ich, »handelt es sich bei diesen Tests nicht um wissenschaftliche Untersuchungen, sondern um vollkommen unsachliche Mutmaßungen. Zweitens hat der liebe Dr. Eugenides während seines Studiums zu viele Tollkirschen genascht. Ich bin nämlich ziemlich sicher, dass meine Vagina keinerlei Signale an ihn ausgesendet hat. Und drittens gibt es massenweise nette, wohlhabende und gut aussehende Männer mit wohltätiger Ader. Okay, vielleicht nicht massenweise, aber ein paar. Denk nur an George Clooney! Hör mal, ich bin eigentlich nur hingegangen, weil ich es mir nett vorgestellt habe, Sex mit einem Arzt zu haben, der seine Freizeit aus purer Nächstenliebe in irgendwelchen Unfallstationen verbringt. Die Rechnung ist einfach. Wer sich gerne um andere kümmert, ist fast automatisch ein toller Liebhaber. Jedenfalls stehen die Chancen nicht schlecht, dass es so ist.«

»Aber interessiert bist du schon.«

Das kann ich nicht abstreiten. Interessiert bin ich tatsächlich.

Ich bin sogar so interessiert, dass ich am nächsten Montag in seiner Praxis anrufe und den Doktor verlange.

»Ja, bitte?«

»Dr. Semmelweis, ich bin es, Paula Lambert.« Und zur Sicherheit füge ich hinzu: »Die aus dem Waschsalon.«

Er lacht. »Ja, na klar! Das vergesse ich so schnell nicht. Ist mit der Narbe alles in Ordnung?«

Ich versichere ihm, dass mit der Narbe alles bestens ist, und dann versichert er mir noch, dass er gerne eine tiefergehende Rundumuntersuchung bei mir vornimmt, allerdings nur mit Termin. Ich verkneife mir den naheliegenden Scherz und frage ihn stattdessen, ob er mit mir essen gehen möchte.

»Diese Afrikaepisode«, sage ich, »interessiert mich brennend. Ich würde gerne einen Artikel über die ›Ärzte ohne Grenzen‹ schreiben, und dazu bräuchte ich jemanden, der mir so richtig aus der Tiefe heraus was erzählen kann.«

»Ach, Sie schreiben?«, sagt er. »Wusste ich gar nicht. Worüber schreiben Sie denn so?«

»Ich schreibe über Dinge, die die Menschheit bewegen. Wichtige Dinge. Das Wesentliche eben.« Das ist nicht mal gelogen. Wie sagte noch dieser Verlegersohn zu mir? Eine gute Lüge besteht zu 85 Prozent aus Wahrheit.

»Und da wollen Sie mich interviewen?« Ich kann

mir vorstellen, wie seine Ohrenspitzen rot vor Stolz werden.

»Unbedingt«, sage ich. »Man lernt schließlich nicht oft Menschen kennen, die engagiert und mutig zugleich sind.«

»Ach, jetzt schmeicheln Sie mir aber«, sagt er. An der Muschel raschelt etwas. Ich nehme an, dass er sich gerade umdreht, um die Urkunde anzusehen, die ihm bestätigt, was für ein fabelhafter Typ er ist. »Wissen Sie was? Ich habe um 20 Uhr Feierabend. Was halten Sie von 20 Uhr 30?«

†

M*imi steht um 18 Uhr* bei mir auf der Matte. Sie ist besessen von dem Gedanken, meiner beziehungsgestörten Vagina einen Lebenspartner zuzuführen. »Was für Farben mag Korbinian genau? Welche Lackierung hat sein Auto? Schwarz? Silber? Rot?«, fragt sie, während wir das passende Kleid aussuchen.

»Ich weiß es nicht«, sage ich und nehme mein grünes Lieblingskleid von Lena Hoschek aus dem Schrank. Vierzigerjahre, tiefer Ausschnitt und doch züchtig, ganz Bibliothekarin mit Peitsche unterm Bett. Und dann noch das schwarze, rückenfreie. Heißer Scheiß. Das Kleid ist ideal, wenn man nicht zu viel Zeit mit dem Aufbauen einer anständigen Erektion verplempern will. So eine Art erektiles Perpetuum mobile. »Aber könnten wir bitte aufhören, ihn beim Vornamen zu nennen? Dann habe ich immer das Gefühl, er ist eine reale Person und nicht nur ein Penis, den ich gerne kennenlernen möchte.«

Mimi sieht mich bestürzt an und packt mich an den Schultern. »Diesmal ist es nicht nur der Penis«, sagt sie und schüttelt mich ein wenig. »Diesmal nimmst du den ganzen Mann! Vergiss das nicht.«

»Ist ja gut. Ich mache nur Spaß.« Muster ist Muster. Ich habe gelesen, dass man eine neue Gewohnheit 84-mal ausüben muss, bevor sich das Gehirn daran gewöhnt und bereit ist, die alte Gewohnheit über Bord zu werfen. Ich schaffe es ja nicht mal, drei Tage lang auf Schokolade zu verzichten. Das Schöne an Sex ist, dass er so einfach ist. Es gibt kein Vor- oder Nachspiel (jedenfalls nichts, was über das Vorspiel im Bett hinausginge). Ich meine, es geht nicht darum, was jemand ist oder warum jemand ist, wie er ist, sondern nur darum, genau in dem Moment da zu sein. Über Sex muss man nicht diskutieren, wenn keine Liebe im Spiel ist, und er geht einem auch nicht ewig im Kopf herum. Wenn ein Vögelpartner nicht mehr anruft, dann nehme ich mir eben einen anderen. Problem gelöst.

Ich nehme die beiden Kleider und mache mich auf den Weg ins Schlafzimmer. »Wo gehst du hin?«, ruft

Mimi. »Du willst wieder eines von deinen bescheuerten Selbstgesprächen führen, stimmt's? Bleib lieber hier. Das endet immer im Unglück!«

»Entspann dich«, sage ich. »Ich will nur kurz, ähm, mit den Kleidern alleine sein. Es gibt Entscheidungen, die muss man einsam treffen.«

Nachdem die Schlafzimmertür zugefallen ist, stelle ich mich vor den Spiegel und halte mir das Grüne vor die Brust. »P. betrachtet sich im Spiegel. Ihr Gesicht sagt: So ist es recht, ein wenig Züchtigkeit hat noch niemandem geschadet. Sie hat irgendwo gehört, dass selbst Männer so etwas wie eine Persönlichkeit haben. Darum wird sie heute Abend gut zuhören und ihm auf keinen Fall die Hand aufs Knie legen.«

Ich weiß nicht recht. Das Schwarze passt vielleicht doch besser. »P.s Augen streifen im Geiste wollüstig über K.s sportlichen Körper. Sie überlegt, ob sie ihn anstelle des Hauptgangs verspeisen soll oder das Dessert abwarten wird. Sicher ist, dass sie nicht allzu lange warten wird. Seine Küsse sollen sich den Weg durch den Ausschnitt bahnen, seine Hand den Schlitz des Kleides durchdringen und sich in ihre Vagina vorarbeiten, während sich im Schritt seiner Hose ein hübsches Segelschiffchen bildet.«

Doch lieber das Grüne? »P. ahnt, dass der Weg zur Liebe nicht über Sperma im Mundwinkel und multiple Orgasmen führt, zumindest nicht sofort. Wahre Hingabe erfordert genaue Kenntnis des Partners. Sie wird sich ernsthaft für seine Hobbys interessieren und ihn nicht in ihre Bewertungsliste für Liebhaber eintragen, bevor sie nicht mindestens 20 Mal mit ihm geschlafen hat. Sie wird sich auch nicht betrinken und anschließend über ihn herfallen, wie sie es bei diesem Fotografen neulich getan hat. Sie wird nicht mal seine Mutter in Diskussionen über die Wichtigkeit von Oralsex verstricken, sondern Bitte und Danke sagen und Tee trinken, wenn ihr einer angeboten wird, anstatt zu sagen: Nein, ich hätte lieber einen Gin Tonic. P. probiert ein schüchternes, mädchenhaftes Lächeln.«

Das Schwarze ist vielleicht wirklich geeigneter. »P. fragt sich, ob die Sitze seines Autos zurückklappbar und mit abwaschbarem Leder bezogen sind. Sie stellt sich vor, wie sie auf dem Beifahrersitz über K. gebeugt sitzt und seine harte Erektion in sich einführt. Nachdem sie gekommen ist und sich dabei den Kopf am Autodach angeschlagen hat, wird sie nach Hause gehen und sich einen neuen Arzt suchen. Ärzte scheinen eine große Fertigkeit auf dem Gebiet der Orgasmusbeschaffung zu haben. P. wirft sich im Spiegel ein diabolisches Grinsen zu.«

Mimi kommt ins Zimmer gestürmt. »Es wird langsam Zeit. Hast du dich endlich entschieden?«

»Ja«, sage ich mit einem Seufzer. »Ich nehme das Grüne.«

†

W*ir treffen uns* bei einem netten kleinen Italiener nicht weit von meiner Wohnung, und schon beim Reinkommen sehe ich, dass der Laden perfekt zu ihm passt. Der Doktor sitzt da und strahlt die gleiche Zuverlässigkeit aus wie die rot-weiß karierten Tischdecken. Und er sieht so appetitlich aus wie eine sehr große Schüssel Spaghetti alle vongole. Am liebsten würde ich mich gleich reinstürzen, aber Mimi hat mir den Schwur aller zukünftigen Ehefrauen abgenommen.

»Du wirst nicht mit ihm schlafen, verstanden?«

»Ja, Mama.«

»Und du wirst auch nicht versuchen, ihm im Auto einen zu blasen. Keine Busenblitzer und kein Gequatsche von wegen, ich trage heute kein Höschen. Kapiert?«

»Das ist eine absolute Frechheit«, protestiere ich. »Das habe ich schon mindestens vier Jahre nicht mehr gemacht!«

»Und für den Fall, dass du dich doch ausziehst«, hier sieht sie mir fest in die Augen, »dann schreibst du ihm hinterher keine dieser SMS.«

»Was für eine SMS?«

»Die du zum Beispiel dem netten Anwalt geschickt hast. Du hast ungefähr geschrieben: So läuft das nicht, mein Guter. Du kriegst Paula, und dann schmeißt Paula dich raus. Versuch nicht, zu kuscheln oder sinnlos abzuhängen, das ist jämmerlich und sorgt dafür, dass ich auf deinen Penis herabsehe. Keine SMS, sind wir uns da einig?«

»Anwälte sind solche Petzen«, sage ich, während ich mich zu erinnern versuche, ob das Ganze stimmt oder ob sie gerade versucht, mich reinzulegen. »Aber dazu wird es eh nicht kommen. Ich darf mich ja nicht ausziehen.«

»Braves Mädchen.«

Ich weiß, ich weiß.

Der Kellner kommt, und der Doktor bestellt Aperol Sprizz für uns beide, was bedeuten kann, dass er das Auto irgendwo hat stehen lassen und sich auf einen längeren Abend einstellt.

»Wo wir schon so nett zusammen sitzen, können wir uns genauso gut duzen, oder?«, fragt er.

»Ja, klar«, sage ich und hebe mein Glas. »Paula.«

»Korbinian.«

»Witzig, nicht? Genau wie der Pfingstochse«, rutscht es mir raus. »Du weißt schon, aus dem Buch.«

Er zuckt mit den Schultern. »Meine Eltern dachten wohl, dass ein origineller Name ein originelles Leben ergeben würde. Mit der Folge, dass ich die ersten paar Jahre in der Schule ständig verprügelt wurde. Weißt du, wie sie mich gerufen haben? Professor Bienlein. Stell dir das vor. Jetzt verdiene ich mehr als alle zusammen. Nicht schlecht als späte Rache, was?« Wir lachen. Es geht doch nichts über die tröstende Wirkung eines Mercedes 600 SLS AMG, wenn man bei einem Klassentreffen vorfährt.

Eine Flasche später fühle ich mich so zutraulich, dass ich bereit wäre, ihm meine Klitoris anzubieten. Stattdessen reden wir über Afrika. »Wenn du in die Augen eines Kindes blickst, das vorher nur mit Mühe sein bisschen Hirsebrei runtergekriegt hat und das nun einen richtig geschlossenen Rachenraum hat«, sagt Korbinian gerade, »dann weißt du einfach, dass du für irgendetwas gut bist auf der Welt. Es ist schon ein Unterschied, ob du umarmt wirst, weil du gerade ein Leben gerettet hast, oder ob dir jemand einfach einen Scheck in die Hand drückt, weil du seinen Tremor in den Griff bekommen hast und er jetzt wieder Golf spielen kann.« Er hebt sein Glas und betrachtet das Rot darin. »Nicht, dass ich den Wohlstand nicht genießen würde, aber du weißt schon.«

Ich nicke verständig und mache mir ein paar Notizen in meinen Block. Ich hoffe, er liest nicht nach, was ich schreibe. Unter anderem steht da: »Legt das Kinn in die Hand, wenn er verlegen wird.« Oder: »Lächelt den Kellner immer an und sagt Danke, ist aufmerksam.« Ich habe kaum Übung im Verlieben. Darum brauche ich ein paar Stützen.

»Hast du das mit dem Grünen Star auch notiert?« Seine Karamellstimme kommt zu mir über den Tisch gekrochen.

»Äh, ja. Hab alles. Wie heißt noch mal das Medikament, das man braucht?«

»Schreib Ophtan-Timilol auf. Oder Arteoptic. Und Vistagan. Und eigentlich bräuchten wir auch massenweise Parasympathicomimetica. Das schreibt man P – A – R – A …«

»Schon okay«, sage ich. »Ich kenne mich mit Arzneimitteln ganz gut aus.« Ich schreibe: »Stirnlocke fällt über die Augen, wenn er viel redet. Fragt gerne nach. Mag Merlot lieber als Burgunder. Isst Tiramisu, ohne den Löffel abzusetzen (Lieblingsdessert?)«

Er ist so nett, mich nach Hause zu bringen. Ich hake mich ein. Den Schreibblock habe ich weggepackt. Korbinian redet. »Ohne Afrika wäre ich einer von diesen Schnöseln geworden, die das ganze Wochenende Golf spielen und ihrer Frau die Kreditkarte zum Shoppen rüberreichen. So habe ich das Beste aus beiden Welten, auch wenn sich das total überheblich anhört.« Er zögert kurz, dann fasst er in seine Manteltasche und drückt mir zwei längliche Karten in die Hand. »Das wollte ich dir schon vorhin geben. Am Samstag veranstalte ich eine Charity-Dinnerparty. Ich habe ein kleines Schulprojekt, mit dem ich ein paar Dörfer im Tschad unterstütze. Ich würde mich freuen, wenn du kommst. Und bring doch vielleicht eine Freundin mit. Damit es nicht so langweilig wird. Bei solchen Veranstaltungen kommen immer zu viele Männer und zu wenige Frauen.« Seine Faust knufft mir freundlich gegen den Arm.

Ich gehe ganz alleine hoch in meine Wohnung. Es ist die älteste Geschichte der Welt: Mädchen trifft Jungen. Mädchen verliert Jungen. Mädchen trifft Vibrator.

†

M*eine Großmutter* ist, wie gesagt, bei ihrem ersten Orgasmus 69 Jahre alt. Der Mann, der dafür verantwortlich ist, ist gut zehn Jahre jünger als ihre jüngste Tochter. Ich setze mich mit einem Glas hin und nehme mir noch mal Großmutters Schatzkästchen vor. D. hat B. irgendwann den ganzen Briefverkehr und die Tonbänder zurückgeschickt. Vielleicht wollte er die Erinnerung auslöschen. Ich bin dankbar für die Dokumentation. Man lernt schließlich nie aus. Wenn ich kapieren will, warum ich die Frau geworden bin, die ich bin, muss ich die Details kennen.

Auf einem der Fotos sitzt D. nackt auf dem Rand ihres Bettes. Sein Schwanz versteckt sich in seinem dunklen Schamhaar. Sein Gesicht wird von dunkelbraunen Locken fast verdeckt. Es wirkt weich und kindlich wie bei einem Prinzen aus diesen tschechischen Märchenfilmen. Ich drehe das Bild um. Hintendrauf hat meine Großmutter mit Kugelschreiber notiert: »Dies warst du mit 35. Heute bist du 42 J … mein un-be-schreiblich süßer Geliebter.« Unter dem Foto kommen ein paar Briefe zum Vorschein, die ich vor Jahren einmal flüchtig überlesen und dann wieder weggepackt habe. Aber es gibt so Abende, da hat es was Tröstendes, in anderer Leute Misthaufen zu wühlen.

Der erste Brief ist gar keiner, sondern das herausgerissene Titelblatt eines Buches. Herbert Leiner, » … Und das dritte Rom wird Moskau sein«. Rechts vom Titel hat meine Großmutter ein Ausrufezeichen gesetzt. Darunter steht: »Für den heißgeliebten Mann mit den ›krausen Gedanken‹ – und der so voreiligen Aggressivität ausgerechnet gegen s. liebe kl. B., die nichts so hasst wie Unaufrichtigkeit, Rückgratlosigkeit – und noch Schlüpfrigkeit. Und die Dein ist u. wahrlich alles, auch das Persönlichste, mit Dir geteilt hat.« Der Brief ist auf den 19. November 1985 datiert. Sie müssen sich in den Monaten davor kennengelernt haben, während er sie und 50 andere Rentner über den Geiersberg und durch den Odenwald kutschiert hat. Es gibt verschiedene Arten von Rentnern, auch solche, die mit dem Kegelklub die Nächte durchfeiern, aber sie kleiden sich alle in den gleichen gedeckten Tönen, als würden sie schon mal üben wollen zu verschwinden. Meine Großmutter im Rückspiegel zu sehen, muss für D.s müde Augen eine Wohltat gewesen sein. Sie hat immer schon einen Hang zu knalligen Farben gehabt, später dann, mit erwachender Libido, steigerte sich dieser Hang zu einem ausgewachsenen Pinkfetisch. Er konnte sie gar nicht übersehen.

Was die voreilige Aggressivität betrifft, kann ich ihn verstehen. B. erlaubte sich eine Meinung zu allem und jedem, griff ein und korrigierte, schnitt anderen das Wort ab oder verdrehte es so lange, bis sie selbst eine Anekdote beisteuern konnte. Mit ihr Sex zu haben musste die Hölle gewesen sein.

Ich ziehe ein weiteres Foto heraus. Drei hölzerne Engel mit Honigkerzen in den Händchen, dass das Ganze unscharf und verwackelt ist, scheint sie nicht gestört zu haben. Das Engelbild ist zwei Jahre älter als das herausgerissene Buchblatt. Ich frage mich, ob D. da schon geahnt hat, wie groß die Sparsamkeit meiner Großmutter werden würde, die selbst Briefpapier durch Papierservietten ersetzte. »Andreas«, steht auf dem Foto, »das Jahr ist noch nicht zu Ende – und der Kalender ist einfach zu schön: Er soll Dich das ganze Jahr daran erinnern, wie romantisch unser Deutschland ist. Ich halte d. Verbot ein! Bitte trage dies Seidentuch – es ist selbst gefärbt – als Andenken an mich (im Hemd oder Pullover). Wasche es nur i. Becken mit der Hand u. für sich: 20 ° u. bitte feucht bügeln (reine Seide einstellen), dann wird es lebenslang halten. Du bleibst u. wirst sein: m. L.« Ich versuche mir vorzustellen, wie sich hinter der Waschanleitung eine Riesenportion lebensverändernder Sex versteckt. Es gelingt mir nicht.

Dort, wo das Foto lag, blitzt eine Kassette hervor. Es ist keines von den billigen Porta-Tapes in Blassgrau, die sie sonst benutzt. Dieses hier ist golden, von Maxell. Es ist die Art Tape, mit denen ich früher Mixkassetten aufgenommen habe für Jungs, die mir wirklich wichtig waren. Offenbar ist es ihr genauso gegangen.

Ich habe mir die Kassetten bisher nie bis zu Ende angehört. Es ist eine Sache, die Briefe von toten Verwandten zu lesen. Ihre Stimmen zu hören ist eine andere. Zuerst ist nur ein Rauschen zu hören, dann ein Knacken, als die Aufnahmetaste betätigt wird. Mit der ersten Silbe, die sie spricht, ist alles wieder da. Die endlosen Fahrten im Bus durch die Landschaft, bei denen sie jedes Mal das Gleiche gesagt hat: »Jetzt guck doch endlich mal aus dem Fenster! Du verpasst ja das Interessanteste!« Die Art, wie sie Bratensoße aus Pulver und Wasser zusammenrührte und dann verlangte, dass ich ihre Kochkunst loben solle. Ich habe sogar ihr Parfüm wieder in der Nase, »Charlie«, und sie war schon damals viel zu alt dafür. In dem Werbespot für »Charlie« stand eine junge Blondine mit langen Haaren auf dem Bahnhof herum und warf ihr Haar zur Seite, als der Mann ihrer Träume endlich auf dem Bahnsteig erschien. »Sieh genau hin«, sagte meine Großmutter jedes Mal, wenn der Spot im

Fernsehen lief. »Genau das Parfüm trage ich auch. Eine herrliche Frau, nicht wahr?«

Ihre Stimme jagt mir immer noch einen Schauer über den Rücken. Sie klingt so, als hätte man gerade was ausgefressen. In diesem Fall stimmt das tatsächlich. Ich höre mir die ersten Sätze an und beschließe, dass es sich lohnt, das Weinglas noch mal vollzumachen. Es ist ein Brief, den sie auf Band gesprochen hat. Irgendwann hat sie angefangen, längere Nachrichten nicht mehr aufzuschreiben, sondern aufzunehmen. Ihre Augen sind schlechter geworden. Und möglicherweise ist D. mit den Abkürzungen nicht mehr klargekommen. Diese Botschaft ist jedenfalls so wichtig, dass es keine Missverständnisse geben darf. Ich spule zurück und lasse das Band in aller Ruhe ablaufen.

»Einfach zu viel Wein, und Bier«, sagt die Stimme, und dann folgt wieder ein Knacken. »So, das scheint zu funktionieren. Apropos Wein und Bier, mein lieber, lieber Schatz, du, der du so großen Wert darauf legst, die Frauen glücklich zu machen. Deren Erregung ist dann auch deine, so hast du mir wörtlich mal erklärt. Und jetzt muss ich dir das endlich sagen, nachdem du so leise und taktvolle und liebevolle Andeutungen niemals, ich weiß nicht, befolgt hast, möchte ich es dir endlich mal sagen: Zu viel Alkohol, zu viel Wein, zu viel Bier. Mir hat das viel, viel besser gefallen, als du im ersten Jahr, wenn du kamst, Kaffee getrunken hast und nur zum Essen Wein getrunken hast, und das war schön. Und dann habe ich dich immer erfreuen wollen mit einem Sektfrühstück, und es hat dir wunderbar geschmeckt. Aber irgendwann bist du dazu übergegangen, den ganzen Tag über Alkohol zu trinken. Das hatte immer dieselbe Wirkung, mein Liebling. Dann hast du keinen Zauberstab mehr, mein Schatz, dann kannst du einen nicht mehr glücklich machen. Und du hast mich viel mehr als nur glücklich gemacht. Du hast mich selig gemacht.« Sie dehnt das Wort, als bestünde es aus Haushaltsgummis. Dann lacht sie ohne erkennbaren Grund laut auf.

»Nun ja. Daher ist mir ja auch dieses Wort einfach aus dem Herzen gekommen, als ich einmal in deinen Armen lag, das mit dem Zauberstab. So habe ich das empfunden! Aber das ist ja überhaupt nichts mehr. Ich bin immer vollkommen unerlöst, du bringst mich nicht ein einziges Mal zum Höhepunkt, wenn du so viel trinkst. Und das finde ich sehr, sehr traurig. Dann bleibt man aufs Höchste erotisiert, das Blut scheint, wie ich einmal versuchte zu erklären, in Flammen zu stehen, weil du ja nur so kurz da bist. Und dann immer nur so rasch hopplahopp, was ich überhaupt nicht mag. Deswegen habe ich dich so angefleht dieses Mal, als ich dich so lange und intensiv liebkost habe und ich dich dann anflehte ein paar Stunden später, bitte, belohne mich, Liebling, bitte, bitte, belohne mich, und du hast es nicht fertiggebracht. Das war nichts. Und das macht einen sehr traurig und lässt einen völlig leer zurück.«

Das reicht mir an Information. Ich verstehe zweierlei. Erstens hat meine Großmutter das Wort »Kastration« großflächig über ihr gesamtes Leben gepinselt. Und zweitens schuldet die Welt den Frauen in meiner Familie ein paar fabelhafte Orgasmen.

†

K*uck mal,* die Nazis waren auch schon da!« Mimi stößt mich in die Seite. Es ist Samstagabend, Punkt 20 Uhr. Wir stehen vor einem Schild an der Prenzlauer Allee, direkt vor dem Soho House. »›Nach der Machtübernahme durch die Nationalsozialisten 1933 verlor der Besitzer Hermann Golluber wegen seiner jüdischen Abstammung das Kreditkaufhaus Jonaß im Zuge der Arisierung‹«, liest Mimi vor. »›Das Gebäude bezog 1942 der Reichsjugendführer der NSDAP, zuständig für die außerschulische Erziehung der ca. 9 Millionen Mitglieder der Hitler-Jugend.‹ Wow. Und hier drin feiert Korbinian die Rettung der Kinder im Tschad? Das ist entweder ziemlich pervers oder sehr originell.«

Ich ziehe sie zum Eingang. »Du weißt doch, wie diese Wohltäter sind. Der Laden gilt immerhin als das Schickste, was die Stadt momentan zu bieten hat. Wahrscheinlich wollte er einfach nur möglichst viele hippe und reiche Leute anlocken. Wenn man so was im Jugendklub der Arbeiterwohlfahrt macht, kommt doch keiner.«

Ich habe diesmal das schwarze Kleid angezogen. Nur, um sicherzugehen. Auch ich bin nur begrenzt belastbar, was den Mangel an Geschlechtsverkehr angeht.

In der Empfangshalle werden wir von einer Frau abgefangen, die so aussieht, als würde sie statt Kaugummi Eiswürfel zerbeißen. Ihre Augen strahlen die größtmögliche Verachtung aus für alles, was in diesem Klub nicht mindestens eine Gold-Membership-Karte besitzt.

»Guten Abend«, sagt sie und scannt uns von oben bis unten. Ihr Gesicht bewegt sich dabei kein bisschen, offenbar kann sie sich noch nicht entscheiden, ob sie uns für würdig hält oder nicht. »Willkommen.« Es klingt ungefähr wie: Ich habe den Finger am Abzug. Eine falsche Bewegung, und ich durchlöchere euch wie einen Schweizer Käse, ihr Ford-Fahrer!

Ich fingere nach den Einladungskarten. »Wir möchten zu … äh … ›Eine Schultafel für Oum Hadjer‹«, sage ich, »die Charity-Veranstaltung für den Tschad.«

»Natürlich«, sagt sie langsam. »Das wäre dann im zweiten Stock, in unserem Politbüro.« Sie zeigt mit der flachen Hand auf den Fahrstuhl und wirft noch einen Blick auf mein Kleid. »Na, dann, viel Vergnügen.« Ich bin ziemlich sicher, dass sie später noch mal vorbeikommen wird, nur um sicherzugehen, dass wir uns unwürdig verhalten.

»Wie schön«, sagt Mimi, nachdem sich die Fahrstuhltür geschlossen hat. »Früher wie heute ein Members-Only-Club.«

†

I***m zweiten Stock*** ist es laut und voll. Die Frauen haben sich alle in teure Kleider geschmissen, die Herren tragen Smoking, wie es eben sein soll, wenn man der Armut in anderen Teilen der Welt ordentlich gedenken will.

»Zielobjekt erfasst«, sagt Mimi und deutet in den Eingangsbereich. »Ab jetzt Tarnkappenmodus einschalten. Erst Lage sondieren, unauffällig verhalten, Begehrlichkeiten beim Objekt durch praktizierte Gleichgültigkeit wecken.« Sie quetscht sich an die Wand, blickt schnell um die Ecke und zieht den Kopf ebenso schnell wieder zurück. Ich bereite mich darauf vor, dass sie aus ihren Händen eine Pistole formen wird und sie dem nächstbesten Gast, der aus dem Saal tritt, an den Kopf drücken wird. »Für wen arbeiten Sie? Was wollen Sie hier? Welche Informationen besitzen Sie über die Zielperson?« Erstaunlicherweise bleibt sie einfach an der Wand stehen und blickt wie gebannt auf den Eingang, als würde sie auf etwas warten. Mimi befindet sich im John-Woo-Modus. »M. versucht P. durch groteskes Verhalten in Verlegenheit zu bringen. Insgeheim gehört alles zu ihrem geheimen Plan: Nach drei, vier Gimlets wird sie P. und K. schnappen und in ihren Verhörkeller bringen, bis die beiden Zielobjekte in den Bund der Ehe einwilligen. M. ist bereit, sämtliche Kampftricks einzusetzen, und geht im Kopf alle Kicks der Kampfkunst Muay Thai durch, die sie während der Folter durch die Roten Khmer erlernt hat.«

»Können wir jetzt endlich reingehen?«

Mimi löst sich von der Wand und streicht sich die kunstvoll hochgesteckten Haare glatt. »Wie? Na gut. Meinetwegen.«

An Korbinian kommen wir unerkannt vorbei. Er steht im Eingangsbereich und schüttelt gerade die Hand von einem Mann, den ich aus den Klatschmagazinen kenne. Ich stelle überrascht fest, dass es Leute gibt, die sich den Schnurrbart abrasieren können und trotzdem aussehen, als trügen sie noch einen. Neben dem Mann steht seine Frau. Sie ist groß und blond und lacht mit gebleckten Zähnen über irgendeinen Scherz, den Korbinian macht.

»Pff, Schauspielerinnen«, sagt Mimi. »Die machen

wirklich alles mit, wenn sie danach ihr Gesicht in der Zeitung sehen können.«

Tatsächlich ist der Raum voller Berühmtheiten. Um die runde Bar in der Mitte stehen zwei »Tatort«-Kommissare und unterhalten sich mit einem Politiker.

»Sag mal, dürfte der hier sein?«, frage ich Mimi. »Ich meine, von wegen Vermischung von Politik und Wirtschaft. Wenn *der* da ist, dürfte *der* doch nicht auch noch da sein, oder?« Ich zeige erst nach hinten und dann nach vorne zu dem Politiker.

»Das ist doch inzwischen eh schon alles bekannt«, sagt Mimi, »aber es könnte die Mission gefährden.«

»Wie das?«

»Na ja, der gute Korbinian wird damit beschäftigt sein, den Kerlen hier um den Bart zu gehen, um möglichst viel Geld herauszukitzeln. Das ist schwieriges Flirtterritorium. Er muss hier und heute verstehen, dass du die Frau seines Lebens bist.«

»Weißt du, vielleicht sollten wir einfach abwarten, was passiert. Lassen wir doch das Schicksal entscheiden.«

Mimi sieht mir fest in die Augen. »Das Schicksal hat bereits entschieden, meine Liebe. Dies ist der Mann. Heute ist die Nacht der Nächte. Ich kann es spüren.«

In der nächsten Stunde passiert gar nichts, außer dass sich alle gegenseitig beglückwünschen, große

Wohltäter zu sein. Ich laufe durch den Raum und sehe aus dem Fenster, weil man einen tollen Blick auf den Fernsehturm hat. Wo früher der Reichsjugendführer Artur Axmann gestanden hat, stehen heute wohlhabende Typen in feiner Abendcouture. Mimi schlendert vorbei, am Arm einen gestresst aussehenden jungen Mann. »Ich habe ein bisschen nachgelesen«, sagt Mimi, »und weißt du, was Hitler zu diesem Axmann gesagt hat? Nachdem der die SS-Panzerdivision ›Hitler-Jugend‹ aufgestellt hat? Nein? Sie werden sich phantastisch schlagen, weil sie einen idealistischen Geist haben. Ha!« Sie vollführt eine 360-Grad-Wende durch den Raum und beugt sich dann an mein Ohr. »Später war hier die SED-Zentrale untergebracht. Ganz ehrlich, meine Liebe, von der Gleichschaltung des Publikums versteht man hier was.«

†

Am Ende des Raumes, dort, wo eine kleine Bühne und eine Leinwand aufgebaut sind, klopft Korbinian jetzt mit dem Löffel an sein Glas. Der Geräuscheteppich im Saal verschrumpelt zu einem leisen Rascheln. »Liebe Freunde, liebe Gäste und Förderer«, sagt Korbinian. »Ich habe fast einen Frosch im Hals, so gerührt bin ich, dass so viele von euch das Schicksal von Menschen, die ihr nie zu Gesicht bekommen habt, anrührt. Dass ihr nicht einfach wegseht, wenn es um Hunger und mangelnden Zugang zu Schulbildung geht.«

Mimi stellt den Teller mit dem halben Hummer darauf zur Seite und klatscht in die Hände. »Bravo! Einfach bravo!« Ein paar Leute drehen sich um. Ich versuche, mich so neutral wie möglich an der Tapete zu platzieren, und tue, als würde ich nicht dazugehören.

Korbinian verliert kurz den Faden und wischt sich eine braune Locke aus dem Gesicht. »Jedenfalls möchte ich Danke sagen und hoffe, dass ihr alle recht großzügig seid. Um euch ein bisschen dabei zu helfen, haben meine Assistentin und ich einen kleinen Film vorbereitet.« Seine Assistentin hat ihren Erste-Klasse-Hintern in ein hautenges Teil à la Victoria Beckham geschoben und stöckelt nun unter Applaus auf die Bühne, um dem Herrn Doktor eine Fernbedienung zu überreichen. Dann wird es dunkel.

Als Erstes erscheint auf der Leinwand das Gesicht eines kleinen Kindes. Um die Augen herum ist es voller Fliegen, auf jeden Fall ist es dünner, als es sein sollte. Dann tönt Korbinians Stimme aus dem Off. »Dies ist der kleine Idriss. Er ist sechs Jahre alt und wiegt so viel wie ein Dreijähriger. Sein Vater ist bei Schmuggelaktivitäten an der Grenze zum Sudan ums Leben gekommen. Seitdem kümmert sich Idriss fast alleine um seine drei Geschwister, denn seine Mutter ist seit einer Choleraerkrankung stark geschwächt.« Rechts vor mir sehe ich den Schatten der blonden Schauspielerin. Sie drückt sich ein Taschentuch an die Augen und beginnt, effektvoll zu schluchzen.

Auf der Leinwand fährt die Kamera nun über das Zuhause des kleinen Idriss. Man sieht eine kleine Hütte aus Holzstecken, deren Seiten mit Plastikplanen abgedeckt sind. Dann fängt die Kamera ein Mädchen ein, das zusammengekrümmt in der Ecke unter den Planen liegt. Die Stimme des Doktors fährt fort. »Idriss' Schwester Magalé ist schwer an Meningitis erkrankt. Der Junge weiß, dass sie niemand mehr gesund machen kann. Aber er weiß auch, dass er, wenn er überlebt« – hier folgt eine kleine Pause, bevor Korbinian weiterspricht –, »wenn er überlebt, dann muss er seiner Familie eine Zukunft bieten. Er muss zur Schule gehen, damit es seine Geschwister, seine Kinder, alle Generationen nach ihm einmal besser haben werden. Idriss hat einen großen Traum. Er möchte Arzt werden, damit er andere Menschen retten kann.« Jetzt passiert zweierlei. Erstens schluchzt die Schauspielerin laut auf und vergräbt den Kopf an der Schulter ihres Mannes. Zweitens tritt Korbinian ins Bild, lächelt in die Kamera und überreicht dem Jungen einen Apfel und ein Schulheft. Als das Licht angeht, setzt tosender Applaus ein. Korbinian nimmt ihn mit bescheidenem Lächeln entgegen. Ich brauche jetzt erst mal einen Drink.

Er findet mich an der Bar und legt seine Hand an meinen nackten Rücken. »Du bist ja doch gekommen«, sagt er. »Ich dachte schon, du hättest es vergessen.«

»Vergessen? Wie könnte ich! Das ist doch eine unheimlich wichtige Sache hier. Du wirktest nur so beschäftigt, da wollte ich nicht stören.« Ich zeige Richtung Büfett, wo sich die Schauspielerin gerade mit einer Nachrichtensprecherin um ein paar Austern zu streiten scheint.

»Ach, die Prominenten«, sagt Korbinian, »man braucht sie einfach für solche Events. Schon wegen der Presse und so. Das bedeutet mir aber nicht wirklich was.« Er stockt und drückt mir die Hand. »Oh, entschuldige, dem muss ich kurz Hallo sagen.« Ich sehe, wie er einem Schauspieler um den Hals fällt. Ich kenne den Typen aus ein paar Hollywoodfilmen und wundere mich, dass die Amis seine quäkige Stimme nicht stört.

Mimi stellt sich neben mich. »Nicht sehr höflich. Der lässt dich wegen eines mittelmäßigen Vorabendschauspielers stehen«, stellt sie fest. »Zum Glück wird das den großen Plan überhaupt nicht stören. Du wirst nie erraten, was ich herausbekommen habe.«

»Was«, sage ich. »Dass die Austern fair gehandelt sind?« Sie kann nichts dafür. Ich hasse es, stehen gelassen zu werden.

»Blödsinn«, sagt Mimi. »Viel wichtiger: Der Pfingstochse hat ein Zimmer im fünften Stock. Nummer 18. Da übernachtet er heute nach dem Event. Ist quasi ein Special Deal mit der Geschäftsführung. So muss er nach der Party nicht nach Hause fahren, sondern kann bis zum Ende feiern, steigt in den Fahrstuhl, schließt das Zimmer auf und voilà – findet dich.« Sie hält mir einen Schlüssel hin, an dem eine silberne Scheibe baumelt.

»Was ist das?«

»Der Ersatzschlüssel für Zimmer 18.« Sie drückt ihn mir in die Hand.

»Bitte? Du hast selbst gesagt, dass Sex warten muss. Du hast gesagt, und ich zitiere: ›Dieser Mann wird nicht auf seinen Körper reduziert, und wenn ich dir persönlich die Muschi zunähen muss‹, Zitat Ende.«

»Papperlapapp«, sagt Mimi und stopft den Schlüssel in meine Handtasche. »Was interessiert mich mein Geschwätz von gestern? Hier sind größere Mächte am Werk, und offenbar reichen deine, nun ja, menschlichen Qualitäten nicht aus, ihn zu überzeugen. Wir müssen zu härteren Methoden greifen. Den Feind in die Enge treiben. Ein Angriff über die Flügel, der ihn vollkommen überraschen wird.«

»Nein«, sage ich und bin irritiert, wie wütend meine Stimme klingt. »Diesmal wird erst kennengelernt und dann gebumst!« Der Typ, der sich mit seinem Kasten für die Geldspenden genähert hat, macht eine abrupte Kehrtwende.

»So kenne ich dich ja gar nicht!«

»Dann wirst du mich eben ganz neu kennenlernen«, sage ich und marschiere schnurstracks aus dem Raum und Richtung Aufzug.

†

D*er eigentliche Klub* befindet sich im siebten Stock, und da hier unten im Nazihauptquartier zur Rettung kleiner schwarzhäutiger Kinder nichts weiter passiert, fahre ich mit dem Fahrstuhl nach oben. Die Dame am Empfang hat nicht mal annähernd das Bullterrierhafte von der Frau unten, sondern wünscht mir aus ihrem hufeisenförmigen Mund einen schönen Abend.

Der Klub ist gemütlich, mit zwei riesigen offenen Kaminen, aber gegen den Albert-Speer-Touch des Ganzen können auch die blumigen Möbel nichts ausrichten. Ich gehe zwischen den Reihen der Sessel und Sofas hindurch und stelle mich an die Bar, weil man von dort den besten Überblick hat. Gleich rechts von mir sitzt eine berühmte Schauspielerin. Sie lacht mit weit aufgerissenem Mund, und ihre aufgeplusterten Lippen werfen Schatten auf ihr Kinn.

Da, plötzlich, sehe ich ihn. Es ist wieder ein ziemlich berühmter Schauspieler, aber, na ja, aus rechtlichen Gründen darf ich den Namen natürlich nicht nennen. Wenn ich Klaus Maria Brandauer sage, dann bekommt man eine ungefähre Vorstellung davon, welches Kaliber, obwohl es natürlich nicht Klaus Maria Brandauer ist. Dieser hier ist viel jünger, und nach allem, was ich in Dr. Eugenides' Wartezimmer so gelesen habe, spielt er nicht nur beruflich, sondern auch menschlich in einer anderen Liga als die Schauspieler im zweiten Stock. Er sitzt auf einem der Sofas und hält einen Jungen auf dem Schoß, vielleicht neun oder zehn Jahre alt. Die Hände des Vaters spielen an einem Zauberwürfel herum. Er dreht den Würfel hin und her, ohne wirklich weiterzukommen, und ich sehe, wie die Lippen des Jungen lächelnd ein »Mensch, Papa!« formen, bevor er ihm den Würfel aus der Hand nimmt. Der Mann wuschelt dem Jungen durch das blonde Haar und streckt den anderen Arm nach seiner Frau aus, die auf der anderen Seite auf einem Sofa sitzt und nun herüberkommt. Sie bilden eine kleine, glückliche Insel der Harmonie inmitten von Leuten, die es nur darauf anlegen, gesehen zu werden. Plötzlich ist in mir der Wunsch übermächtig, dass ich sofort und hier und jetzt irgendetwas tun muss. Einfach, weil ich lieber zu den Dreien gehören will als zu allen anderen.

†

Als ich wieder unten stehe, bin ich ratlos. »P. überlegt sich, wie sie K. am besten von ihren menschlichen Qualitäten überzeugen kann, und erwägt, ein Lied auf die Schönheit des Tschadbeckens anzustimmen.«

Korbinian steht inzwischen bei einer anderen Schauspielerin, die ihre dunklen Locken zwirbelt und ihn anlächelt. Sie arbeitet nebenher als Model oder umgekehrt, optisch kann ich nicht mit ihr mithalten. In meiner Magengrube schäumt die kalte, grüne Eifersucht.

Ich gehe also rüber zu den beiden und nehme Korbinians Hand in meine. Territorium markieren, die Mieze muss nicht glauben, dass ich mich kampflos geschlagen gebe. Korbinian sieht irritiert auf seine Hand, dann auf mich und schüttelt mich ab.

»Ganz fabelhafte Veranstaltung«, sage ich und lächele aufmunternd. »Und ein toller Film. Sehr beeindruckend auch der ironische Twist am Ende. Eine prima Idee!«

Korbinian sieht mich an. »Welcher ironische Twist?« Das Model-Schauspieler-Dings verdreht die

Augen zum Zeichen, dass sie die Botschaft des Films verstanden hat, ich aber offenbar etwas langsam bin.

So leicht gebe ich nicht auf. »Na, die Sache mit dem Apfel und dem Heft. Die Übertreibung als ironisches Stilmittel. Kenne ich alles aus der Werbung. Funktioniert immer. So bleibt man im Gespräch.« Ich hüstele. Das hier läuft nicht so, wie ich gehofft hatte.

»Übertreibung?«

»Na ja … ach, vergiss es. Einfach prima, das wollte ich nur sagen. Weißt du was? Ich möchte gerne was Wichtiges mit dir besprechen. Hast du einen Moment?« Diesmal nehme ich nicht nur seine Hand, sondern lege ihm gleich den Arm um die Taille. Vielleicht war das mit der Hand einfach zu subtil.

Ich muss zugeben, dass er sich ziemlich geschickt aus meiner Umarmung löst. Erst nimmt er meine Hand von seiner Taille, dann macht er eine kleine Drehung, und nach ein paar Tanzschrittchen stehe ich alleine da und er neben dem Model-Schauspiel-Dings. »Weißt du, momentan passt es mir gerade nicht«, sagt er. »Vielleicht nachher.«

†

Nach einem Gimlet habe ich mich wieder einigermaßen im Griff. Die Schauspielerin/das Model wirft mir gelegentlich einen Blick zu und lacht dann auf eine Art, die man am liebsten mit einem ordentlichen Ziegelstein korrigieren möchte.

»Ganz schön langweilig, was?« Eine Männerstimme reißt mich aus meinen Planungen. Auf die Schnelle einen Ziegelstein herzubekommen dürfte sowieso nicht so einfach sein.

»Wie bitte?«

Er hat ungefähr die Statur eines Bulldozers und lehnt mit dem Rücken zur Bar. Wahrscheinlich habe ich ihn deshalb übersehen, er unterscheidet sich nämlich kaum von den schweren Betonsäulen, die im Raum stehen. Er räuspert sich. »Solche Veranstaltungen hier. Ich gebe gerne was für einen guten Zweck. Aber dann erwarte ich wenigstens ein bisschen Programm. Denkst du nicht?«

»Ja. Weiß nicht. Kann sein.«

»Bist du Förderer oder Freund? Ich meine, kennst du Professor Bienlein persönlich?«

»Ach, ihr kennt euch aus der Schule?«

Er nickt. »Außerdem hat mich sein Vater wieder zusammengeflickt. Ich hatte einen schlimmen Autounfall, als ich 14 war, aber man sieht praktisch gar nichts mehr. Ein verdammter Zauberer, wenn du mich fragst.« Er zeigt mir sein Gesicht. Am rechten

Jochbein verläuft eine lange silbrige Narbe, eine weitere quer über der Nase und hinter dem Ohr.

»Wirklich gut gemacht«, sage ich. »Ich nehme an, du hast vorher auch schon so, ähm, männlich ausgesehen?« Die technischen Fertigkeiten von Korbinians Vater interessieren mich.

»Keine Spur«, sagt er, »ich war vorher hässlich wie die Nacht! Ich nehme an, dieses Gesicht entspricht einfach dem persönlichen Geschmack von Papa Semmelweis.«

Ich habe keine Ahnung, ob er mich verarscht, und darum belasse ich es dabei. »Ist es dann nicht erstaunlich, dass Korbinian bei so einem Vater so bescheiden und bodenständig geblieben ist?«

»Bescheiden? Und bodenständig, ja?« Er lacht heiser und hält mir seine Pranke hin, damit ich sie schütteln kann. Sein Griff fühlt sich an, als würde ich meine Hand in einen Eimer mit schnell härtendem Beton stecken. »Ich heiße übrigens Thor.«

»Thor? Das ist ein ziemlich seltsamer Name.« Ich muss einfach fragen. »Bist du ein Gott?«

Die nun entstehende Pause gibt mir Gelegenheit, ein paar Dinge zu bemerken. Der Typ neben mir wirkt locker, beinahe fahrlässig. Seine Schuhe sind abgetragen, an der linken Schuhspitze löst sich die Naht. Er trägt eine Jeans und darüber ein dunkles Hemd. Offenbar denkt er, dass Dresscodes eine Sache der Freiwilligkeit sind. Dafür, dass er auf derselben

Schule war wie Korbinian, ist es fast merkwürdig, dass er sich so anders entwickelt hat. Normalerweise leben die Jungs aus den höheren Schulen ihr Leben alle gleich. Die erste Barbour-Jacke mit sechs. Das erste Praktikum in Papis Unternehmen mit 16, der erste Benz mit 18. Das heißt natürlich nicht, dass man sie nicht trotzdem liebhaben kann. Sie können ja nichts dafür.

»Nicht das ich wüsste.«

»Bitte?«

»Ein Gott. Ich bin keiner. Eigentlich heiße ich Gregor. Den Namen Thor habe ich mir beim Lacrossespielen verdient«, sagt er. »Es heißt, ich hätte einen Abwurf wie ein Hammerschlag. Und dann gab es noch so ein paar Mädchengeschichten … sagen wir, dieser Name passt besser.« Er hat jetzt meine volle Aufmerksamkeit. Göttliche Hammerschläge sind in etwa das, was ich heute gut brauchen könnte.

Zurückweisung ist nämlich eine Sache, die unmittelbar mit meiner Libido verknüpft ist. Sie verletzt mich und macht mich scharf zugleich. Ich habe mal in einem Buch von einem professionellen Aufreißer gelesen, dass es genügt, wenn ein Mann mit der hässlicheren von zwei Frauen spricht und die hübschere links liegen lässt. Innerhalb von ungefähr zehn Minuten ist die so fuchsteufelswild darüber, dass sie Freundschaft, Loyalität und Selbstachtung über Bord wirft und nur noch das Ziel hat, die Aufmerksamkeit des Mannes auf sich zu lenken. Man kann solche Gespräche in jeder Bar beobachten, und es läuft immer auf das Gleiche hinaus. Der Mann, so blöde er auch aussehen mag, zieht mit der Hübschen ab.

Ich schnappe mir Thor, zwinkere Korbinian zu, stopfe beim Rausgehen dem Kerl mit der Spendenbox fünfzig Euro in den Schlitz und fahre in den fünften Stock.

†

Das Zimmer sieht aus, als hätte Dita von Teese es mithilfe von ein paar Leuten eingerichtet, die beruflich mit Wohnungsauflösungen zu tun haben. Vorne rechts steht ein alter Plattenspieler aus den Fünfzigern. Gleich daneben lehnt ein schweres Sideboard aus dunklem Holz, auf dessen Oberfläche offenbar schon ein paar Generationen von Trinkern ihre Gläser abgestellt haben. Um einen runden Glastisch stehen zwei Sessel mit Blumenmuster und hohen Lehnen. Hinter den Sesseln beginnt das Bett. Es hat ein riesiges Kopfteil aus gestepptem dunkelgrünem Samt. Hier hat sich jemand erfolgreich eine Menge geschmackvoller Gedanken gemacht. Neben dem Bett liegt eine Reisetasche aus Leder. Korbinians Übernachtungskram, nehme ich an.

»Ist das dein Zimmer?« Thor sieht sich um. »Schick.«

»Ja. Nein. Irgendwie noch nicht.« Er gibt sich mit der Erklärung zufrieden, was zum Teil auch daran liegt, dass ich mein Kleid ein wenig gelockert habe. Es geht doch nichts über die Leichtigkeit, mit der man männliche Aufmerksamkeit manipulieren kann. Ich bin mir sicher, dass eine Handvoll barbusiger Frauen die ganze Welt regieren könnten.

»Sollten wir nicht erst, du weißt schon, uns unterhalten?« Er legt den Kopf schief.

»Reden? Worüber willst du denn reden?« Himmel. Das erinnert mich an das eine Mal, als ich mit 18 mit dem schüchternen Kai Sex hatte. Der wollte auch die ganze Zeit reden. Erst später merkte ich, dass er nur verhindern wollte, sich auszuziehen. Sein Rücken war so mit Akne übersät, dass es sich anfühlte, als würde man Liebe mit einer Rolle Luftpolsterfolie machen.

Wie sich herausstellt, will Thor einfach nur höflich sein. Um die Stimmung ein wenig zu lockern, gehe ich zum Sideboard und öffne es. »Ich habe gehört, dass die hier eine ganze Ladung Sexspielzeug in der Minibar haben. Macht ja auch weniger dick als Chips«, sage ich. »Jedenfalls, wenn man die Kondome richtig benutzt.« Ich lache über meinen schlechten Witz. Er probiert ein Lächeln. Bei Schwangerschaftsscherzen sind Männer vor dem Sex unheimlich empfindlich.

»Mal sehen, was wir hier haben. Oh, sieh nur, echte Perlenhandschellen! Für schlappe 18 Euro. Und eine Satinaugenbinde. Möchtest du? Nein? Dann vielleicht den Tickle-Me-Tickler. Sieh mal, Thor, ein Federkitzler!« Mein Geschwätz macht ihn noch nervöser, was aber nicht meine Schuld ist. Er wollte schließlich reden. Ich lege die »Black-Nipple-Covers« für 9 Euro 50 zurück in den Schrank und mache stattdessen den Fernseher an. Mit einem laufenden Fernseher fühlen sich Männer immer wohl. Als würde man ihnen einen Kumpel vorbeibringen und ein paar Sixpacks.

Es läuft irgendein amerikanisches Autorennen.

»Alles okay?«

»Ja, na klar«, sagt er. »Das kommt nur ein bisschen, na ja, überraschend.«

Wir knutschen ein wenig, dann öffne ich seine Hose und ziehe sie ihm aus, bevor ich mich zwischen seine Beine knie. Und für einen ganz kurzen Moment blitzt meine Zukunft vor meinem inneren Auge auf. Der Mann glotzt Formel 1, während ich ihm einen blase. Das ist so ziemlich genau der Grund, warum mir Beziehungen eine Heidenangst einjagen. Dann ist der Moment vorbei, er wird richtig groß und zeigt mir auf dem Bett, warum man ihn Thor nennt. Am Schluss drehe ich ihn auf den Rücken und reite ihn, weil ich so am besten kommen kann. Thor und ich schaffen es ohne Probleme gemeinsam zum Höhepunkt. Meine Großmutter wäre stolz auf mich.

Anschließend liegen wir nebeneinander auf dem Bett. Er zündet sich eine Zigarette an. »Klischee, ich weiß«, sagt er und lacht. Ich zucke mit den Schultern und ziehe sogar einmal dran, obwohl ich gar nicht mehr rauche. Mit der freien Hand halte ich seinen Schwanz, weil ich das Gefühl mag, wenn das Blut weicht und sich die Haut auf der kleinen, warmen Raupe wieder zusammenfaltet.

In dem Augenblick geht die Tür auf, und Korbinian tritt ein. Für einen Moment scheint die Zeit stillzustehen. Im Lichtschein der Tür tanzt ein wenig Staub. Seine Schritte versinken in dem hochflorigen, gestreiften Teppich, bevor er plötzlich innehält und wie erstarrt stehen bleibt. Mit der rechten Hand streift er sich das Haar aus dem Gesicht, mit der linken beginnt er, den Schlüssel hin und her zu flippern. Ich sehe, wie sich seine Pupillen weiten, während sein Blick über Thor und mich gleitet und über meine Hand, in der sich Thors Schwanz versteckt hat. Korbinians Lippen machen vorsichtige Schnappbewegungen. Er könnte jetzt tausend Fragen stellen.

Er entscheidet sich für diese: »Du rauchst?«

Ich betrachte die Zigarette in meiner Hand und sage: »Nein, eigentlich nicht.«

†

W*enn Selbstmitleid* ein kleines, zaghaftes Stimmchen in der Seele ist, dann bestehe ich heute aus einem ganzen Chor. Mir dröhnen die Ohren. Ich kann nicht schlafen, aber ich kann auch nicht aufstehen. Die gescheiterte Azubi-Liebende bejammert ihr eigenes Versagen. Kurz unterhalb meiner Schädeldecke singen ein paar Sopranstimmen das Lied von der Nutzlosigkeit Paula L.s. Von unten stimmt der Bariton den Refrain über die Schönheit von schnellem, bedeutungslosem Sex an. Beide Stimmen vermischen sich zu einem Kanon über den Sündenfall und sorgen dafür, dass mir fast der Schädel platzt. Es könnte allerdings auch an den Gimlets liegen.

Das Telefon klingelt zum zehntausendsten Mal. Meine Hand tastet nach dem Hörer, kriegt ihn zu fassen und schleudert ihn in die Ecke. Das Klingeln erstirbt in einem knackenden Geräusch, als die Plastikverschalung aufplatzt. Ich sacke zurück in einen Zustand zwischen Wachsein und Traum. Thor kommt auf seinem achtbeinigen Pferd Sleipnir angaloppiert, um mich zu retten und nach Asgard zu bringen, wo sich zehn appetitliche Jünglinge fortan um mein seelisches und körperliches Wohl kümmern werden. Korbinian kommt in seinem Mercedes angerauscht und fährt Sleipnir in die Beine. Knochen bersten, Blut spritzt. Irgendwo wird eine Tür aufgeschlossen.

»Ah, gut, du lebst noch.«

»Wer iss'n da?« Meine Augen wollen sich einfach nicht öffnen. Vielleicht habe ich nachts noch mit Sekundenkleber experimentiert. Auch meine Lippen kleben aneinander, und auf meiner Zunge sitzt der Geschmack von zwei Dutzend alten Mülltonnen. Ich liege einfach da, erschöpft und schweißgebadet, als hätte mich Gott mit seinem riesigen eiskalten Penis der Rache erwischt.

»Du weißt genau, wer hier ist«, sagt die Stimme. »Ich bin's, dein schlechtes Gewissen.«

»Verpiss dich.«

»Das hättest du wohl gerne.« Ich höre, wie die Vorhänge aufgezogen werden. »Es ist 14 Uhr 32. Und jetzt raus aus dem Bett. Ich habe den perfekten Plan ein bisschen modifiziert.«

Nachdem ich geduscht habe, geht es mir besser.

»Eigentlich war es gar nicht so schlimm«, sagt Mimi. »Abgesehen davon vielleicht, dass du dich gegen Ende auf die Bühne gestellt und zum Mikrofon gegriffen hast.« Sie äfft mich nach und nimmt ein unsichtbares Mikro in die Hand. »Es ist ganz anders, als es aussieht. Wir haben gar keinen Sex gehabt! Es war nur ein Freund, der einen anderen Freund getröstet hat. Nur, dass sein Penis in mir drinsteckte.« Mimi drückt sich die Faust gegen den Mund, um das Glucksen zu unterdrücken. »Wirklich, Herzchen, du hast das Zeug zum Klassiker.«

»Ist doch schön, wenn sich die Leute unterhalten fühlen.«

»Jetzt sei doch nicht beleidigt. Das Beste kam danach. Das habe ich dir noch gar nicht erzählt.«

»Es gibt ein danach?« Was immer es war, ich hoffe, dass es niemand gefilmt hat. Ich habe keine Lust, dass meine Ausfälle auf Facebook die Runde machen.

Mimi holt tief Luft. »Du erinnerst dich doch noch an den Bundestagsheini, mit dem du neulich was hattest, diesen …«

»Schschschhhh«, mache ich. »Sprich bloß nicht seinen Namen aus. Meine Vagina hat immer noch Angst.«

»Ich glaube, sie hat sich letzte Nacht befreit«, sagt Mimi und schnappt sich wieder das unsichtbare Mikro. »Alle mal herhören! Als ich mit – hier hast du seinen Namen genannt und auf ihn gezeigt – Sex hatte, hat er vorher gesagt, dass ihm die Kondome nie passen. Sie können sich vorstellen, wie freudig erregt ich war! Aber jetzt kommt's! Sie passen ihm wirklich nicht – sie fallen einfach runter! Das war übrigens der Moment, wo sie dich von der Bühne geholt haben. Nur falls du dich fragst, woher die Beule an deinem Hinterkopf stammt. Dieser Thor scheint übrigens ein netter Typ zu sein. Hat dich den ganzen Weg zum Taxi getragen.«

†

Es geht nichts über eine schöne, ausgedehnte Spritztour mit Elvis, um eine kleine Runde »Letzte Nacht ist nie passiert« zu spielen. Wir kurven über die Leipziger Straße und fahren am Potsdamer Platz vorbei, Richtung Süden und raus aus der Stadt. Aber die Sache geht mir nicht aus dem Kopf. Gestern habe ich außer einem Leberschaden nichts erreicht. Ach doch, lebenslanges Besuchsverbot für Charity-Veranstaltungen von »Eine Schultafel für Oum Hadjer«.

»Ich bin ein schlechter Mensch«, sage ich zu Mimi.

»Blödsinn. Du bist kein schlechter Mensch. Nur ein bisschen übersteuert.«

»Niemand will mit mir eine Beziehung führen! Keiner backt mir einen Geburtstagskuchen! Ich bin laut und überhaupt nicht liebenswert! Das Einzige, was ich kann, ist vögeln!« Der Kanon in meinem Kopf schwillt zu einem Crescendo an. In meinen Augenwinkeln sammelt sich sehr viel Flüssigkeit. »Und jetzt muss ich auch noch die Stadt wechseln«, schluchze ich, »und irgendwo hinziehen, wo mich keiner kennt.« Ich schnäuze mich gurgelnd in ein Taschentuch.

Mimi tätschelt mir mütterlich die Schulter. »Also, erstens: Vögeln können ist schon mal was. Frag mal die Männer in unserem Freundeskreis! Die wären froh, wenn sie eine Frau hätten, die so gerne Sex hat. Zweitens backe ich dir jedes Jahr einen Geburtstagskuchen, und so einen guten Kuchen kriegst du von keinem Mann. Drittens bist du sehr liebenswert, und zwar genau, weil du so trampelig bist. Kennst du Paula, hast du Anekdoten für die Ewigkeit, so sehe ich das jedenfalls.«

»Und das soll mich jetzt trösten, oder was?«

»Ich bin deine beste Freundin, Süße. Wenn ich sage, du bist perfekt, so wie du bist, dann ist das so.« Sie lächelt mich so warm an, dass es sich anfühlt, als würde ich in ein Kaminfeuer starren. Aber wenn der Zweifel erst mal gesät ist, wächst er von alleine. Man muss ihn nicht mal düngen. Ich glaube ihr kein Wort.

†

Z*wei Tage später* stehe ich mit Mimi am Bahnsteig. Sie hält meine Hand. »Meinst du nicht, dass du übertreibst? Das kommt mir alles irgendwie so radikal vor.«

Ich schüttele den Kopf. »Es muss einfach sein. Alleine schaffe ich es doch nicht. Ich muss meine Vagina dazu umprogrammieren, Nein zu sagen. Und mein Herz muss Ja sagen lernen.«

»Aber warum ausgerechnet dort«, jammert Mimi und zerrt an meiner Hand. »Wenn du da rauskommst, wirst du mich bestimmt nicht mehr wiedererkennen. Hast du denn nie ›Einer flog über das

Kuckucksnest‹ gelesen?« Die Leute drehen sich um und hoffen, dass es ein Drama gibt. Zwei Lesben, in wollüstigen Abschiedskampf verstrickt.

»Du spinnst«, sage ich, »das ist doch was total anderes! Da geht es mehr um innere Dinge. Ich muss einfach mal mein Karma in den Griff kriegen. Vielleicht so eine Art Exorzismus mit meiner Großmutter durchführen. Dafür haben die garantiert Spezialisten! Verschwende nie einen Ständer – das ist einfach kein passendes Lebensmotto mehr.«

†

In einer Sache muss ich meiner Großmutter recht geben: Deutschland ist wirklich romantisch. Draußen vor dem Fenster meines Abteils schieben sich immer grüner werdende Wiesen vorbei. An manchen Stellen fehlt die Farbe noch. Dann wird die Szenerie hügeliger. Hopfenpflanzungen, wohin das Auge blickt. Ich bekomme sofort Durst auf ein kaltes Bier. Aber ich nehme an, dass sie es nicht gutheißen, wenn man betrunken ankommt. Und ich will unbedingt einen guten Eindruck machen.

Nach sieben Stunden stehe ich auf dem Bahnsteig in einem gottverlassenen Kaff. Ich bin die Einzige, die ausgestiegen ist. In einem Horrorfilm würde jetzt Nebel aus den Feldern steigen, bevor wie aus dem

Nichts eine Kutsche mit vier schwarzen Rössern auftauchen würde. »P. zieht ihren Mantel fester zu, während ihr ein Schauer über den Rücken läuft. Sie ahnt, dass sie einen Fahrschein ohne Rückfahrt gelöst hat. Hier gibt es nur einen Weg heraus. Und der führt direkt durch die Hölle.«

Um die Ecke finde ich einen netten Taxifahrer, der mir den Weg zeigt.

»Nur ein oder zwei Kilometer geradeaus und dann rechts in den Wald hinein. Da ist es dann ausgeschildert.«

»In den Wald?«

»Dort bleibt man eben gern unter sich. Ist nicht weit. Ich würde Sie ja fahren, aber …« Er zeigt auf seinen Wagen, in dem vier ältere Damen sitzen und rotbackig aus den Fenstern lächeln. Wie man eben lächelt, wenn man gerade noch das einzige Taxi im Ort erwischt hat.

Ich schleife also meinen blöden Koffer die Straße entlang und bete, dass ich es schaffe, den Wald vor Einbruch der Dunkelheit zu durchqueren. Mein Handy hat jetzt schon keinen Empfang mehr.

Kurz bevor die Dämmerung die Gegend in unfreundliches Schwarz tunkt, erreiche ich die Abzweigung mit dem Schild. Man kann es kaum noch lesen, so verwittert ist es, und ich muss etwas Moos abkratzen, um ganz sicherzugehen. Das letzte Stück muss ich den Koffer tragen. Der Weg ist vor lauter umgestürzten Bäumen nicht mehr zu erkennen. Zweimal bleiben meine Schuhe im Matsch stecken, und kurz überlege ich, ob ich meine Überlebenschancen erhöhen kann, indem ich einfach barfuß laufe. Als ich fast so weit bin, aufzugeben und es mir mit meinen Reserve-Erdnussriegeln unter einer großen Kiefer bequem zu machen, bricht der Wald auf. Auf einer Lichtung steht das Haus, das ich suche. Und direkt davor verläuft eine ordentlich asphaltierte Auffahrt mit direktem Anschluss an die Bundesstraße.

†

Z*ehn Minuten später* denke ich daran zu türmen. Meine Hand fingert nach dem Griff meines Koffers, der immer noch neben mir steht. Er ist kalt geworden, draußen sind es jetzt vielleicht sechs Grad über Null, und hier drin ist es nicht viel wärmer. Die Schwester trägt eine gestrickte Weste aus grauer Wolle am Körper und Missbilligung im Gesicht, die sich vielleicht gegen mich oder gegen meine Kleidung richtet. Ich trage eine Jeans, die vielleicht zu eng ist. Um die Absätze meiner Stiefel hat sich sehr viel Schlamm gesammelt. Ich habe wirklich keine Ahnung, wie man sich für so einen Anlass kleidet.

Aber so schlecht bin ich gar nicht angezogen. An der Wand hinter der Schwester hängt nämlich ein

Bild. Auf dem tragen die Leute überhaupt keine ordentliche Kleidung, nur Schurze und Läppchen. Der Typ in der Mitte könnte Jesus sein, aber ich bin nicht sicher. Auf jeden Fall stehen eine Menge Männer und Frauen um den Mann im Zentrum, und sie haben nur ein paar Tücher am Leib. Wenn man mir sagen würde, dass das Bild eine vorchristliche Orgie darstellt, ich würde es glauben.

Was war zuerst da, Gott oder Sex?

Wenn ich jetzt anfange zu lachen, dann sperren sie mich garantiert für immer weg. Leider spüre ich im gleichen Augenblick tief in meinem Inneren den Giggle-Tower, einen Kicherturm. Allein die Tatsache, dass Lachen jetzt das Allerunpassendste wäre, lässt meinen Hals anschwellen wie den Balzsack eines Fregattvogels. Auf meiner Stirn sammeln sich die ersten Schweißperlen. Ich falte die Hände und starre auf den Boden.

Mein Freund Jeffrey hat mir den Giggle-Tower einmal sehr anschaulich beschrieben: Stell dir ein paar englische Biergläser vor, große Pintgläser. Du stapelst eins nach dem anderen aufeinander. Jedes Glas steht für einen Lacher, der auf keinen Fall raus darf. Auf keinen Fall, verstehst du? Du willst nämlich keiner von diesen Idioten sein, die mitten auf einer Beerdigung in hysterisches Kreischen verfallen. Das Problem ist aber, dass man es irgendwann nicht mehr halten kann. Gläsertürme sind eine wackelige Angelegenheit. Verbotene Lacher auch. Je schlimmer die Konsequenzen, wenn du's doch tust, desto unwahrscheinlicher, dass du's auch wirklich schaffst.

Von meiner Stirn fällt ein Schweißtropfen zu Boden. Mein Hals ist trocken und verkrampft. Hoffentlich fragt mich die Schwester jetzt nicht, ob ich heulen muss. Ein Glas, noch ein Glas. Und ganz oben drauf muss ich noch eins stellen.

Die Schwester drückt den Stift zu fest auf das Papier. »Name?« – »Lambert. Paula Lambert.« Ich bin verkrampft. Sie auch. Am Beginn jedes Buchstabens hinterlässt die Tinte einen kleinen Punkt auf dem Papier. »Aufenthaltsdauer?« Sie rückt ihre Brille zurecht, während sie auf meine Antwort wartet. »Ich weiß nicht«, presse ich heraus. »Wie lange muss ich denn?« Glas auf Glas. Gleich kann ich nicht mehr. Sie legt den Stift so gemütlich zur Seite, als würde sie ein Seziermesser auf das Tablett zurücklegen, nachdem sie damit jemandem den Brustkorb geöffnet hat. Ich schmeiße den Turm um, in dem ich meinen Kopf in den Händen verberge. Meine Schultern zucken. Als ich wieder hochkomme, bin ich einigermaßen gefasst. »Nein, so meinte ich es nicht. Sechs Wochen. Ich möchte gerne sechs Wochen bleiben.« Meine Stimme hört sich an, als hätte ich mit Kalk gegurgelt. Die Schwester nimmt den Stift wieder auf, macht ein paar Notizen und schiebt mir dann das Papier über den Tisch, damit ich es mir noch mal ansehen kann.

Bevor ich überhaupt anfange zu lesen, nimmt sie es mir wieder weg. »Der Rest wird sich fügen«, sagt sie. »Sie werden sich schon bald fühlen wie ein vollkommen neuer Mensch.«

Was soll's. Ich habe schon Schlimmeres erlebt.

†

S*ie lassen mir ein paar Minuten,* damit ich mich wieder beruhigen kann. Dann übernimmt eine andere Schwester. Offenbar bilden sie Teams mit unterschiedlichen Zuständigkeitsbereichen. Die hier ist dafür verantwortlich, mich wegzusperren.

Je höher wir steigen, desto finsterer wird es. Was die Bilder angeht, haben sie wirklich in die Vollen gelangt. Jesus mit Dornenkranz, Jesus blutüberströmt auf Marias Schoß, Jesus mit von Schmerz verzerrtem Gesicht. Auf gute Stimmung legen sie offenbar nicht allzu viel Wert. Vor einer dicken Eichentür bleibt sie stehen. Direkt gegenüber an der Wand steht eine mannshohe Jesusfigur. An der Tür selbst ist ein großer Metallriegel angebracht. Von außen.

»Da hinein?« Die Schwester nickt. Ihr Lächeln glänzt wie ein frisch polierter Apfel. »Gewiss«, versichert sie mir, »Sie werden sich sehr wohlfühlen.« Sie öffnet die Tür, damit ich einen Blick hineinwerfen kann. Ein schmaler Teppich führt quer durch den

Raum zu einem Bett am Ende des Zimmers. Links davon steht ein Nachttisch. Vom Fenster aus sieht man die Mauer und die Bäume dahinter. Die Mauer ist vielleicht drei oder vier Meter hoch. Mit einem guten Seil und ein bisschen Übung käme ein guter Kletterer in ein, zwei Minuten drüber weg. Ich kann nicht klettern.

»Ich nehme an, deshalb heißt es auch Zelle, was?«, sage ich. Sie antwortet mit einem Kichern. Wie jemand, der weiß, dass er auf der richtigen Seite steht und den Schlüssel hat.

Die Schwester zeigt auf den Nachttisch. »Da drin finden Sie alles, was Sie brauchen. Eine Bibel. Und ich habe einen Rosenkranz dazugelegt. Ich war nicht sicher, ob Sie Ihren eigenen mitbringen.« Ich lächele mit Staubtüchern in den Backen. »Sehr zuvorkommend«, sagte ich. »Mein Rosenkranz ist tatsächlich gerade, ähm, nicht hier.«

»Natürlich.« Sie nickt verständnisvoll. »Ich hole Sie dann in einer halben Stunde ab und zeige Ihnen alles.« Sie dreht sich um und trägt ihr Apfellächeln nach draußen, und ich merke, dass ihre Schritte keinerlei Geräusche machen. Wegen des langen Kleides kann ich ihre Füße sowieso nicht sehen. Vielleicht schwebt sie und bewegt die Beine nur, damit ich nicht völlig ausraste.

Als sie mich holen kommen, sitze ich auf dem Bett. Ich weiß nicht, ob sie erwarten, dass ich ein wenig in der Bibel blättere oder mit dem Rosenkranz spiele, aber sicherheitshalber habe ich die Schublade ein bisschen aufgezogen, als hätte ich beides gerade benutzt.

Die Schwester lächelt, als sie die geöffnete Schublade sieht. Sie sieht mich so glücklich erleichtert an wie eine Köchin, die ihrem Zögling gerade erfolgreich beigebracht hat, wie man eine Tarte Tatin zaubert. Ich habe es also nicht versaut. Sie spaltet die Hände vor dem Kleid zu einem Karo. Ich muss an einen Witz denken, den ich kürzlich gesehen habe. Es ist eine Collage mit Fotos von Angela Merkels Händen. Die Farbe des Jacketts ist auf jedem Foto anders, nur die Position der Hände ist immer gleich, das berühmte Merkel-Karo. Unter dem Bild steht: »Sekundenkleber ist kein Spielzeug!« Ich lache. Sie hat keine Ahnung, worüber, lacht aber sicherheitshalber mit. Ihr Lachen ist hoffnungsvoll. Sie hat es schwer, in diesen Zeiten vernünftige Leute in die Zellen zu bekommen, das sehe ich ein. Mein Lachen ist auch hoffnungsvoll: Noch 42 Tage, und ich bin hier wieder raus.

Das heißt, falls ich überlebe.

†

Es heißt, dass die erste Nacht eines neuen Lebens etwas Besonderes ist. Nachdem meine Großmutter sich von D. getrennt hatte oder er sich von ihr (wirklich, wie viele Volker-Lechtenbrink-Kassetten kann ein Mann aushalten, Sex hin oder her), lernte sie einen 40-jährigen Buchhändler kennen. Wenn man einmal in Schwung ist, lohnt es sich weiterzumachen, hatte B. immer gesagt. Als Buchhändler war Hans an ältere Damen gewöhnt, die viel redeten. Es schien ihn zumindest nicht gestört zu haben.

Außer einem Dia ist von ihm nicht viel übrig geblieben. Auf dem Foto steht er an einem Aussichtspunkt auf irgendeinem Berg, ans Gipfelkreuz gelehnt, ein schmaler Mann in schwarzen Jeans, einer schwarzen Lederjacke und einer Frisur wie der Sänger von Boney M., nur in Blond. Sein Gesicht verrät Unsicherheit. Vielleicht hat er nicht gewusst, wo er hinsehen soll. Ich kann mir meine Großmutter leibhaftig vorstellen, wie sie hinter der Kamera herumgefuchtelt und gerufen hat: »Jetzt genieß doch mal die schöne Aussicht! Der Watzmann ist der dritthöchste Berg Deutschlands, wusstest du das? Nun guck doch nicht so verkrampft, hallo, hier ist das Vögelchen!« Wie gesagt, von Hans ist nicht viel übrig geblieben. Von meiner Großmutter auch nicht.

Sie kannten sich ungefähr drei Monate, als sie morgens mit den Worten aus dem Bett stieg: »Heute ist der Beginn eines neuen Lebens. Das merke ich in der Magengegend.« Mit ihrer Vermutung hatte sie recht. B. ging in die Dusche, föhnte ihr karottenrotes, langes Haar, zog sich den pinken Farbrausch über und stieg auf das Fahrrad, um Brötchen für sich und ihren Liebhaber zu holen. Beim Bäcker bestellte sie drei normale und drei Mohnbrötchen, die übrig gebliebenen würde sie wie immer am nächsten Morgen mit etwas Wasser befeuchten und kross backen: »Dann schmecken sie wie frisch gebacken!«

Sie hatte ihr Zuhause, die kleine Seitenstraße mit den flachen Wohnblocks, fast erreicht, als es einen Zusammenprall mit etwas ganz Neuem in ihrem Leben gab. Ich frage mich bis heute, wie der Lastwagenfahrer unsere Pretty in Pink übersehen konnte, aber damals, auf der Beerdigung, fiel mir ein, wie sie einst, als ich mir beim Fahrradfahren das Handgelenk gebrochen hatte, gesagt hat: »Du musst dir nur eine Verkehrsregel merken. Der Stärkere gewinnt immer.« Zur Beerdigung schickte Hans einen kurzen Brief. Er könne nicht kommen, das ginge ihm alles zu nah, schrieb er. »Ihre letzten Worte an mich waren: ›Heute ist der Beginn eines neuen Lebens. Das spüre ich in der Magengegend.‹« Statt der i-Punkte hatte er kleine Kringel gemalt.

Das kann ich bestätigen. Mein Magen rebelliert auch. Vielleicht vor Stress. Um fünf Uhr fliegt nämlich die Tür zu meinem Zimmer auf, irgendjemand tastet nach dem Lichtschalter, und schon ist der ganze Raum in das schönste Verhörlicht getaucht, das man sich vorstellen kann. Ich schieße aus dem Bett wie ein US-Marine und suche nach irgendetwas, womit ich mich verteidigen kann. Dann fällt mir ein, wo ich bin, und ich entspanne mich etwas.

Es ist die Apfelbackenschwester vom Vorabend. »Guten Morgen!«, zwitschert sie. »Ich bin es, die Schwester Franziska! Na, da sieht aber jemand verschlafen aus. Jetzt aber schnell in die Kleider, wir fangen gleich mit der Laudes an.«

»Anfangen?«, frage ich und sehe aus dem Fenster. Draußen ist es stockdunkel. »Es ist doch noch mitten in der Nacht.«

Sie gibt ein bezauberndes Nachtigallenlachen über mindestens vier Oktaven von sich und klatscht in die Hände. »Sie sind ja eine Ulknudel! Köstlich! Ich erwarte Sie in drei Minuten vor der Tür.«

†

Die Klosteranlage wurde 1321 erbaut. So steht es zumindest an der Steintafel, an der ich vorbeirenne, während ich versuche, Schwester Franziskas Maschinengewehrschrittchen zu folgen. Über dem Wald wird der Horizont langsam heller. Die Mauer ist um das ganze Gelände gelegt, wie ein Gürtel. In der Mitte befinden sich verschiedene Wirtschaftsgebäude.

»Die Bäckerei, die Braustube, der Geräteschuppen«, erklärt Schwester Franziska.

Wir hasten auf die Kirche zu, einem rosafarbenen Barockbau mit einem Zwiebelturm wie ein Sahnehäubchen. »Die alte Kirche ist damals eingestürzt«, sagt Schwester Franziska. »Man erzählt sich, dass der Pater den Pestkranken die Hilfe verweigert hat und dafür bestraft worden ist.« Sie zuckt mit den Schultern. In ihrer Welt ist es normal, dass Sünder bestraft werden. Mit einem Mal habe ich Angst vor ihr.

»Selig seid ihr, die ihr jetzt hungert«, sagt sie und zwinkert mir zu. »Denn ihr sollt satt werden.«

»Ähm, was?«

»Lukas sechs-zwo-eins«, sagt sie und öffnet die Kirchentür. Ich nehme an, das ist ihre Art, mich willkommen zu heißen.

†

D*as Kirchenschiff* hat die Form eines am Strand verendeten Pottwals. Hier und da ragen ein paar Beulen aus der Wand, die nicht hierher zu gehören scheinen. Vielleicht haben sie da früher arme Sünder wie mich eingemauert. Ich zähle die Beulen und versuche zu erkennen, ob der Putz noch frisch ist. Man kann ja nie wissen. Diese Kirchenleute neigen zu radikalen Maßnahmen.

Das ganze Schiff ist in einem fröhlichen »My-little-Pony«-Rosa gestrichen. Alle paar Meter hat jemand einen goldenen Engel an eine Säule gehängt. Oben an der Decke sind die Engel weiß und schweben um eine riesige Wolke aus Stuck herum. Die Luft hier drin schmeckt so sauber wie ein frisch gewaschener Babypopo. Ich frage mich, ob die Schwestern riechen können, dass ich voller Sünde bin. Nach so vielen Männern würde es mich nicht wundern, wenn ein Großteil des Wassers in meinem Körper durch pure Samenflüssigkeit ersetzt worden wäre.

Außer mir sind noch ein paar andere Zivilisten da. Sie sitzen rechts in den Bänken. Die eine Frau ist etwa so alt wie ich. Vielleicht ein bisschen jünger. Sie hat dunkelblondes, ungesund trockenes Haar, das mich an Janis Joplin erinnert. Gestreifter Wollpullover, selbst gestrickt. Neben ihr sitzt ein Mann, der aussieht wie das Klischee eines Historikers. Ich tippe auf 28 Semester. Pferdeschwanz, Nickelbrille, klitzekleine Augen dahinter, die hektisch wie eine Stechuhr blinzeln. Er trägt ein hellblaues Hemd und einen graugrünen Pullunder. Ich bewundere seine Standhaftigkeit. Sein Atem hinterlässt kleine Wölkchen in der Luft. Keiner von beiden sieht aus, als müsste er sich hier von einem außer Kontrolle geratenen Sexualtrieb erholen.

Zwei Reihen dahinter, also fast neben mir, sitzen zwei Männer mit geschlossenen Augen. Es könnten Brüder sein, beide sind zu gleichen Teilen schwammig und kurzgliedrig. Wenn ich genau hinhöre, erkenne ich das Geräusch von Inzucht und Scham. Das Ganze ist lächerlich. Als hätten wir uns hier zu einem Kongress zum Thema »Der moderne Katholizismus – Klischee und Wirklichkeit« versammelt.

Eine Hand legt sich auf meine Schulter. Schwester Franziska, natürlich. Sie steht neben mir. Wie peinlich. Ich habe den Moment verpasst, in dem wir uns alle erheben, um das Morgengebet zu sprechen. Ich kenne nicht mal den Text und murmele so lange irgendwelches Zeug vor mich hin, bis auch die letzte Schwester mitbekommen hat, dass ich ein faules Ei bin.

Um zehn Uhr habe ich einen Termin bei Schwester Regina. Ihr Büro ist im Erdgeschoss des Haupthauses, aber weil das Gebäude ungefähr so viele Gänge hat wie Hogwarts, verlaufe ich mich und komme fünfzehn Minuten zu spät.

Wenn Schwester Franziska ein Vögelchen ist, dann ist Schwester Regina ein Pferd. Sie sieht aus, als könnte sie problemlos zwei Bierfässer schultern und damit Polka tanzen. Die Haut in ihrem Gesicht ist ledrig wie die eines alten Seemannes, und ihr Lachen klingt, als müsste demnächst mal der Mann mit der Ölkanne vorbeikommen.

Als ich die Tür aufstoße, sitzt sie hinter einem schweren Schreibtisch aus versteinert aussehendem Holz und schreibt etwas in ein großes Buch. Ich hoffe, die führen hier nicht so etwas wie ein Sündenregister, sonst bin ich geliefert. Fünfzehn Minuten Verspätung, das macht zehn Rosenkränze und vierzehn Hallelujas, verstanden?

»Entschuldigung«, stammele ich, »der Weg, ich habe mich verlaufen, und da war niemand …«

Statt irgendwas zu sagen, strahlt sie mich an, bis ich mir am liebsten eine Sonnenbrille aufsetzen möchte. Ihr Gesicht ist viel zu groß für die Haube, die darüber sitzt. »Ein herzliches Willkommen in unserer Abtei«, sagt sie, als sie damit fertig ist. »Und der unreine Geist riss ihn und schrie laut und fuhr aus von ihm.«

Ich bin nicht sicher, ob das so etwas wie eine göttliche Drohung ist. Sicherheitshalber sage ich nichts. Ich will mich nicht jetzt schon in Schwierigkeiten bringen.

»Markus eins-zwo-sechs«, sagt Schwester Regina. »Habe ich gerade als Tagesmotto für unsere Besucher online gestellt. In Zeiten wie diesen suchen die Leute wieder Zuspruch. Wir machen ihnen einfach ein bisschen Mut.« Sie lächelt bei dem Gedanken, dass Gottes Business noch nicht tot ist.

Sie kommt um den Schreibtisch herum und lehnt sich an die Vorderseite. »Bei uns ist es üblich, dass wir Schwestern und Besucher uns beim Vornamen nennen. Wir werden uns ja ohne Frage beim Gebet sehr nahe kommen. Einverstanden?«

»Ja, natürlich.«

»Also, Paula, ich bin Schwester Regina. Paula, wie Paulus. Du kennst doch die Geschichte von Paulus? Sehr interessant.«

Ich beeile mich zu nicken. Ich weiß im Wesentlichen nur, dass Paulus nicht der Typ war, der Jesus an die Römer verkauft hat. Und dann gibt es da noch einen anderen Paulus. Er hatte so einen Werkzeugfetisch. Ich weiß nicht mehr, was ich alles in meiner Vagina hatte. Aber hinterher habe ich mich gefühlt wie nach einem Gangbang mit einer Handvoll Gerüstbauer. Ich nehme nicht an, dass sie an der Geschichte interessiert ist.

»Paulus«, wiederhole ich und nicke. Schwester Regina tut mir den Gefallen und hebt das Stöckchen auf.

»Wirklich ein sehr interessanter Mann. Ein großer Missionar, wie du weißt. Die meisten Leute glauben, dass er vor seiner Taufe Saulus gerufen wurde und sich dann zum Paulus bekehren ließ. Aber das stimmt nicht, er trug immer schon beide Namen. ›Kein Mensch kann durch die Werke des Gesetzes vor Gott gerecht sein. Denn durch das Gesetz kommt Erkenntnis der Sünde.‹ So war er, der Paulus.« Sie lächelt bei der Erinnerung wie über einen alten

Schulfreund. »Da haben sich deine Eltern wirklich einen schönen Namen ausgesucht.« Ich lächele auch und bringe es nicht übers Herz, ihr zu sagen, dass ich nach der besten Freundin meiner Mutter benannt bin, die im Vollrausch mit dem Motorrad gegen einen Baum gefahren ist.

Schwester Regina führt mich durchs Kloster. Unsere Schritte hallen in den weiten Fluren. Die einzelnen Abschnitte des Ganges werden durch Säulenbögen getrennt. Es sieht aus, als würden wir uns langsam durch das Innere einer riesigen Wirbelsäule bewegen.

»Erbaut wurde das Haus im 14. Jahrhundert. Hier haben immer schon Frauen gelebt. Die erste Äbtissin hat mit dem Großherzog persönlich verhandelt, damit er das Land den Zisterzienserinnen schenkt. Wir sind jetzt nur noch 20. Früher, sogar noch um 1950 herum, waren es über 90 Frauen. Darum ist hier im Haus so viel Platz.« Der Gedanke an die guten, alten Zeiten sorgt dafür, dass sie sich kurz über die Augen wischen muss. »All die Jahrhunderte über haben die Schwestern hier Landwirtschaft betrieben. Von ein paar Angestellten abgesehen, waren die einzigen Männer, die sie zu Gesicht bekamen, die Soldaten, die alle paar Jahre während der Kriegszeiten durchkamen und alles niederbrannten. Hinterher haben die Frauen alles wieder aufgebaut.«

Sie zeigt nach rechts auf eine schwere Holztür.

»Unseren Schatz haben sie natürlich nicht bekommen. Die Schwestern hatten vorher eine unterirdische Kammer angelegt. Absolut feuer- und männersicher!« Ihr Gelächter hallt in den Gängen.

»Was ist denn das für ein Schatz«, frage ich. »Gold, Edelsteine, Münzen?«

Sie lacht.

»Der Wert unseres Schatzes ist weniger materiell als vielmehr ideell, Kindchen«, sagt sie. »Dort unten lagern uralte Ikonen, Schriften, Aufzeichnungen. Und ja, auch ein paar goldene Kerzenständer, die wir lieber in Sicherheit aufbewahren.«

»Kann ich die Kammer mal sehen?«

»Ausgeschlossen«, sagt sie und tätschelt mir den Arm. »Da dürfen nur ein paar ausgewählte Schwestern hinein. Hier ist die Waschküche. Da darfst du hinein. Oder in die Brotbackstube. Mal sehen, wo wir dich besser brauchen können. Hast du dein Telefon dabei?«

Ich bin erstaunt, dass sie jetzt unbedingt telefonieren will. »Na klar«, sage ich und drücke es ihr in die Hand. »Nur zu, ich habe eine Flatrate.«

»Danke«, sagt Schwester Regina und lässt mein Telefon irgendwo in ihrer Tracht verschwinden. »Das wirst du hier nicht brauchen. Gottes Stimme spricht laut genug.«

†

M*imis Cousin* hat für seine Universität eine Studie zur Folgensymptomatik des Kurzentzuges bei Heroinabhängigen gemacht. Es ging ihm darum, herauszufinden, ob die psychischen Folgen für die Patienten gravierender sind, wenn ihnen das Suchtmittel radikal und ohne begleitende Therapie entzogen wurde. Es gab verschiedene Parameter, die die Süchtigen erfüllen mussten, um als waschechte Abhängige zu gelten. Eine übermächtige Lust nach der Droge, die Vernachlässigung aller anderen Interessen, ein stark verändertes Sozialverhalten, Verlust der Kontrollfähigkeit. Sie fanden 20 Freiwillige, sperrten sie in ein paar schicke weiße Klinikzimmer und setzten sie auf Cold Turkey. Nach zwei Wochen konnte man die Psyche der Leute mit dem Fingernagel auseinanderpulen.

Mir geht es genauso. Ohne mein Telefon bin ich kein Mensch. Es ist nicht so, dass ich Angst hätte, was zu verpassen. Aber das Gefühl, mir nicht jederzeit ein Taxi rufen zu können, das mich von hier fortbringt, macht mir Angst. Außerdem habe ich Mimi versprochen, ihr täglich Bericht zu erstatten. Damit sie beim ersten Anzeichen eines Persönlichkeitsverlustes mit dem Helikopter abspringen und mich retten kommen kann.

Ich finde Schwester Franziska draußen im Hof. Unter dem Arm trägt sie ein paar Bücher. Die Haarnadeln, mit denen sie ihre Haube festgesteckt hat, glänzen in der Sonne. Ihre Wangen sind glatt und faltenfrei. Ich nehme an, dass sie ungefähr so alt ist wie ich, aber die andauernde Jungfräulichkeit ihre Jugend konserviert hat. Vielleicht wartet ihr Körper geduldig auf den Startschuss, bevor er anfängt zu verwelken.

»Hallo«, sage ich. Eine Spur zu städtisch. »Ähm, wie begrüßt man sich eigentlich so unter …«

»Schwestern?« Ihr Lachen ist wirklich zu putzig. Als würde ein Vogelschwarm aus ihrem Mund aufsteigen. »Nun, die korrekte Anrede wäre wohl ›Gesegnet sei Jesus Christus, Schwester‹. Aber Hallo geht natürlich auch.« Zwei Zaunkönige flattern den anderen schnell hinterher.

»Schön«, sage ich und suche mit den Augen ihre Tracht ab, ob sie irgendwo ein Mobiltelefon versteckt hat. Ich zeige auf die Noten. Bachs *Clavierübung*. »Spielst du?«

Sie nickt eifrig. »Ja, aber die hier sind nicht für mich. Ich gebe an der Gemeindeschule am Nachmittag Musikunterricht. Und außerdem«, sagt sie und winkt mich näher heran, damit sie mir ins Ohr wispern kann, »außerdem bringen mir die Schüler immer DVDs mit.«

»Nein!«

»Doch!« Sie gluckst. »Heute bekomme ich wieder eine. Wenn du möchtest, können wir sie nach dem Komplet zusammen in der Teeküche schauen.«

»Komplet?«

»Das Abendgebet.«

»Oh. Ja, natürlich. Das wäre toll.« Ich überlege, wie ich mein Bedürfnis am besten unterbringen kann, ohne dass ich wie ein neurotischer Großstädter wirke. »Hör mal, hast du zufällig ein Telefon?«

Sie sieht mich mit großen Augen an. »Ein Telefon? Es gibt eins im Büro. Wen willst du denn anrufen?«

»Nur zu Hause. Damit die anderen wissen, dass alles in Ordnung ist.«

»Aber natürlich ist alles in Ordnung«, sagt sie und lässt noch ein paar Vögel frei. »Der Herr wacht doch über dich. Und wir auch! Bis nachher, ich freue mich schon auf den Film!« Ich bleibe auf dem Hof zurück, während sie zum Tor hinausmarschiert, und nehme mir vor, das nächste Mal einen Vogelkäfig mitzubringen.

Das Mittagessen findet in einem Speisesaal im zweiten Stock statt. Gäste dürfen nicht mit den anderen Schwestern zusammen essen, hat man mir erklärt, die Klausur ist Privatbereich. Schade, denn ich hätte gerne ein bisschen herumgestöbert.

Der Raum ist bestimmt zehn Meter lang. Schwerer Steinboden, fast wie in einer Ritterburg. An der Wand kommt altes Fachwerk zum Vorschein. Das Weiß dazwischen hat jemand mit unzähligen Blumen bemalt. Es stehen zwei lange Tische im Raum, und an jedem ist für vier Personen gedeckt. Sieben plus eins.

Schneewittchen und die sieben Zwerge. Eine Schwester kommt mit einem fahrbaren Servierwagen auf mich zu. Sie grüßt mich mit einem Kopfnicken. Unter ihrer Haube quellen eine Menge grauer Locken heraus. Sie hat ein junges Gesicht, trotzdem schätze ich sie auf mindestens 50. »Willkommen. Ich bin Schwester Emanuela, die Gästebetreuerin. Du kommst gerade richtig. Stell doch bitte die Suppenschüsseln auf die beiden Tische dort.«

Als alles gedeckt ist, setze ich mich hin. Dann stehe ich wieder auf, als ich kapiere, dass wir erst ein Mittagsgebet sprechen.

»Amen«, sagt die Janis-Joplin-Frau.

»Amen«, sagt der Historiker.

»Amen«, sagt Schwester Emanuela.

»Amen«, sage ich.

Die beiden Inzestprodukte sitzen am Nebentisch und sagen nichts.

Ich stoße Janis an. »Na, besonders höflich sind die ja nicht.«

Sie sieht rüber und sagt: »Die dürfen nichts sagen. Das ist doch der Schweigetisch.«

Aha. Der Schweigetisch. Tatsächlich steht auf der Tischdecke ein kleines Pappschild, auf dem »Schweigetisch« steht.

»Ist das so wie im ICE?«, frage ich. »Die sitzen im Ruheabteil und wir im Großraumwagen mit dem prima Handyempfang?« Die Erinnerung an mein Telefon versetzt mir einen Stich in der Ohrgegend.

Schwester Emanuela legt ihren Löffel in den Teller zurück und faltet die Hände. »Die Exerzitien sind Übungen des Geistes. Indem wir schweigen, können wir uns ganz auf das göttliche Sein und die göttliche Lehre konzentrieren. Gesprochen wird nur beim gemeinsamen Gebet und im Seelsorgegespräch mit der Begleitschwester. Nur wer selbst still ist, kann auf die Stimme Gottes hören«, sagt sie. »Du solltest es mal versuchen.« Vermutlich ist das Nonnencode für »Halt die Klappe«.

Ich löffele also meine Suppe und betrachte dabei die blassen Hände des dickeren Inzestprodukts. Sein Körper ist über den Teller gebeugt und insgesamt so zusammengekrümmt, als hätte ihm jemand in chirurgischer Präzision alle Knochen entfernt. Er nimmt das Besteck in Zeitlupe hoch und fischt nach dem Fleischkloß, den ihm Schwester Emanuela auf den Teller geschaufelt hat. Ein wenig Suppe läuft an seinem Kinn herunter und tropft zurück auf den Teller.

Ihm gegenüber sitzt eine Nonne, die mir vorher nicht aufgefallen ist. Sie muss eine Art Gastschwester sein, denn ihre Tracht ist nicht grau, sondern beige wie heller Wüstensand. Selbst im Sitzen wirkt sie enorm groß. Sie isst mit rascher Präzision, zersäbelt den Fleischkloß in symmetrische Stücke und schiebt sie dann Stück für Stück in ihren Mund. Während sie kaut, kann man ihre Kaumuskeln unter der Haut tanzen sehen. Das Seltsamste aber sind ihre Schuhe. Sie trägt Timberland-Stiefel in Größe 43 oder 44. Mich überkommt der Verdacht, dass die Schwester in Wahrheit ein Bruder ist. Vermutlich hat sie unter ihrer Kutte ein paar Kalaschnikows und 14 Patronengurte versteckt. »P. erkennt den Fremdenlegionär sofort. Ihr Blick streift über seine Fäuste, an deren Knöcheln trockenes Blut klebt. Natürlich weiß P., dass M. hinter alldem steckt. Einen Söldner zu schicken, um P. am Übertritt zur hellen Seite der Macht zu hindern – das ist ein wahrhaft teuflischer Plan.«

†

Als ich 17 war, musste ich in der Schule Dantes »Die göttliche Komödie« lesen. Die ersten Zeilen gehen so:

Grad in der Mitte unsrer Lebensreise
Befand ich mich in einem dunklen Walde,
Weil ich den rechten Weg verloren hatte.

Um aus dem Schlamassel wieder herauszukommen, darf der Held jedoch nicht einfach umkehren, sondern muss erst die Hölle, die Vorhölle und noch eine Menge anderer Unannehmlichkeiten hinter sich lassen, bevor er auf den Läuterungsberg klettern kann und schließlich im Paradies landet, wo sie den ganzen Tag Pfannkuchen backen und es sich gut gehen lassen. Was unserem Lehrer am meisten Spaß machte, war, wenn einer von uns darauf kam, dass das Ganze keine Werbeschrift für das Leben in Frommheit war, sondern ein zutiefst ketzerisches Machwerk. Natürlich fühlt Dante sich in der Hölle nicht besonders wohl mit den ganzen nackten und kreischenden Seelen, die dann und wann von Höllenhunden zerfetzt werden. Aber, bei Gott, wenigstens passiert da unten etwas. Action, Unzucht, Völlerei, das volle Programm an Todsünden. Was hat das Paradies dagegen schon zu bieten, außer, dass man zarte Kleider in Pastelltönen tragen darf? Wir wurden das Gefühl einfach nicht los, dass Dante gerne unten geblieben wäre.

Ich habe das Inferno schon hinter mir gelassen. Dies hier ist das Purgatorio. Das Fegefeuer. Und wie es sich gehört, trage ich die sieben Todsünden brav bei mir. Trägheit, Jähzorn, Neid, Hochmut, Habgier, Maßlosigkeit, Wollust. In den letzten zwölf Monaten sind vier meiner Exliebhaber in Therapie gegangen. Ich bin wie ein Opiumfeld, nur mit Vagina.

Mein ganz persönlicher Läuterungsberg ist allerdings nicht mehr als ein Hügelchen. Das Gelände fällt von dort, wo das Eingangsportal ist, bis hinunter zur Kirche in einer sanften Welle ab. Wenn ich mich nach links bewege, komme ich am ehemaligen

Pferdestall vorbei, dahinter steht ein kleines Gewächshaus, in dem Schwester Bernadette Blumen züchtet. Ein Stück weiter über die groben Pflastersteine trifft man auf die Bäckerei, und dahinter schließt gleich die Kirche an. Hinter der Kirche liegt ein kleiner Friedhof, auf dem die Klosterfrauen begraben werden, wenn ihre irdische Zeit abgelaufen ist. Schwester dies, Schwester das, eine riesige Mädchenschar, alle vom selben Vater.

Auf dem Weg zurück zum Haupthaus komme ich an der Geräteschеune vorbei, wo früher die Bier- und Weinfässer gelagert wurden. In meinem Zimmer habe ich dazu eine interessante Regel entdeckt: »Zwar lesen wir, Wein passe überhaupt nicht für Mönche. Weil aber die Mönche heutzutage sich nicht davon überzeugen lassen, sollten wir uns wenigstens darauf einigen, nicht bis zum Übermaß zu trinken, sondern weniger. Denn der Wein bringt sogar die Weisen zu Fall.«

Ich denke gerade über die heilsame Wirkung von Alkohol nach, als ich hinter mir ein klapperndes Geräusch höre. Ich drehe mich um und sehe einen Mann mit einer Schubkarre über den Hof fahren. Er ist vielleicht Ende zwanzig, hat kurzes, hellbraunes Haar wie ein Kaninchen und ein Gesicht wie ein Dessert. Mit Sahne. Weil ich nicht weiß, was ich tun soll, hebe ich den Arm und winke. Er winkt zurück und zeigt eine Reihe blitzweißer Beißerchen. Während er davonschiebt, hängt mein Arm immer noch in der Luft.

Ein Mann.

Vergib mir, Vater, denn ich habe gesündigt.

Noch nicht.

†

D*as Abendessen und die Andacht* danach bringe ich im Zeitraffer hinter mich. Ich schmiere mir ein paar Stullen und werfe ein paar Hallelujas in die Weite des Kirchenschiffes, bevor ich mich zur Teeküche schleiche, um auf Schwester Franziska zu warten. Ich bin nicht sicher, ob das Abspielen von Unterhaltungsfilmen nicht den Klosterregeln widerspricht. Womöglich ist Schwester Franziska so etwas wie eine Aufrührerin.

»Was hast du mitgebracht?« Ich fühle mich, als würde ich mich mit meinem Dealer treffen.

Schwester Franziska hält eine DVD-Hülle hoch. »Der soll sehr romantisch sein!«

»Das ist doch … ›Twilight‹.«

»Ja. Meine Schülerinnen sagen, es ist das Schönste, was es momentan gibt. Der Hauptdarsteller soll sehr begabt sein.« Ich kann mir so ungefähr vorstellen, was ihre Schülerinnen zu Hause machen, wenn sie an die Begabung dieses Schauspielers denken.

»Aber es ist ein Vampirfilm«, sage ich. Vielleicht hat sie noch was anderes im Giftschrank. Irgendetwas, bei dem ich mir nicht die Augen rausreißen muss, um es zu ertragen. Ein paar alte Nachrichtensendungen zum Beispiel oder die Dreischanzentournee von 1997. »Vampire stecken mit dem Teufel unter einer Decke. So etwas sollten wir nicht ansehen!« Ich klinge so überzeugend, dass ich mir beinahe selber glaube. Immerhin ist es einen Versuch wert.

»Aber es ist doch nur ein Film«, sagt sie und nimmt mir die DVD aus der Hand. »Vampire gibt es doch gar nicht.« Interessanter Einwurf von jemandem, der sein Leben einem Typen widmet, den er nie zu Gesicht bekommt.

Während ein Typ mit einem Gesicht wie ein Konvexspiegel und ein unglaublich blasses Mädchen auf dem Bildschirm umeinander rumschleichen und ich die ganze Zeit »Jetzt vögelt schon endlich!« rufen will, nur damit was passiert, hält Schwester Franziska die Hände im Schoß gefaltet. Ihr Mund steht ein wenig offen. Sie ist vollkommen weggetreten. Als der Film endlich vorbei ist, ist sie von Kopf bis Fuß romantisiert. Sie seufzt.

»Schön, nicht wahr?«

»Wahnsinnig schön. Sag mal, darfst du das? Ich meine, Liebesfilme gucken?«

Sie sieht mich erstaunt an. »Natürlich, warum denn nicht?«

Ich habe keine Ahnung, wie ich ihr sagen soll, dass Filmstars bei anderen Leuten Phantasien auslösen, zum Beispiel solche, in denen man unheimlich verbotene und ziemlich nackte Sachen mit dem Filmstar macht. Ich kann mir Filme mit Michael Fassbender oder Gerard Butler nicht ohne Eispacks im Höschen angucken.

»Du könntest dich verlieben«, schlage ich vor. »Oder, ich weiß nicht, anfangen zu schwärmen.«

»Schwärmen? Also wirklich.« Sie kichert und fängt an, an dem kleinen goldenen Ring zu spielen, den sie am Ringfinger der linken Hand trägt.

»Was ist das eigentlich«, frage ich. »Ist das so was wie ein Ehering?«

»Er ist ein Symbol«, sagt sie und betrachtet den Ring so begeistert, als würde sie ihn zum ersten Mal sehen. Er ist schmal wie ein Stück Gartendraht. »Für meine unendliche Liebe zu Gott. Man bekommt ihn, wenn man die Profess ablegt. Das ist so etwas wie die letzte Aufnahmeprüfung.« Wow. Das ist ja wie im richtigen Leben. Sie stecken dir einen Ring an den Finger, und schon bist du weg vom Fenster.

»Und hast du keine Angst gehabt? So was ist ein großer Schritt.« Ich hätte bestimmt Angst gehabt, nicht nur wegen der Aussicht, nie wieder Sex zu haben. Das erste Mal, als mir ein Mann einen Ring an die Hand stecken wollte, habe ich mich übergeben.

Und da handelte es sich nur um einen Freundschaftsring. Silbernes Plastik, grüne Kleeblätter.

»Aber nein, wovor denn«, sagt Schwester Franziska. »Ich habe mich doch nur Gott versprochen.« Sie sieht sich um, ob auch niemand zuhört. »Und nicht dem Teufel.« Über ihren Scherz muss sie selbst kichern. Offenbar bin ich hier auf dem besten Wege, das Geheimnis einer glücklichen Beziehung zu entdecken. Ohne Sex scheint die Sache total einfach zu sein.

Schwester Franziska stößt mit der Hand die Klammer an ihrer Haube tiefer in das Haar und betrachtet dann ihre Fingernägel. Sie ist heiter, aber auch verlegen. Das hier ist vermutlich das intimste Gespräch ihres Lebens.

»Ja, ja«, sage ich. »Aber woher weißt du so sicher, dass er derjenige ist? Ich meine, er kann dir schließlich keinen Brief schreiben oder eine E-Mail oder so.«

»Ich weiß es einfach«, sagt sie. »Ich wusste es sofort.« Sie legt den Kopf schief und lächelt. Das tut sie immer, wenn sie an *ihn* denkt. Es macht mich ganz verrückt.

»Okay, okay. Beschreib es mir. Ich meine, es wird ja nicht so sein, dass du ihn gesehen hast und dann zack! Bumm!«

»Dummerchen.« Sie kichert. »Man kann ihn doch nicht sehen.«

Man kann ihn nicht sehen. Na klar. Ich habe von Gott wirklich nicht die geringste Ahnung.

†

M*ein erstes ernsthaftes Vier-Augen-Gespräch* mit Schwester Regina findet am nächsten Morgen statt. Sie sagt, sie wolle meine Seele erkunden, und ich finde, das darf sie ruhig, solange sie die Tür geschlossen lässt, die zu meinem kleinen Privatbordell führt. Ich schiebe zur Sicherheit noch ein paar schwere Sessel davor, nur für den Fall, dass sie ihre Verhörtechniken beim Mossad gelernt hat.

»Ich spüre eine Unsicherheit, ein leichtes Beben«, sagt Schwester Regina. Upps. Da war nicht der Mossad am Werk, sondern Meister Yoda. Doch anstelle eines Laserschwertes benutzt Schwester Regina ein riesiges goldenes Kreuz, das um ihren Hals baumelt.

Ich muss versuchen, Zeit zu gewinnen. Das Beben stammt vermutlich von den Sesseln vor meiner Geheimtür. Mein ganzes schmutziges Ich rüttelt von innen an der Türklinke.

»Unsicher?«

Sie blickt mir tief in die Augen und fragt: »Weshalb bist du hier?«

»Um mich selbst zu finden?« Verdammt, das klingt, als würde ich raten. »Um mich selbst zu finden«, wiederhole ich. »Um Gott in mein Leben zu lassen.«

»Glaubst du, dass Gott deine Probleme für dich lösen kann?«

»Nein. Nein, natürlich nicht. Ich bin die Wurzel meiner Probleme. Gott kann mir nur dabei helfen, den richtigen Weg zu finden.« Amen. Was mich betrifft, stimmt das sogar. Was ich brauche, ist ein bisschen mehr: »Natürlich sehe ich dein inneres Leuchten«, und ein bisschen weniger: »Bevor ich hier noch länger Zeit investiere, würde ich gerne erst mal einen Blick auf deinen Penis werfen.«

»Und lebst du nach Gottes Gesetzen?«

»Ja. Nein. Das kann man nicht unbedingt behaupten. Aber ich bemühe mich.«

Schwester Regina nickt zufrieden. Ich bin formbare Masse in ihren Händen. Eine Sünderin aus feuchtem Ton, bereit, durchgeknetet und in den Ofen gesteckt zu werden.

»Bist du gewillt, zur Beichte zu gehen?«, fragt sie. »Wir haben hier einen ganz besonderen Pater im Haus.« Na prima. Ich stecke mitten in »Der Exorzist«. Sie haben mir das Handy abgeknöpft und mich mitten im Wald angepflockt. »Als sie wieder zu sich kommt, betrachtet P. die nackten Wände aus groben Steinen. Sie liegt auf einem Altar. Sie versucht aufzustehen, doch dann bemerkt sie, dass ihre Hände und Füße mit Seilen festgezurrt sind. Vom Kopfende her nähert sich ein Priester. In den Händen hält er ein Kruzifix und eine Bibel. P. bäumt sich auf und zerrt an ihren Fesseln. Vor ihrem zum Schrei geöffneten Mund ist sehr viel Schaum.«

»Ich wollte immer schon zur Beichte gehen«, sage ich zu Schwester Regina. »Ich bin sicher, das wird mich erleichtern.«

†

S*ie teilen mich in die Waschküche ein.* Der Raum ist von oben bis unten gekachelt und so heiß und feucht, dass ich schon vom Einatmen Tuberkulose bekomme.

»Dies ist Schwester Adelheid«, sagt Schwester Regina. »Sie wird dir alles zeigen.« Schwester Adelheid sieht verschrumpelt und faltig aus wie ein Stück Rinde. Wenn man ihr das Fleisch von den Knochen pellen würde, könnte man feststellen, dass ihre Wirbelsäule die exakte Form eines Hirtenstabes hat.

»Harte körperliche Arbeit und ruhige Besinnung«, sagt Schwester Adelheid, »sind die schnellsten Wege zu Gott.« Sie gibt mir eine Schürze, die ich anziehe, und dann eine weiße Haube, die ich mir auf den Kopf setze. Mit beidem wirke ich wie eine Krankenschwester aus dem Zweiten Weltkrieg. In meiner

Phantasie stehe ich in der Ausblutstube der örtlichen Fleischerei und warte auf den nächsten Typen mit Wundbrand. Das würde mir zumindest mehr Spaß machen.

Schwester Adelheid meint es ernst mit der harten Arbeit. Sie zeigt auf Körbe voller Schürzen, Ordenstrachten und Bettwäsche. Ich schleppe die Körbe hin und her, stopfe Wäsche in riesige Trommeln und hole sie wieder heraus, breite sie aus, mangele, falte, stapele die frische Wäsche in Körbe und schleppe sie wieder zurück. Jede Schwester hat ihre eigenen Sets, dazu kommt die private Wäsche wie zum Beispiel die Schlafanzüge, und ich muss höllisch aufpassen, was ich wo hinräume, weil Schwester Bernadette eine vollkommen andere Unterhosengröße trägt als Schwester Antonia. Die bunte Biberwäsche von Schwester Maria-Gertrud muss ich auf links waschen, die Handtücher von Schwester Isabella dreimal falten, und als mittags die Glocke zur Pause läutet, fühle ich mich, als hätte ich gerade sämtliche Gebetstafeln den Berg Sinai rauf- und wieder runtergeschleppt. Schwester Adelheid tätschelt mir mit ihren wurzeligen Fingern die Schulter und sagt: »Nach der Mittagspause zeige ich dir mal, wie einem die Arbeit ein bisschen schneller von der Hand geht.«

Mit einem haben sie recht: Die körperliche Arbeit lenkt einen wirklich ab. Ich habe heute noch kein einziges Mal an Korbinian gedacht oder an Thor oder an irgendeinen anderen Penis.

Das ändert sich, als ich über den Hof zur Mittagshore in die Kirche gehe. Ich habe in meinem ganzen Leben noch nicht so häufig Amen gesagt wie in den letzten Tagen. Auf dem Hof steht wieder der Typ mit der Schubkarre, nur dass er diesmal keine Schubkarre dabei hat, sondern eine Harke. Er hat sein Hemd ausgezogen und trägt nur ein T-Shirt. Mit einem bunten Tuch wischt er sich den Schweiß von der Stirn, sodass sein Bizeps besonders gut zur Geltung kommt. Ich bin mitten in einem Cola-Light-Werbespot und habe vergessen, die bescheuerte Schürze auszuziehen. Und führet uns nicht in Versuchung. Hastig senke ich den Kopf und stolpere in die Kirche.

Ich schäme mich, Schwester Franziska zu fragen, aber hey, ist das nicht genau das, was Mädels untereinander machen?

»Da war so ein Mann«, sage ich, als wir nach dem Mittagsgebet ins Haupthaus zurückgehen. »Wer ist das?«

»Du meinst Pater Markus?«

»Wie ein Pater sah er nicht gerade aus. Eher wie …« Jemand, der ausgezogen unheimlich gut aussehen würde. Wenn das der Pater ist, gehe ich ab jetzt stündlich zur Beichte. »Eher wie ein Handwerker. Ein Gärtner. Ganz bestimmt sogar.«

»Ich weiß nicht«, sagt sie. »Ich achte nie darauf, wer hier herumläuft. Mir sind alle willkommen.«

Mir auch, Schwester Franziska. Mir auch.

†

W*enn Schwester Franziska* von mir wissen wollen würde, was die typische Beziehung zwischen zwei stinknormalen Erdlingen ausmacht, würde ich ihr sagen, dass sich der Spaß in drei Phasen einteilen lässt.

Die erste Phase ist einfach. Du triffst jemanden, dir brennen ein paar Sicherungen durch, und du hast den ganzen Tag Lust zu vögeln. Dein Appetit auf billige Kohlehydrate ist wie ausgelöscht, deine Stimmung bombig. Und die Wangen sind rosig, was super ist, bis du feststellst, dass das von dem Ausschlag kommt, den du dir vom Naschen zu vieler Erdbeeren eingefangen hast. Phase 1 ist allgemein beliebt, vor allem, weil sie so figurfreundlich ist.

Phase 2 ist kniffliger. Plötzlich fällt dir auf, dass seine Freunde im Grunde den gleichen IQ haben wie Affen. Du hast immer gedacht, dass er anders wäre, aber das stimmt nicht. Er hat nur die richtigen Bücher mit den richtigen Antworten gelesen. Und manchmal stört dich sein Schnarchen, aber nur an den Tagen, kurz bevor du deine Periode bekommst. Du kannst dir immer noch vorstellen, mit ihm eine gemeinsame Wohnung zu beziehen, ertappst dich aber hin und wieder bei der Frage, ob es wirklich, wirklich keinen Passenderen da draußen gibt. Du bläst ihm einen, und während du betest, dass er nicht schon wieder schlaff wird, würgst du an einem seiner viel zu langen Schamhaare.

Wenn du bei Phase 3 angekommen bist, ist es im Grunde schon zu spät. Vom Geräusch seines Schmatzens stellen sich dir die Nackenhaare auf. Wenn er abends zwei Stunden zu spät nach Hause kommt, bist du erleichtert, nicht verletzt, und wenn du ein langes blondes Haar auf seinem Jackett findest, rufst du deine Freundinnen an, um zu feiern, dass du jetzt wenigstens nicht selber mit ihm Schluss machen musst. Solltet ihr trotzdem noch Sex haben, denkst du darüber nach, dass dies unbedingt das letzte Mal gewesen sein muss, weil dich Sex mit ihm daran erinnert, dass der Rest deines Lebens genauso mittelmäßig ist.

Okay. Ich weiß, dass alles möglich ist, zumindest, wenn eine Frau in ihrem Herzen das Gleiche fühlt wie in ihrer Vagina. Ich räume also ein, dass die Unterkategorien 2 a und 3 a existieren. Die Sache mit dem Seelenverwandten und dem Sexleben, das nach fünfzehn Jahren immer noch so aufregend ist wie nach einem Monat, auch wenn man mit ein paar Pornofilmen nachhelfen muss. Ich kenne zwei, drei solcher Paare, und aus irgendeinem Grund jagen sie mir eine Heidenangst ein. Meine Großmutter war 30 Jahre mit einem Mann verheiratet, den sie gehasst hat. Verachtung geht einem genauso in die Gene über wie die Fähigkeit, mit einem kleinen Stöckchen Samen aus einem Astloch zu pulen.

Phase 1 scheint das zu sein, was einem eine Beziehung mit Gott dauerhaft bietet.

»Zweifelst du nie?«, frage ich Schwester Franziska, als wir uns am Abend zu einem kleinen Hofspaziergang treffen. Wir drehen unsere Runden wie zwei Häftlinge, nur dass sie gerade ein paar Kindern das Ave-Maria auf der Blockflöte beigebracht hat, während ich das Rad an der Mangel gedreht habe. Das Ding stammt aus dem letzten Jahrtausend. Meine Handflächen sehen aus, als hätte ich mit heißen Bügeleisen jongliert. »Zweifelst du an Gott, meine ich. An eurer Beziehung.«

Sie schüttelt den Kopf. »Wie könnte ich? Aber manchmal, wenn ich seine Botschaften nicht genau verstehe, dann zweifle ich an mir. Manchmal denke ich, dass ich einfach nicht, na ja, verständig genug bin.« Das Geständnis kostet sie Überwindung. Ihre Finger nesteln wieder an dem Ring. Sie ist richtig süß.

»Was gibt es da zu verstehen?«, frage ich. »Er macht die Regeln, du folgst ihnen.« Es geht doch nichts über das gute, alte Patriarchat.

»So einfach ist es ja nicht«, widerspricht Schwester Franziska. »Gott gibt keine Befehle, es ist eher so, als würde er Vorschläge machen.«

»Die du dann befolgst.«

»Meistens ja«, sagt sie. »Aber er gibt mir noch viel mehr. Inneren Frieden. Und Ruhe. Gelassenheit.«

»Das heißt, du bist mit deinem Leben vollkommen … zufrieden?«, frage ich.

»Natürlich, du nicht?« Sie lächelt wie ein Schwarm Stare, der in den Himmel steigt. Ihr ganzes Gesicht ist voll davon. Wenn sie wüsste, dass ich regelmäßig Sex mit Leuten habe, die ich danach nie wieder sehe, würde sie wahrscheinlich auf der Stelle zu Staub zerfallen.

†

B*islang ist niemandem aufgefallen,* dass ich von Kirche, Jesus und der Heiligen Kommunion nicht die geringste Ahnung habe. Von einem kleinen Fauxpas am Anfang, als ich mich verkehrtherum bekreuzigt habe, schlage ich mich ganz gut. Ich lege mich sogar richtig ins Zeug.

Domine non est exaltum
cor meum:
Neque elati sunt oculi mei
Neque ambulavi in magnis

Neque in mirabilibus super me
Und das, obwohl ich nicht mal das Latinum habe. Die Äbtissin lächelt mir während der Vesper wohlwollend zu. Vielleicht hat sie vor, mich zu rekrutieren. Eine befleckte Seele zu retten gibt garantiert Extrapunkte. Der Fremdenlegionär mit seinem Nonnenkostüm lässt seinen Blick auf mir ruhen, bis mir sämtliche Haare zu Berge stehen, und schaut dann wieder in sein oder ihr Psalmenbuch. Am Ende tunke ich meinen Finger in das Schüsselchen mit dem Weihwasser, und es fängt nicht mal an zu blubbern. Bislang läuft mein Entzug vollkommen problemlos.

†

In den letzten 24 Stunden habe ich zwar die Inzestprodukte über die Gänge schleichen sehen, aber weder die gute Janis noch den Historiker. Ich frage mich schon, ob sie vielleicht versucht haben, in die Schatzkammer einzusteigen, und dafür unauffällig in den Kerker verlegt worden sind. Man kann heutzutage niemandem trauen, nicht mal mir. Aber als ich in die Teeküche komme, sitzen sie mit Schwester Regina, Schwester Adelheid und Schwester Franziska um den Tisch herum. Und oben auf dem Tisch stehen sieben Flaschen eiskaltes Bier.

»Willst du eins?« Es ist der Historiker. Er hat seinen kompostfarbenen Pullunder gegen einen nussbraunen ausgetauscht und hält mir eine Flasche hin. »Ich habe mich noch gar nicht richtig vorgestellt. Thomas ist der Name.«

»Paula.«

Janis schiebt ihre Hand dazwischen. »Gudrun.«

»Hey.«

»Und, wie lange bleibst du hier?« Janis-Gudrun hat offenbar schon ein paar Bier getrunken. Ihre Augen glänzen feucht. Thomas nuckelt an seiner Flasche und hört zu.

»Sechs Wochen. Nicht mehr ganz. Fünfeinhalb. Und du?«

»Drei. Ich habe gerade Urlaub. Und da dachte ich, ich nutze den, um ein bisschen runterzukommen. Die ganze Oberflächlichkeit, die stresst einen doch total.«

Ich nicke, als ob ich zustimmen würde. Dabei ist an Janis-Gudrun nichts oberflächlich. Sie ist sogar so tiefgründig, dass sie darauf verzichtet, sich den Schnurrbart abzurasieren.

»Sechs Wochen sind lang«, sagt sie langsam. »Überlegst du, dem Konvent beizutreten?«

»Eigentlich nicht«, sage ich. »Meine Aktivitäten sind eher nach, ähm, außen gerichtet.«

»Also als Missionarin?«

»Könnte man so sagen, ja.«

Der Historiker öffnet den Mund, klappt ihn wieder zu und dreht weiter an seiner Bierflasche. Bevor es richtig brenzlig wird, ruft Schwester Adelheid vom anderen Ende des Tisches: »Einen weiß ich noch. Der ist aber richtig frech! Wollt ihr ihn wirklich hören?« Sie nimmt einen Schluck aus der Flasche. »Also gut. Ein Rabbi und ein Pfarrer sitzen nebeneinander im Flugzeug.« Schwester Franziska klatscht in die Hände: »Oh, ich liebe Witze mit Rabbis!«

»Nun kommt die Stewardess auf ihrer Runde vorbei und bietet Champagner an. Der Rabbi nimmt das Glas dankend an. Der Pfarrer, ein braver Mann, lehnt ab und sagt: ›Als Vertreter der katholischen Glaubenslehre darf ich weder Alkohol trinken, noch Geschlechtsverkehr haben.‹ Darauf winkt der Rabbi die Stewardess noch mal heran und sagt: ›Entschuldigung, ich wusste nicht, dass ich die Wahl hatte!‹«

Ich blicke auf Schwester Reginas und Schwester Adelheids bebende Gaumensegel und bin baff. Allerdings nicht so sehr wie Schwester Franziska. Ihr Gesicht färbt sich in großer Eile kirschrot, bevor sie den Blick in ihren Schoß senkt und loskichert. So vorsichtig, als hätte sie Angst, dabei ihre Jungfräulichkeit zu verlieren.

†

Am nächsten Morgen erwischt mich der Historiker auf dem Weg zur Arbeit in der Waschküche. Offenbar hat ihn unser kleiner Stammtisch am Vorabend mutig gemacht. Er joggt zu mir rüber, obwohl ich extra langsam gehe in der Hoffnung, einen Blick auf den Gärtner werfen zu können. Wenn Schwester Franziska Vampirfilme sehen darf, darf ich Gärtner gucken. Das wird mich nicht in Gefahr bringen. Ein bisschen Selbstdisziplin habe ich schließlich auch noch. Leider ist der Gärtner nirgendwo zu sehen.

»Ich habe eine Kirche gebaut!« Ich kann seinen feuchten Atem an meinem Ohr spüren.

»Was?«

»Ich habe eine Kirche gebaut«, wiederholt er. »Das wollte ich gestern schon erzählen, aber dann habt ihr so viel gelacht, und ich …« Er blickt schnell zu Boden. Offenbar ist er es gewohnt, dass ihm niemand zuhört. Aber ein ziemlich griffiger Einstiegssatz, das muss man ihm lassen.

»Eine Kirche, wow. Das ist toll. Bist du Architekt?«

Er schüttelt den Kopf. »Nicht in echt. Ich habe eine virtuelle Kirche gebaut. In meiner Online-Gemeinde. Aber wir haben alles, was eine normale Kirche auch braucht. Einen Seelsorger, einen Beichtstuhl, einen Dekan. Du kannst uns mal besuchen, wenn du willst. Der Seelsorger ist ganz gut. Ehrlich gesagt, ich bin der Seelsorger. Unter anderem.« Seelsorger sein – das muss in seiner Welt auf Frauen so wirken, als würde in meiner Welt ein Mann von sich behaupten, George Clooney persönlich zu kennen.

»Ja, klar, das wäre super. Aber dazu müsste ich online gehen, oder? Und soweit ich weiß, gibt es hier keinen Internetzugang.«

Er beugt sich zu mir rüber, und plötzlich flackern in seinen klitzekleinen Stofftieraugen die Zungen des Höllenfeuers. »Ich weiß, wo es einen Laptop gibt, und ich kenne das Passwort«, raunt er mir zu. »Und ich habe ein Ethernetkabel übrig.«

Ich höre nur Internet und denke, Halleluja, ich bin gerettet. Mein Weg zu Mimi führt durch die Pforten einer virtuellen Kirche. Die Wege des Herrn sind wirklich wunderbar.

†

»*Okay, und wie heißt die Seite jetzt noch mal genau?*« Wir sitzen in einer kleinen Abstellkammer im ersten Stock. Draußen ist es dunkel. Das Ethernetkabel steckt in einer kleinen Dose in der Wand. Warum die Abstellkammer einen Internetzugang hat, weiß der Historiker auch nicht. Wahrscheinlich wollen sie einem den Zugang zur Außenwelt so schwer wie möglich machen. Der Historiker hat ihn gefunden, als er einen Lappen suchte, um seinen verschütteten Kakao vom Frühstück aufzuwischen.

»Joyvillage. Joy für Spaß und Village für Stadt.« Er kichert vor sich hin. Seit er einen Laptop in der Hand hält, ist er wie ausgewechselt. Als würde ihn der Rechner mit Saft versorgen.

»Okay, und wenn ich deine Kirche besuche und du mein Seelsorger bist, wie stellen wir das an? Wir können ja schlecht hier nebeneinander hocken und Nachrichten eintippen.« Ich brauche diesen Rechner unbedingt für mich alleine.

Daran hat er nicht gedacht. »Du kannst ja weggucken, während ich antworte. Du wirst sehen, das macht trotzdem Spaß.« Ganz ehrlich, wenn einer dringend einen Fick nötig hat, dann ist es dieser Typ. Seine John-Lennon-Gedächtnisbrille ist ihm vorne auf die Nasenspitze gerutscht. Ich würde gerne mal mit ihm shoppen gehen, einfach um seine Chancen auf Geschlechtsverkehr von minus 40 auf plus 2 Prozent zu erhöhen. Er tippt die Buchstaben oben in die Leiste. »So. Drin sind wir. Jetzt brauchst du einen Nickname.«

»Wie wäre es mit Paula?«

»Zu langweilig. Warte, ich suche dir einen aus.« Er tippt wieder irgendwas. »Na, wie gefällt dir das?«

»Kleene_Maus?«

»Du kommst doch aus Berlin. Da dachte ich, das passt.«

»Ja«, sage ich. »Weißt du was? Kleene_Maus ist super.«

Als er kurz pinkeln geht, schaffe ich es, meinen Mail-Account aufzurufen. Ungefähr hundert Mails von Mimi verstopfen den Eingang. Alle haben die gleiche Betreffzeile: »Lebst du noch?«

»Mimi, Telefon konfisziert. Keine Möglichkeit, Kontakt aufzunehmen, außer über Joyvillage.de. Bitte melde dich im Kirchenchat an mit erkennbarem Decknamen. Ich bin Kleene_Maus.« Jemand, der von den FARC-Rebellen gefangen genommen wurde und kurz davor steht, in eine sehr kleine Kiste gesperrt zu werden, könnte nicht irrer klingen.

Ich schaffe es gerade noch, das Browserfenster zu schließen, bevor der Historiker wieder in der Tür steht. Er klatscht in die Hände.

»Wollen wir?«

»Auf geht's.«

†

W*enn du hier klickst,* kannst du die Kirche besuchen«, sagt der Historiker. Auf dem Bildschirm öffnet sich der Eingang zu einem braunen Kirchenschiff. »Und hier geht es zum Pfarrhaus, da findest du das Gästebuch, und hier kannst du dir die Mitarbeiter des Klosters anschauen. Willst du mal?«

»Sicher.« Er klickt wieder, und diesmal erscheint eine Fotogalerie. Ein paar Schwestern, ein paar Pater, offenbar alle aus der realen Welt. Die Bilder sehen aus wie Fahndungsfotos.

»Warum gucken die denn alle so streng?«

»Ach, wir arbeiten noch an einer professionelleren Fassung. Wenn wir genug Spenden gesammelt haben, beauftragen wir mal einen richtigen Fotografen.«

»Ach, einen Klingelbeutel habt ihr hier auch?«

»Natürlich. Was denkst du denn?«

Er zeigt mir die Seite mit den Fürbitten und lässt mich laut vorlesen.

»Lieber Gott, immer presche ich so schnell voran. Bitte lehre mich, die Dinge behutsam anzugehen und nichts zu überstürzen. Amen.« Mir liegt ein Witz über Ejaculatio praecox auf der Zunge, aber ich schlucke ihn wieder runter.

»Wow. Deine Arbeit hier ist bestimmt sehr befriedigend. Zeigst du mir jetzt mal den Chat?«

Ich erkenne Mimi nicht sofort. Und dann müssen wir ja auch noch Code sprechen, weil der Historiker mitliest. Ich versuche es mal mit Muckelchen2000.

Kleene_Maus: Hey. Ich bin neu hier. Du auch?
Muckelchen2000: Ja, ganz frisch. Schön hier, nicht?
Kleene_Maus: Ja, ich fühle mich gut aufgehoben. Ich werde gut behandelt. Alles läuft nach Plan.

Muckelchen2000: Nach Plan?
Kleene_Maus: Wie besprochen. Das Paket ist ausgeliefert.
Muckelchen2000: (ist offline)

Dann kann ich mich nicht zwischen Froschpupsi und Hymen72 entscheiden. Sich nach einem Jungfernhäutchen zu benennen ist fast schon zu offensichtlich.

Kleene_Maus: Hallo, Hymen72. Ich bin neu hier. Ich habe gehört, man kann hier sogar beichten!
Hymen72: Ja, falls man es nicht in die Kirche schafft. Ich mache es einmal am Tag. Es geht doch nichts über einen Beichtstuhl. Es tut einfach soo gut!
Kleene_Maus: Ja, oder eine Tischplatte!
Hymen72: Check ich nicht.
Kleene_Maus: Hymen72 ist ein origineller Name.
Hymen72: Es sollte eigentlich Hymne72 heißen, aber ich habe mich vertippt, und jetzt weiß ich nicht, wie man's ändert.
Kleene_Maus: Willst du mich verarschen?
Hymen72: (ist offline)

»Du musst mehr aus dir herausgehen«, sagt der Historiker. »Die Leute möchten gerne von deinen tiefsten Sorgen und Gedanken hören.«

»Oh, okay. Ich habe noch nicht gechattet.«

»Es ist fast das Gleiche, wie echte Freunde zu haben«, sagt der Historiker. »Es macht so richtig Spaß!« Er sieht mich an, und in seinen Augen schimmert es feucht. Irgendjemand müsste ihm mal was über das Leben beibringen.

»Erzähl mal, Thomas«, sage ich. »Was machst du eigentlich von Beruf?«

»Ich unterrichte Mathe und Physik an einem Gymnasium«, sagt er. »Warum?«

»Nur so«, sage ich, »einfach nur so. Musst du da nicht bald zurück?«

»Nein«, sagt der Historiker (er sieht nun mal aus wie einer, Mathe hin oder her). »Ich habe mir ein freies Jahr genommen. Ich will mich selbst finden.«

Da sind wir schon zwei.

Im Chatfenster blinkt ein neuer Name auf, und diesmal weiß ich mit Bestimmtheit, dass sie es ist.

Berlinermöpse: (ist online)
Berlinermöpse: Huhu. Jemand hier? Ich brauche Zuspruch!

Ich stupse den Historiker an. »Guck, da ist schon eine Seele, die gerettet werden will!«

Kleene_Maus: Ich bin für dich da, Berlinermöpse. Du bist nicht allein!
Berlinermöpse: Doch, bin ich. Meine beste Freun-

din hat mich verlassen, und ich weiß nicht, wo sie ist.

Kleene_Maus: Ihr geht es bestimmt gut. Sie ruht sicher in Gottes Schoß.

Berlinermöpse: Willst du damit sagen, dass sie in Lebensgefahr schwebt?

Kleene_Maus: Um Himmels willen, nein. Ich spüre, dass es ihr gut geht. Sie muss nur ein paar Sachen erledigen, dann kommt sie nach Hause.

Berlinermöpse: Hoffentlich ist sie nirgendwo, wo sie gehirngewaschen wird. Oder zugenäht.

Kleene_Maus: Weder noch. Sie macht sich vielleicht einfach ein paar Gedanken!

Berlinermöpse: Über die Todsünden? Welche ist noch mal die schlimmste?

Kleene_Maus: Die Wollust?

Berlinermöpse: Halleluja!

Kleene_Maus: Amen.

Berlinermöpse: Ich denke an ein Gruppentreffen. Fromme Männer. Fromme Frauen. Und Fromms.

Kleene_Maus: (ist offline)

»Hey, was tust du da?«

»Ich habe uns schnell abgemeldet«, sagt er und zieht das Ethernetkabel aus der Wand. »Diese Person hat sich angehört, als wäre sie nicht ganz richtig im Kopf.«

†

Schwester Adelheid hat vor, aus mir das waschende Äquivalent zu Mutter Theresa zu machen: selbstlos, aufopferungsvoll, effektiv. Leider muss ich eine ganze Maschine neu machen, weil eine rote Socke, von Schwester Bernadette, nehme ich an, der ganzen Ladung einen hübschen Rosastich verpasst hat. Schwester Adelheid schickt mich in die Klosterküche, damit ich einen Spülmaschinentab hole.

»Warum denn Spülmaschinentab?«, frage ich.

»Weil das die überschüssige Farbe aus den Fasern löst. Deshalb.«

»Warum werden hier überhaupt rote Socken getragen«, schimpfe ich. »Das ist einfach unverantwortlich!«

Schwester Adelheid bringt mich mit einem Blick zum Schweigen. Ich könnte schwören, dass sich sogar ihre krumme Wirbelsäule dabei ein Stück aufrichtet, wie bei einer Schildkröte, die den Kopf aus ihrem Panzer steckt. Gehorsam trabe ich also aus der Waschküche, und während ich über den Innenhof haste, sehe ich den Gärtner, der sich gerade streckt. Sein T-Shirt rutscht dabei hoch und gibt den Blick auf eine Reihe appetitlich angeordneter Muskelstränge frei. Der Teufel hat viele Gestalten. Schwester Adelheid, Eins-Drei-Fünf.

Ich stopfe das Tab in das Waschmittelfach der Maschine und drücke auf Start. Dann bügele ich

15 Kilo Bettwäsche per Hand, weil die verdammte Mangel endlich ihren Geist aufgegeben hat. Als ich mich gerade an die Strümpfe machen will, steht plötzlich Schwester Adelheid neben mir. Sie hat diese Art, sich lautlos ranzuschleichen, dass ich inzwischen schon zucke, wenn nur irgendwo eine Tür klappt.

»Pater Markus ist nun bereit.«

»Was, jetzt? Ich bin aber mit dem Sortieren noch nicht fertig.«

»Wenn der Pater ruft, lässt du alles liegen und gehst. Verstanden?«

»Jawohl.« Ich mache sogar einen kleinen Knicks.

†

M*an hat mir gesagt,* ich solle in die Kirche gehen und dort warten. Also setze ich mich auf eine der Bänke. Der Abstand zur nächsten Bank ist genau so groß, dass man die Ellbogen nicht abstützen kann. Auf der rechten Seite ist eines der Kirchenfenster zerbrochen. Zwischen all dem bunten Licht ist auf dem Boden darum ein Sonnenfleck, der sehr hell ist. Ich gehe hin und sehe ihn mir genauer an. Normalerweise ist so etwas ein Zeichen für eine Geheimtür à la »Da Vinci Code«. Doch da ist nur eine ganz normale Bodenfliese. Sie ist nicht mal locker.

Ich stehe vielleicht zwanzig Sekunden da und

werde das Gefühl nicht los, dass mich jemand beobachtet. Wie bei »The Sixth Sense«, wo der ganze Raum voller Leichen hängt, und ich bin der einzige Depp, der sie nicht sieht. Langsam werde ich zappelig. An den drei Beichtstühlen sind die Vorhänge zur Seite geschoben, aber man weiß ja, wie die Leute früher so drauf waren. Hier eine kleine Geheimtür, dort ein winziges Fallbeil. Wenn ich jetzt zur Seite geschafft werde, kräht kein Hahn nach mir. Berlinermöpse ist als Zeuge nicht gerade glaubwürdig.

Plötzlich knackt es, direkt über mir. Ich fahre herum und hebe automatisch meine Fäuste. Instinktiv halte ich nach der Fremdenlegionärsnonne Ausschau. Meine Augen sind zu Schlitzen verengt, was leider zur Folge hat, dass ich nicht besonders viel sehe. »P. weiß, dass ihr letztes Stündlein geschlagen hat. Für Sünder gibt es nur einen Weg, und der führt direkt durch das Höllentor. Sie kann die Hitze des Feuers schon an ihren Fußspitzen fühlen, doch sie wird nicht kampflos gehen. Sie nicht!«

An der Rückwand der Kanzel gleitet eine Tür auf, ein Mann tritt heraus und winkt mir zu.

»Aus dem Auge leuchtet das Innere des Menschen«, sagt Pater Markus. »Wenn dein Auge klar blickt, ist deine ganze Erscheinung hell. Matthäus Sechs-Zweiundzwanzig. Passend, findest du nicht?«

Er nimmt jede Stufe mit einem kleinen Hopser. Sein Haar ist kurz und fast so weiß wie der Kragen oben in seinem Hemd. Ich kann mich gar nicht erinnern, einen Kragen gewaschen zu haben. »Niemand kann zwei Herren zugleich dienen. Er wird den einen vernachlässigen und den anderen bevorzugen. Er wird dem einen treu sein und den anderen hintergehen«, fügt er hinzu. »Matthäus Sechs-Vierundzwanzig. Einverstanden?«

Ich kapiere nicht, was er meint. Will er mir sagen, dass Polygamie Mist ist?

»Ja, natürlich«, beeile ich mich. »Vollkommen einverstanden.«

»Gut. Sehr gut.« Er steht jetzt direkt vor mir und sieht mir in die Augen. Seine Haut ist glatt wie Nudelteig. Seine Augen sind blau wie frisch geschmolzenes Gletscherwasser, aber die Pupillen sind weit geöffnet. Das Schwarz darin ist so tief, dass man ohne Probleme einen Stein reinwerfen könnte, ohne den Aufprall zu hören. Es saugt einen richtig rein. Hier hat der liebe Gott mir einen waschechten Seelenstaubsauger vorgesetzt.

»Wo wollen wir hin, dorthin oder dort?« Er zeigt auf die Bänke und dann auf den Beichtstuhl.

»Da hinein.« Mir ist der Beichtstuhl lieber, vor allem deshalb, weil er mir so nicht das Hirn mit seinen komischen Pupillen raussaugen kann.

Ich setze mich auf das harte Holz und ziehe den Vorhang zu. Von drüben höre ich, wie er das Gleiche tut.

Ich sage: »Vergib mir, Vater, denn ich habe gesündigt.« Vor allem deshalb, weil sie das in den Filmen so machen. Das hier ist mein erster Beichtstuhlbesuch. Zumindest der erste, bei dem ich angezogen bin.

Von drüben klingt ein leises Kichern herüber. »Na, na«, sagt Pater Markus. »Schwester Regina hat mir schon erzählt, dass du ein schweres Geschütz bist. Aber wir wollen mal nicht so staatstragend klingen. Das hier ist keine Hinrichtung.«

Ich bin verwirrt. Geht es in der Kirche nicht darum, möglichst dramatisch zu klingen? Ich kann schlecht meinen Ablassbrief unterschreiben und mich von meinen Sünden befreien, während ich ein Liedchen pfeife.

»Entscheidungen«, sagt Pater Markus plötzlich. »Entscheidungen sind eine knifflige Sache. Will ich dies oder will ich das? Arbeiten, nicht arbeiten. Lachen, nicht lachen. Lieben, nicht lieben. Was nützt es einem Menschen, wenn er die ganze Welt gewinnt, aber seine Seele verliert?«

»Was?«

»Markus Acht-Sechsunddreißig«, sagt Pater Markus. »Was ich sagen will, ist einfach. Wenn du ein Brötchen haben kannst oder einen Kuchen, dann nimm lieber das Brötchen. Ist auch besser für die Figur.« Er lacht wieder.

Ich kapiere gar nichts. Ist das eine religiöse Metapher für, ja, für was eigentlich?

»Ich fürchte, ich verstehe nicht«, sage ich. Wenn das so weitergeht, wird das ein sehr langes Gespräch.

»Wir haben die sieben Hauptsünden«, sagt Pater Markus. »Ein erstaunliches Konzept, nicht wahr? Decken alles ab, was der Mensch so falsch machen kann. Sie lauten?«

»Äh, Maßlosigkeit, Trägheit, Stolz, Neid, Gier«, sage ich, während ich im Kopf die ganzen abgemurksten Leute in »Sieben« durchgehe. »Zorn. Und Wollust.«

Pater Markus klingt zufrieden. »Sehr richtig. Man kann sich das Leben einfach machen. Dann ignoriert man die guten Tipps und macht die Dinge, wie sie einem in den Sinn kommen. Oder man denkt ein bisschen nach. Das ist schon schwieriger. Aber es lohnt sich. Und weißt du, warum? Weil man dann Zeit hat für die wesentlichen Dinge.«

»Sie meinen, in Sünde zu leben ist nichts weiter als, na ja, Zeitverschwendung?«

»Natürlich! Und Zeitverschwendung selbst ist wieder eine Sünde. Man dreht sich im Kreis.«

»Aber was ist mit der Wollust?«, sage ich. Meine Stimme klingt wie eine Maus, die verstecken spielt.

»Die Wollust?« Ich höre, wie drüben der Vorhang aufgerissen wird. Dann fliegt meiner zur Seite. »Die Wollust ist meine Lieblingssünde«, sagt Pater Markus und reckt seine Hände zum Himmel. »Ein perfideres Mittel zur Zeitverschwendung gibt es gar nicht!«

†

B*eginnen wir mit der Maßlosigkeit«,* sagt Pater Markus. »Was steht in der Bibel zu den Maßlosen?«

»Wenn ein Mann hundert Schafe hat, und eins läuft davon, was wird er tun? Lässt er nicht die neunundneunzig in den Bergen zurück, um das verirrte zu suchen? Und ich versichere euch, wenn er es gefunden hat, freut er sich über dieses eine mehr als über die neunundneunzig, die sich nicht verlaufen haben.« Ich lese aus der Broschüre, die er mir gegeben hat.

»Sehr richtig«, ruft Pater Markus. »Von wem?«

»Das steht hier nicht.«

»Matthäus Achtzehn-Zwölf-Dreizehn«, donnert Pater Markus und fährt dann blitzschnell herum. »Wann warst DU das letzte Mal maßlos?«

Im Kopf überschlage ich, wie viele Jahre es mir in der Hölle extra einbringt, wenn ich die Wahrheit sage. Ich beschließe zu lügen. Damit komme ich im Zweifelsfall besser weg. »Gerade vorhin«, sage ich. »Ich habe einen zweiten Krapfen genommen, obwohl ich schon satt war.«

»Und fühlst du dich nicht schuldig?«

»Doch«, gebe ich zu, »ich fühle mich schuldig.« Vor allem, weil meine Hosen schon wieder so spannen.

»Die Krapfen«, ruft Pater Markus und formt mit der Hand ein Gebäckstück, das er in die Luft hält, »die Krapfen sind nur der Anfang! Bald ist es ein Buch, das du besitzen willst, dann ein Fahrrad. Ein Auto! Dann ein Haus. Eine ganze Stadt! Länder! Die ganze Welt!«

»Aber es war doch nur ein Krapfen«, sage ich.

»NUR ein Krapfen? Du willst mehr, und du nimmst es dir. NUR ein Krapfen? Die Maßlosigkeit steckt in diesem Krapfen! Versprichst du, dem Krapfen abzuschwören, jetzt und alle Zeit?«

»Ich schwöre«, wispere ich.

»Ich höre dich nicht, meine Tochter. Gott hört dich nicht! Schwörst du also?«

»Ich schwöre«, rufe ich. »Ich schwöre!«

Mein Cholesterinspiegel ist sowieso zu hoch.

†

Ich habe gehört, dass du heute bei Pater Markus warst. Ist er nicht was ganz Besonderes?« Schwester Franziska, die mich nach der Abendandacht abfängt.

»Sehr besonders«, sage ich. »Traumhaft.«

»Ich weiß.« Sie gluckst. »Ich habe übrigens wieder einen neuen Film. Wollen wir ihn uns ansehen?«

»Was ist es diesmal? ›Hannah Montana‹?«

»Du machst Spaß mit mir, oder?«

»Kann sein.«

Sie hält mir die Hülle hin. »›Footlose‹? Das ist ein echter Klassiker der, ähm ... na ja, eben ein Klassiker.« Ich traue mich nicht, ihr zu sagen, dass die Christen in dem Film die Bösen sind.

Sie nickt. »Da wird getanzt, hat meine Schülerin gesagt.«

Den Spaß lasse ich mir natürlich nicht entgehen.

Knapp zwei Stunden später ist Schwester Franziska den Tränen nahe. »Dieser arme Junge. Das ist alles so traurig.«

»Aber wieso? Er hat sich doch frei getanzt, und alles ist gut.«

»Nein, ich meine den anderen. Der überfahren worden ist. Wenn er nicht so laut Musik gehört hätte, dann wäre er jetzt noch am Leben. Ich sage meinen Schülern immer, setzt diese dummen Kopfhörer ab, wenn ihr über die Straße geht!«

»Das heißt, du findest es richtig, dass Musik und Tanz verboten worden sind?«

»Nein«, gibt sie zu. »Musik hat die Kraft, die Seele zu heilen. Jemand sollte mal mit dem Vater sprechen.«

»Schwester Franziska?«

»Ja?«

»Es ist nur ein Film.«

»Ich weiß doch«, sagt sie. »Aber was im Film gezeigt wird, kann auch in Wirklichkeit geschehen.«

Ich muss aufpassen, dass Sie auf keinen Fall »Independence Day« in die Finger kriegt. Es würde sie umbringen.

†

E*s dauert ein paar Tage,* bis ich Pater Markus wiedersehe, und weil das so ist, hänge ich irgendwo zwischen Anspannung, Furcht und Freude. Tagsüber wasche und mangele ich (die Maschine funktioniert wieder, nachdem Schwester Adelheid ihr einen Tritt verpasst hat), halte die Gebetszeiten ein und sitze abends in meinem Zimmer, um in einem Buch zu lesen, das mir Schwester Regina empfohlen hat: »Glück im Glauben«. Der Historiker versteckt sein Ethernetkabel vor mir und behauptet, er hätte es verlegt. Wahrscheinlich hat er Angst, dass Berlinermöpse uns mit in den Abgrund reißt.

Um überhaupt lesen zu können, musste ich das Kruzifix über meinem Bett abhängen, weil mich Jesus' durchdringender Blick nervös macht. Und das Bildnis der Pietà hänge ich auch ab, weil es mich an »Der letzte Tango in Paris« erinnert und ich mich auf keinen Fall in Gefahr bringen will. Ich traue mich nicht mal zu masturbieren, aus Angst, dass der liebe Gott mich mit sofortigem Herzstillstand bestraft und mich die Schwestern dann mit meiner Hand im Höschen finden. »Die arme Sünderin«, würden sie sagen. »Nicht mal Pater Markus konnte sie auf den rechten Weg zurückführen.« Ist schon mal irgendwem aufgefallen, wie verdammt *sexuell* all diese christlichen Bilder sind? Das Zeug müsste verboten werden!

Und jeden Morgen hänge ich das Kreuz und das Bild wieder auf, weil Schwester Bernadette fuchsteufelswild wird, wenn jemand an ihrem Interior Design herumpfuscht.

Meine einzige Abwechslung besteht darin, Janis zu verfolgen. Ich habe immer noch nicht herausbekommen, was sie den ganzen Tag macht, und Schwester Franziska behauptet steif und fest, dass sie nirgendwo zur Arbeit eingeteilt ist, weil die Mithilfe im Kloster für die Kurzzeitgäste freiwillig ist. Trotzdem verkrümelt sich Janis jedes Mal nach dem Frühstück. Neulich meine ich sogar beobachtet zu haben, dass sie sich heimlich aus dem Kloster geschlichen hat.

Am Montagmorgen ist das Glück mir hold. Ich bin vor Janis mit dem Frühstück fertig, räume mein Geschirr ab und drücke mich dann unauffällig im Hof herum. Es dauert keine zehn Minuten, da kommt Janis aus dem Haupthaus. Sie sieht nervös aus, das muss ich schon sagen. Mitten auf dem Hof bleibt sie stehen und tut so, als müsse sie sich den Schuh zubinden. Währenddessen sieht sie sich natürlich nach allen Seiten um. Mich sieht sie nicht, weil ich mich wie ein Eichhörnchen an den Stamm der Eiche direkt vor mir drücke. Kaum ist sie sicher, dass sie niemand beobachtet, hastet sie aus der Toreinfahrt hinaus und verschwindet außer Sichtweite. Leider werde ich kurz vor der Toreinfahrt von Schwester Adelheid abgefangen.

»Wie gut, dass du schon fertig bist«, sagt sie. »Wir haben Extrawäsche zu waschen. Schwester Isabella ist mit der Rote-Beete-Suppe gestürzt, und offenbar hat ein Großteil meiner Mitschwestern versucht, ihr beim Aufstehen zu helfen.«

Als ich am Nachmittag endlich fertig damit bin, sitzt Janis seelenruhig auf der Bank bei den jungen Birken. Sie sieht schuldig aus.

Am nächsten Tag wird es wieder nichts. Janis kommt mit so großer Verspätung zum Frühstück, dass ich direkt zur Arbeit gehen muss, und während meiner Pausen sehe ich sie nicht. Abends kommt sie mit einem so zufriedenen Gesicht in den Speisesaal gefedert, dass ich nicht anders kann, als sie anzusprechen.

»Was machst du eigentlich den ganzen Tag?«, frage ich.

»Nichts«, sagt sie, für meinen Geschmack eine Spur zu schnell. »Ich genieße die Ruhe. Das reicht mir schon an Aufregung.« Sie versucht ein Lachen.

Ich nicke nur mit dem Kopf. Ein guter Jäger scheucht das Wild nicht auf, bevor es in Schussweite ist.

Zwei Tage später ist es so weit. Aus dem Fenster sehe ich Janis die Straße entlangkommen, und bevor sie es schafft, ungesehen durchs Tor zu schlüpfen, bin ich schon da.

Ich springe hervor und rufe: »Ha!«

Sie macht einen Satz zurück. »Mensch, hast du mich erschreckt. Ich habe fast einen Herzinfarkt bekommen.« Janis lächelt mich an und macht Anstalten, einfach weiterzugehen. Damit habe ich nicht gerechnet. Nicht, dass es Gästen nicht erlaubt wäre, das Klostergelände zu verlassen, aber nicht jeder ist stark genug, den Versuchungen da draußen zu widerstehen. Eigentlich habe ich damit gerechnet, dass sie weinend zusammenbricht und mich anfleht, niemandem von ihren geheimen Ausflügen zu erzählen. Ich muss also meine Taktik ändern und den lieben Polizisten rauslassen.

»Wo warst du denn, hm?«, frage ich. »Warst du … im Kino?« Ich habe keine Ahnung, ob es im Städtchen ein Kino gibt. Aber etwas Besseres fällt mir nicht ein. Janis sieht mich verwundert an.

»Wenn du es ganz genau wissen willst – ich habe mir im Ort neuen Stoff besorgt.« Sie öffnet ihre Tasche und zeigt mir, was drin ist.

»Schokoriegel?«

Sie zuckt mit den Schultern. »Ich kann nichts dafür. Ich bin süchtig nach dem Zeug.«

Und ich sollte mir dringend eine neue Beschäftigung zulegen.

†

Wer viel redet, sorgt dafür, dass sein Gehirn nicht anspringt. Das ist eine einfache Regel. Vielleicht sollte man bei ersten Dates verabreden, einfach mal gemeinsam die Klappe zu halten. Nur um zu gucken, wie man sich miteinander fühlt. Meistens sagt einem Bauch, ob sich der Abend lohnt oder nicht. Einmal bin ich mit einem Typen ausgegangen, in dessen Gegenwart mir von Anfang an unwohl war. Bei der Bestellung im Restaurant machte ich einen Fehler. Ich sagte: »Den Salat bitte ohne Radicchio.« Nur sprach ich das Wort aus wie »Raditschio«. Der Typ legte mir väterlich seine Hand auf den Arm und sagte: »Also, da können wir uns jetzt drüber streiten, aber ich glaube, das heißt Radikkio.« Hätte ich nur Gelegenheit gehabt, auf meinen Bauch zu hören, wären mir ein paar üble Stunden vielleicht erspart geblieben.

Geschwätzmäßig drehen sie einem im Kloster ganz schön den Hahn zu. Das führt dazu, dass ich die ganze Zeit nachdenke. Sogar der Historiker hat bemerkt, dass ich schweigsamer bin. Wir sitzen beim Abendessen. Es gibt wie immer Graubrot, dazu Aufschnitt, Käse und Gewürzgurken. Zum Trinken reicht Schwester Emanuela gesüßten Kamillentee. Ich frage mich, wo Schwester Regina ihr Bier aufbewahrt, traue mich aber nicht nachzuforschen. »Wenn du möchtest, können wir nachher reden«, sagt der Historiker. Offenbar macht die Stille ihn milde. Er beugt sich näher und sagt mit leiserer Stimme: »Über das, was dich belastet. In meiner Kirche. Du weißt schon.«

In der Abstellkammer ist es ziemlich eng. Irgendjemand hat einen alten Putzwagen hineingestellt, und der Historiker meint, dass wir damit leben müssen, weil sie uns sonst erwischen und Schwester Regina das Ethernetkabel kassiert. Ich frage ihn, ob das nicht Sünde ist, heimlich ins Internet zu gehen, und er sagt, das sei in Ordnung, weil er ja ein christliches Werk vollbringe. Und irgendwer müsse sich schließlich um die Schäfchen kümmern.

Der Putzwagen hat den Vorteil, dass wir nicht mehr nebeneinander sitzen können, sondern stehen müssen. Er steht auf der einen Seite des Putzwagens, ich auf der anderen. Wir entscheiden, dass es am vernünftigsten ist, wenn ich meine Frage in das Seelsorgefenster eingebe und ihm dann den Computer rüberreiche, damit er antworten kann. Ich bete, dass Mimi online ist.

Kleene_Maus: (ist online)
Flöckchen: Wie meinst du das, wer nicht sündigt, ist tot?
Berlinermöpse: Ohne Sex geht es nicht. Das meine ich.
Flöckchen: Willst du damit sagen, dass es nicht richtig ist, sich aufzusparen?
Berlinermöpse: Goldrichtig, Schätzchen. Äpfel kauft man schließlich auch nicht blind.
Flöckchen: Aber ich habe es ihm doch versprochen! Und Versprechen hält man.
Berlinermöpse: Ich könnte dir Wege zeigen, wie das keiner mitbekommt.
Flöckchen: Welche Wege denn?
Kleene_Maus: Ähem. Hüstel.
Berlinermöpse: @Flöckchen, weißt du was? Wir treffen uns morgen wieder.
Flöckchen: Ist gut, Ciao!
Flöckchen: (ist offline)
Kleene_Maus: Was genau tust du da?
Berlinermöpse: Ich verkünde die Botschaft, was sonst. Bist du den Wachhund los?
Kleene_Maus: Bedingt. Steht mir gegenüber. Ich muss gleich wieder.
Berlinermöpse: Geht es dir gut? Bist du noch Hure oder schon Heilige?
Kleene_Maus: Beides. Irgendwie. Ich weiß auch nicht. Ist ziemlich intensiv hier.

Berlinermöpse: O-o.
Kleene_Maus: Was soll das denn heißen?
Berlinermöpse: Du bist in Jesus verliebt, du bist in Jesus verliebt!
Luftsandale: Da ist sie doch hier genau richtig! Ich auch!
Berlinermöpse: @Luftsandale, verpiss dich.
Luftsandale: Was ist denn das für ein Ton?
Luftsandale: (ist offline)

»Bist du schon fertig?« Drüben zwischen den leeren Bodenreinigungsflaschen und dem Feudel wartet der Historiker auf seinen Einsatz. »Du tippst ja ganz schön viel.«

»Die Seele ist ein steiniges Feld«, sage ich, »das dauert.«

Kleene_Maus: Sorry, muss kurz off. Gib mir drei Minuten.
Berlinermöpse: Kein Problem. Ich hab Zeit.
Kleene_Maus: (ist offline)
Berlinermöpse: @mausi10. Hast du schon mal über den Sinn und Zweck des Zölibats nachgedacht?

Sobald das Seelsorgefenster offen ist, tippe ich »Warum bin ich so, wie ich bin?« ein und reiche den Laptop rüber zum Historiker. Die Frage ist falsch gewählt. Zu komplex. Er legt die Hand an das Kinn.

Dann beginnt er, die leeren Putzmittelflaschen zu drehen und »Hm, hm« zu machen. Schließlich stützt er den rechten Ellbogen auf das Wägelchen und schließt für einen Moment die Augen. Draußen auf dem Flur sind Schritte zu hören.

Ich bin nicht sicher, ob ich kurz eingenickt bin, aber als der Historiker endlich wieder tippt, ist mein rechter Fuß eingeschlafen. Er reicht mir den Laptop rüber und nickt wohlwollend zu mir rüber.

»Du bist, wie du bist, weil Gott dich so haben wollte.« Ernsthaft? Ich seufze und öffne das Browserfenster zum Chat.

Sonnenstrahl82: Einfach unglaublich!
Sonnenstrahl82: (ist offline)
Administrator: @berlinermöpse, bitte achte auf deine Wortwahl, wir sind doch hier alle in Liebe vereint.
Berlinermöpse: Sorry, kommt nicht mehr vor.
Administrator: Ich habe übrigens auch einen Mops. Zitiere immer Loriot. Ein Leben ohne Möpse ist vorstellbar, aber sinnlos. Soo lustig. :o))
Berlinermöpse: Ich könnte mir ein Leben ohne Möpse auch nicht vorstellen!
Kleene_Maus: Irgendwelche News?
Administrator: Ich?
Kleene_Maus: @berlinermöpse
Administrator: (ist offline)

Berlinermöpse: Nichts, was ich hier posten könnte. Wie lange noch?
Kleene_Maus: Dreieinhalb Wochen. Du wirst mich nicht wiedererkennen!
Berlinermöpse: Das fürchte ich auch. Ich muss los. Ich bin hier jetzt übrigens jeden Tag! Kuss!
Kleene_Maus: Kuss!
Berlinermöpse: (ist offline)
Kleene_Maus: (ist offline)

Und für den Historiker tippe ich: »Aber was, wenn ich mich so nicht mag?« Das ist eine harte Nuss für ihn. Er windet sich so, dass das ganze Putzeimergestell anfängt zu klappern. Dann, nach zehn Minuten, bekomme ich eine Antwort. »Es ist Gottes Wille. Du musst lernen, dich zu akzeptieren, wie du bist.«

Punkt für ihn.

†

Männer sind sentimental. Nicht alle, aber die meisten. Sie nehmen kleine Erinnerungsstücke, packen sie in die hinterste Schublade, und wenn es ihnen passt, kramen sie das Zeug wieder heraus. Ich erinnere mich an einen Typen, den ich irgendwann mal auf einer Party kennengelernt habe. Er war die Art Mann, die nach drei Flaschen Bier anfängt, wie eine gute Gelegenheit auszusehen. Jahre später trafen wir uns wieder, und wieder auf der Geburtstagsparty desselben Freundes. Vermutlich war er gerade von seiner Freundin verlassen worden oder was weiß ich.

Er sagte: »Wie gut, dass wir uns sehen! Ich glaube, du bist diejenige, die mir irgendwie durch die Maschen geschlüpft ist. Ich vermisse dich.«

»Ich habe dir ein einziges Mal im Gäste-WC einen runtergeholt«, sagte ich. »Kein Grund, jetzt nostalgisch zu werden.«

Nachdem er davongetrottet war, kam Mimi zu mir. »Wer war denn das? Sieht irgendwie geknickt aus.«

»Ich erinnere mich nicht an seinen Namen«, sagte ich. »Aber er ist Linksträger.«

Keine Ahnung, warum ich gerade jetzt daran denken muss. Pater Markus ist nämlich nicht sentimental. Er ist knallhart. Gottes siebenschwänzige Peitsche. Der Schlamm seiner Schuhe spritzt mir ins Gesicht. Ich versuche Schritt zu halten, aber er ist verdammt schnell. Die Luft brennt in meinen Lungen.

»Trägheit«, ruft Pater Markus, »ist die direkte Folge von Zeitverschwendung. Der Mensch tut sinnlose Dinge, anstatt sich auf die Wunder des Körpers und des Geistes zu konzentrieren. Was sagt uns die Bibel über träge Menschen?«

Er ist witzig. Ich habe mein ganzes Leben damit zugebracht, mich auf die Wunder meines Körpers zu konzentrieren, und er hat mir versichert, dass ich dafür in die Hölle komme. Zwischen Trägheit und Wollust muss es einen kleinen, aber feinen Unterschied geben.

»Was die Bibel dazu sagt, habe ich gefragt!«

»Wenn jemand zu diesem Berg sagt: Auf, stürze dich ins Meer, und hat keinerlei Zweifel«, keuche ich, »sondern vertraut fest darauf, dass es geschieht, dann geschieht es auch.« Ich habe alles, was mir in die Finger kam, auswendig gelernt. Sicherheitshalber.

»Markus Elf-Dreiundzwanzig«, sagt Pater Markus anerkennend, »sehr schön. Hat nur leider nichts mit Trägheit zu tun, sondern damit, dass der Mensch einen festen Standpunkt braucht. Hast du einen festen Standpunkt, Tochter?«

»Ja«, japse ich, »mein Standpunkt ist fest!« Der Weg vor uns sieht aus, als hätten sich ein paar Rotten Wildschweine zusammengetan, um dem Wald einen ganz neuen Look zu geben. Der Schlamm quillt aus meinen Sportschuhen. Eigentlich Schwester Franziskas Sportschuhe, ich besitze so etwas nicht.

Pater Markus macht einen gewagten Sprung über eine Pfütze und zieht das Tempo weiter an. »Trägheit frisst sich in deinen Körper und macht ihn schwach. Sie raubt dir die Lebensenergie und sorgt dafür, dass du vor dem Fernseher sitzt oder in Bars oder in Diskotheken anstatt deinen Geist zu schulen. Das Gehirn ist das Geschenk Gottes für unseren schwachen Leib. Ihm müssen wir huldigen!«

»Dem Leib?«

»Dem Gehirn und dem Leib. Ein gesunder Geist in einem gesunden Körper. Das ist die reine Wahrheit.« Er vollführt ein paar kecke Sprünge über einige vom Sturm gefällte Bäume und rennt dann den Weg entlang, der sanft bergan führt. Ich kann die Trägheit jetzt genau spüren. Nicht nur in meiner Lunge, sondern vor allem in meinen Muskeln. Sogar in meinem Geist. Der sitzt nämlich in der Ecke und schmollt. Vielleicht ist es das, was Pater Markus erreichen will.

»Schneller!«, brüllt er. »Schneller. Nun sag mir, wann warst du das letzte Mal träge, Tochter?«

Dass er mich die ganze Zeit »Tochter« nennt, führt dazu, dass ich ihm patzige Antworten geben will. Geht dich nichts an. Natürlich war ich zwölf zu Hause, du hast mich nur nicht gehört, Pech für Egon, irgendwas in der Art. Natürlich traue ich mich nicht.

»Weiß nich«, japse ich.

Pater Markus legt sich die Hand an die Ohren und ruft: »Ich hö-öre dich nicht! Niemand kann dich hö-ören, wenn du nuschelst! Du musst schon ein wenig lauter sprechen. Schrei es hinaus in Gottes herrliche Wälder!«

»Ich weiß nicht!«, brülle ich zurück und bleibe stehen. »Immer! Jeden Tag! Ich bin jeden verdammten Tag träge! Ich saufe, und ich glotze fern und hänge in Bars rum. Und manchmal, wenn ich gelangweilt bin, esse ich massenweise Eis! Ich tue so, als würde es mir Spaß machen, aber das tut's nicht! Ich sitze auf dem Sofa und esse Eis, und dann esse ich was Salziges, und dann bin ich zu faul, aufzustehen und Sport zu machen! Und dann schäme ich mich! Und ich denke darüber nach, dass die Welt kaputtgeht, und gleichzeitig lasse ich mich in einem Riesenschlitten mit V 8-Motor kutschieren, anstatt die Straßenbahn zu nehmen! Ich kann keine Nachrichten mehr sehen, weil es mich zum Heulen bringt, aber ich gehe nie auf Demos, weil mir Menschenansammlungen schrecklich Angst machen! Ich kaufe immer Bananen und esse sie dann nicht! Und in letzter Zeit habe ich spätnachts Lust auf Burger, und zwar ohne Biofleisch, und esse auch die, und anschließend sitze ich mir den Arsch auf irgendeinem Stuhl platt, weil ich ZU FAUL BIN!«

Wir sind beide erstaunt über meinen Ausbruch, aber ich mehr als er. Er kommt auf mich zu und legt mir die Hand auf die Schulter. »Amen, meine Tochter«, sagt er. »Amen. Jetzt bist du auch davon erlöst.«

Den Rückweg nutzen wir für ein kleines Gespräch unter irdischen Menschen. Er ist ganz nett, wenn er einen nicht gerade anbrüllt.

»Auch ich war einmal voller Sünde. Ich habe getrunken und gespielt. Aus einem Mangel heraus, das weiß ich inzwischen. Du musst wissen, jedes Zuviel geschieht aus Mangel. Ich war Soldat. Ausbilder, um genau zu sein.«

»Wie Petrus«, sage ich, weil ich meine, so was mal in irgendeinem Film gesehen zu haben.

»Nein, Petrus war Fischer. Keiner der Jünger war Soldat. Obwohl sie natürlich alle Soldaten Gottes waren. So wie ich jetzt. Jedenfalls hatte ich ein Gefühl, all das Elend der Welt würde auf meinen Schultern lasten.« Er klopft mir auf meine. »Dabei passt da gar nicht so viel drauf, nicht wahr? Dann, eines Tages, war mein Leben ausgelöscht. Ich wachte auf, und alles war weg.«

»Profis?«, schlage ich vor. »Ein Einbruch in der Nacht?«

»Nicht doch. Es war Gott, der sich meiner angenommen hatte. Von einem Tag auf den anderen war alles Materielle nicht mehr wichtig. Wo dein Reichtum ist, da wird auch dein Herz sein. Matthäus Sechs-Einundzwanzig.«

»Und dann sind Sie in den Orden eingetreten.«

»Es dauerte Monate, bis ich die Tragweite verstanden hatte. Gott befahl mir, mein Leben aufzuräumen, bevor ich sein Diener werden durfte. Das bedeutet ein paar banale Dinge. Die Steuererklärung machen, die Wohnung auflösen. Die Ehe beenden.«

»Pater Markus«, sage ich und bleibe stehen. »Sie waren verheiratet?«

»Fünf qualvolle Jahre.«

†

Zu wissen, dass ich nicht die einzige Nichtjungfrau hier bin, hebt meine Stimmung ungemein. Nachdem sich Pater Markus am Eingangstor verabschiedet hat, um sich, wie er sagt, »den Teufel aus den Knochen zu jagen«, drehe ich noch ein paar Runden über das Gelände. Es gibt immer noch Winkel, die ich nicht richtig erkundet habe, weil zwischen Beten und Arbeiten kaum Zeit für Müßiggang ist. Zum Beispiel weiß ich immer noch nichts Genaues über das kleine Gewächshaus, in dem Schwester Bernadette ihre Blumen züchtet. Und ich weiß immer noch nichts Genaues über den kleinen Gärtner.

Ich gehe um das Glashaus herum, weil ich zunächst den Eingang nicht finde. Die Scheiben sind milchig beschlagen, und das Metallgerüst wirft Blasen vom Rost. Einen Hunderter, dass es den nächsten Herbststurm nicht übersteht. An der hinteren Breitseite ist eine Tür, aber weil die Klinke fehlt, hat jemand ein Stück Draht an der Stelle befestigt und ihn um eine herausstehende Schraube am Gestänge festgezurrt.

Innen misst das Treibhaus ungefähr vier mal sechs Meter, was komisch ist, weil es von außen nur halb so groß aussieht. In der Mitte stehen fast über die ganze Länge zwei Tische. Zwischen den Tischen und ein paar hellblau gestrichenen Eisenmöbeln verläuft rechts, links und in der Mitte jeweils ein schmaler

Gang, auf den von beiden Seiten Pflanzen ragen. Die Luft ist stickig und warm wie im Nilpferdhaus.

Mit den Blumen scheint sich Schwester Bernadette wirklich Mühe zu geben. Die Tische sehen aus, als hätte sie einmal tief in ein paar bunte Farbtöpfe gegriffen, und sie dann in einem Anfall von Jackson-Pollockismus durch die Gegend gespritzt. Während sich draußen der Frühling mühsam durchboxt, herrscht hier drin schon Hochsommer. Eine Pflanze steht höher als die anderen. Sie hat einen grünen, saftig aussehenden Stängel und Dutzende Kelche, die in etwa die Größe von Teelöffeln haben. Ich beuge mich hinunter, um sie genauer betrachten zu können. Auf der Unterseite der Blüten sind kleine Flecken wie bei einem Leopardenfell zu sehen, an der Oberseite wächst tief drinnen ein kleiner Zipfel. Das Ganze sieht aus wie ein weit geöffneter Mund. Oder wie eine noch weiter geöffnete Vulva. Interessiert führe ich meinen Finger ein.

»Das würde ich lieber lassen.«

Erschrocken fahre ich hoch. Es ist der Gärtner. Er steht direkt gegenüber auf der anderen Seite des Tisches. Keine Ahnung, wie es die Leute in diesem Kloster immer schaffen, sich lautlos anzuschleichen.

»Digitalis purpurea«, sagt der Gärtner, »auch bekannt als Roter Fingerhut. Kau ein paar von den Blättern, und du bist tot.«

»Wie nett.« Vorsichtig ziehe ich meinen Finger zurück.

»Ich hab dich schon hier rumschleichen gesehen«, sagt der Gärtner. »Du bist keine von denen, hab ich recht?« Er nickt Richtung Kloster.

»Du scheinst dir da ziemlich sicher zu sein. Und was, wenn ich doch eine von denen bin?«

Er lacht auf und legt dabei den Kopf in den Nacken. Sein Mund und seine Zähne sehen aus, als hätte er sie von Angelina Jolies Bruder ausgeliehen. Die Figur nicht. Die hat er einem Rugbyspieler weggenommen.

»Nee«, sagt er. »So was erkenne ich schon am Gang. Ich bin lang genug dabei.« Er legt den Spaten, den er in der Hand hält, zur Seite und fängt stattdessen an, mit einem Zerstäuber ein paar Blätter zu besprühen. Seine Großmäuligkeit verunsichert mich. Sie passt nicht hierher.

»Was genau meinst du mit lange genug dabei? Ich sehe keine Tracht, und so, wie du aussiehst, bist du nicht älter als was? 28?«

Er lacht höhnisch und sagt: »Ich bin hier geboren worden. Hinten im Haupthaus, wo sie jetzt die Wäsche stapeln. Genau wie mein Vater. Mein Großvater kam vor dem Krieg. Es heißt, die Schwestern hätten sein Leben gerettet. Also hat er ihnen seines gegeben. Als Dank. Er hat die Felder auf der anderen Seite des Waldes bewirtschaftet. Und ich bin immer noch da.« Er beugt sich über die Blumen, damit ich das Funkeln in seinen Augen sehen kann. Offenbar hat er Kohlenstücke dort, wo andere Leute eine Iris haben. »Es ist nämlich so schön ruhig hier.«

Ich zucke zurück.

»Tja, äh, schön«, sage ich und klatsche in die Hände. »Ich gehe dann mal wieder an die Arbeit.«

Er gleitet hinter dem Tisch hervor und stellt sich mir in den Weg.

»Wohin denn so eilig? Wir könnten doch noch ein bisschen an den Blumen schnuppern.«

†

Ich kann mit Männern nicht umgehen. Nicht mit den Forschen und schon gar nicht mit den Schüchternen. Es gab Abende, an denen meine Vagina alle möglichen Entscheidungen getroffen hat, denen mein Gehirn, wäre es nüchtern gewesen, vehement widersprochen hätte. Einmal war ich mit Mimi auf der Geburtstagsfeier ihres Onkels. Es war eine dieser Nächte, in denen Wunder geschehen und winzige Penisse zu riesigen Prügeln wachsen. Zumindest fielen ein paar Sternschnuppen, das war schon mal was. Ich saß auf der Schaukel im Garten und blickte zum Himmel, als Mimi mich fand.

»Was tust du hier?«, fragte sie.

»Ich warte auf meinen Sexpartner für diese Nacht«, sagte ich.

»Und du glaubst, der fällt vom Himmel?«

»Nein«, sagte ich und zeigte auf die Veranda, wo die Terrassentür offen stand. »Er kommt gleich da raus. Ich habe ihm gesagt, er soll reingehen, sich einen Drink machen und in etwas schlüpfen, das ein bisschen nackt ist.«

Wie sich herausstellte, war Mimis Cousin erst 18. Es gab ein paar unangenehme Minuten, der Onkel bat Mimi, mich nie wieder mitzubringen, und ich schaffte es trotzdem, ein Stück von der Geburtstagstorte aus dem Haus zu schmuggeln, damit ich während der Zugfahrt etwas zu essen hatte. Was ich eigentlich sagen will: Ich habe es verdient, wenn die Leute mich erschrecken.

†

In den nächsten Stunden bin ich unkonzentriert und fahrig. Aus Versehen verbrenne ich ein Nachthemd, indem ich das Bügeleisen zu lange drauf stehen lasse. Schwester Adelheid besieht sich den Schaden und schüttelt den Kopf.

»Da wird Schwester Isabella aber traurig sein. Das Loch kann nicht mal ich flicken.«

»Wir könnten doch ein Stück Stoff draufsetzen

und es vernähen. Dann fällt es gar nicht auf«, sage ich. Schwester Adelheid hält das Hemd hoch und steckt dann auf der Vorderseite eine Hand in die verbrannte Stelle. Die Hand kommt auf der Rückseite wieder heraus.

»Hin ist hin«, sagt Schwester Adelheid. »Kindchen, du gehst wohl besser an die Maschinen, so zerstreut, wie du heute bist. Ist alles in Ordnung?« Sie streichelt mir mit ihrer verdorrenden Hand über den Kopf.

»Es ist alles in bester Ordnung«, versichere ich ihr. »Ich bin einfach nur ein bisschen müde.«

Sie sieht mich besorgt an und schüttelt den Kopf. Dann sieht sie sich noch mal das Nachthemd an, seufzt und schmeißt es in den Mülleimer.

Nach dem Mittagessen suche ich Schwester Franziska. Offenbar ist sie noch in der Klausur, also stelle ich mich vor die Holztür, die zum Schwesterntrakt führt, und warte. Als sie endlich kommt, bin ich sieben Jahre älter.

»Was weißt du über den Gärtner?«

Sie ignoriert mich völlig. »Schwester Bernadette beginnt gerade mit der Zucht einer ganz neuen Sorte Fingerhut. Hast du die Fingerhutpflanzen schon gesehen? Sind sie nicht wunderhübsch?«

»Fingerhut ist extrem giftig«, sage ich. »Wenn ich Miss Marple wäre, dann würde ich jetzt anfangen, ein paar unangenehme Fragen zu stellen. Wusstest du außerdem, dass die Elfen Fingerhutblüten als Kopfbedeckung benutzen? Eine ketzerischere Pflanze gibt es gar nicht.«

Sie knufft mich in den Oberarm. »Du Ulknudel«, kichert sie, klemmt sich ihre Noten unter den Arm und geht davon, um Musik unter die Leute zu bringen. Ich hätte vorher wissen müssen, dass es vollkommen sinnlos ist, mit einer Frau Gottes mit einem Hang zum Vampirismus über Männer reden zu wollen. Trotzdem sollte ich mir bei der nächsten Gelegenheit ein paar Holzpflöcke besorgen. Nur zur Sicherheit.

†

Z*wei Tage später* reisen die Inzestprodukte ab. Sie haben immer noch die gleiche wächserne Haut wie vorher, wirken aber irgendwie praller, als hätten sie durch das Schweigen noch weniger Kalorien verbrannt als sonst. Wir stehen alle draußen vor dem Tor und warten auf das Taxi, das die beiden abholen und zum Bahnhof bringen soll. Sogar die Fremdenlegionärin ist gekommen. Ich trage meine weiße Schürze, aber weil ich beim Frühstück einen Unfall mit dem Hagebuttentee hatte, sehe ich diesmal wirklich aus, als hätte ich jemanden abgemurkst.

»Viel geredet haben wir ja nicht«, sage ich zu dem

Älteren der beiden, als das Taxi endlich vorfährt. Er verzieht keine Miene.

»Man soll beim Schweigen bisweilen sogar auf gute Gespräche verzichten«, sagt er einfach und bedeutet seinem Bruder mit einer Kopfbewegung, das Gepäck in den Kofferraum zu packen.

»Super«, sage ich, »dann vielleicht beim nächsten Mal, was?« Leider hat er die Autotür schon zugezogen. Ich drehe mich zu Fräulein Desertstorm um.

»Aber wir können uns jetzt schön unterhalten, was?«

Die Fremdenlegionärin sieht mich aus trockenen Augen an. Dann legt sie den Zeigefinger an die Lippen und schüttelt langsam den Kopf.

An diesem Abend brauche ich dringend meine Portion Mimi. Ich will, dass sie Dinge zu mir sagt wie: »Dieser Penis ist es nicht wert, sich jahrelang sein Gequatsche über glutenfreie Snacks und japanische Mangas anzuhören.« Ich will, dass sie mir sagt, dass ich auf dem richtigen Weg bin. Aber aus irgendeinem Grund glaubt der Historiker, dass mich der Besuch des »JoyVillage« von meinem eigentlichen Ziel, der Besinnung auf mein Selbst, ablenkt.

»Sieh es mal so«, sage ich. »Früher war ich ein oberflächlicher Mensch. Aber du hast mir beigebracht, dass man sich auch mal um andere kümmern muss. Zum Beispiel diese Frau. Wie hieß sie noch?«

»Du meinst die Hundebesitzerin. Berlinermöpse.«

»Äh, genau. Wenn das keine verlorene Seele ist, dann weiß ich auch nicht. Lass mich versuchen, sie zu retten. Dann könnte ich später vielleicht als Seelsorgerin anheuern. In deiner Kirche.«

Die Aussicht scheint ihm zu gefallen. Er nestelt an seiner Brille herum, wie immer, wenn er verlegen ist. Schließlich habe ich ihm gerade das Kompliment des Jahrhunderts gemacht.

»Na gut«, sagt er. »Aber wenn wir merken, dass sie nicht offen ist für ein paar gute Ratschläge, dann gehen wir. Versprochen?«

»Großes Seelsorger-Ehrenwort.«

†

Jemand hat den Putzwagen aus der Abstellkammer genommen und dafür eine kühlschrankgroße Jesus-und-Maria-Statur hineingestellt. Offenbar warten die beiden auf einen Besuch in der Werkstatt. Marias rechter Arm, mit dem sie Jesus umklammert hält, ist abgebrochen, und Jesus fehlen große Teile seiner Unterschenkel. Sie sehen aus wie Mimi und ich auf dem Weg von einer Kneipe zur nächsten, circa drei Uhr morgens.

Der Historiker quetscht sich an Jesus vorbei und klappt den Laptop auf. Ich hocke mich zu Füßen

Marias. Zwei Retter auf der Suche nach einer verirrten Seele.

Kleene_Maus: (ist online)
Flöckchen: Ich verstehe das nicht.
Geierwally123: Ich auch nicht.
Berlinermöpse: Das ist doch nicht so schwer. Männer wollen, dass Frauen immer verfügbar sind. Ich sage nur, andersherum geht es auch.
Geierwally123: Verfügbar für was.
Flöckchen: @geierwally123 geh mal in den Privatchat.
Berlinermöpse: Also, seid ihr dabei?
Geierwally123: Wobei?
Flöckchen: Ich erklär mal geierwally123 schnell, was du meinst.
Kleene_Maus: Hallo alle zusammen. Wir sind für euch da.
Berlinermöpse: Ihr?
Kleene_Maus: Wir sind zu zweit.
Berlinermöpse: Kapiert.

Dem Historiker geht das alles zu langsam. Er sagt: »Wenn du mit den Menschen in Kontakt kommen willst, musst du sie nach ihren persönlichen Hobbys fragen. Dann öffnen sie sich.« Wenn er meint.

Kleene_Maus: @berlinermöpse was sind deine Hobbys?
Berlinermöpse: Im Ernst jetzt?
Kleene_Maus: Meine sind: dem Teufel zu entsagen, Menschen zuzuhören, über die richtige Art zu leben nachzudenken.

Der Historiker stößt mich in die Seite. »Das ist sehr gut«, sagt er, »jetzt weiß sie, dass du ein guter Mensch bist.«

Berlinermöpse: Wow.
Kleene_Maus: Ich weiß. Der Teufel versteckt sich manchmal zwischen Blumen. Nicht jeder süße Duft ist voller Honig.
Berlinermöpse: Was?
Kleene_Maus: Der Weg zu einem reinen Herzen ist voller Fallstricke. Entsage dem Bösen, und der Herr wird dich ins Licht führen.
Berlinermöpse: WAS??????

Ich versuche nur, den Historiker abzuschütteln, aber jetzt bin ich selber verwirrt. Der Historiker auch. Er sieht mich aus sehr leeren Augen an und sagt dann: »Ich glaube, so wird es nichts.«

»Nein, warte!«, rufe ich. »Ich versuche es noch mal anders!«

Kleene_Maus: Anfangs wollt ich fast verzagen, hab gedacht, ich trüg es nie. Und ich hab es doch getragen, fragt mich nur nicht, wie.

Berlinermöpse: Du zitierst Heine? Ist alles in Ordnung? Bedeutet das, ich soll Elvis schicken?

Der Historiker tippelt mit den Fingerspitzen ungeduldig auf das, was von Jesus' Knien noch übrig ist. »Elvis? Ich habe doch gesagt, das hat keinen Sinn. Manchen kann man nicht helfen. Manche Menschen wollen nicht, dass man ihnen hilft!« Er traut sich nur nicht, mir zu sagen, dass er mich für die mieseste Seelsorgerin der Welt hält.

Kleene_Maus: Alles in Ordnung. Und muss ich auch wandern in finsterer Schlucht, ich fürchte kein Unheil; denn du bist bei mir, dein Stock und dein Stab geben mir Zuversicht.

Berlinermöpse: Gleich zwei Typen? Wie hast du das wieder geschafft?

Kleene_Maus: (ist offline)

Der Historiker hält den Stecker des Ethernetkabels hoch, als würde er ihn nie wieder hergeben wollen.

†

W*as Bindungsfähigkeit angeht,* habe ich ADHS. Ich schlafe mit einem Mann/verliebe mich Hals über Kopf/verliere das Interesse. Das war schon immer so. Ich weiß, dass es irgendwas mit den Frauen in meiner Familie zu tun hat. Vielleicht suche ich mir auch einfach die falschen Männer aus. Ich möchte einen, dem ich auf gleicher Augenhöhe begegne und zu dem ich trotzdem aufschauen kann. Das ist schon rein physikalisch schwierig. Mimi ist auch nicht gerade das, was Pater Markus einen günstigen Einfluss nennen würde. Sie ist zwar seit Neuestem davon überzeugt, dass es den einen für mich gibt, aber ihre Motive können nur unlauter sein. Ich weiß das, weil ich sie seit ihrer Entjungferung kenne. So etwas prägt. Mimi sieht einen Mann an und schiebt sich anschließend ein Lineal in den Mund, um zu sehen, ob der Würgreiz, den sein Schwanz möglicherweise in ihrem Rachen auslösen wird, den vorherigen Verzehr eines Hühnchensandwichs sinnlos machen wird. Einmal waren wir gemeinsam auf einer Hochzeit. Es war der Morgen nach der Warm-up-Party. Wenn ich behaupten würde, dass Mimi zu viel getrunken hatte, wäre das die Untertreibung des Jahrhunderts. Sie hatte gesoffen wie ein Kamel nach drei Wochen Wüstenmarsch. Ich musste sie stützen, als wir zum Standesamt gingen. Das hielt sie leider nicht davon ab, sehr laut und deutlich zu dem Trauzeugen zu sagen: »Jetzt weiß ich ganz bestimmt, dass du es warst, mit dem ich geschlafen habe. Mein ganzes Bettzeug riecht nach Enttäuschung.« Wir sollten nach Herzen suchen und finden doch immer nur Penisse.

†

»Was siehst du?«, fragt Pater Markus. Wir sitzen vor einer Art Schminkspiegel im Hinterzimmer der Kirche. Weiß der Fuchs, wo er den aufgetrieben hat. Das heißt, ich sitze. Er steht. Aber sein Mund ist so nah an meinem Ohr, dass ich hören kann, wie sein Kehlkopf auf und ab hüpft, wenn er schluckt. »Erzähl mir genau, was du siehst.«

»Ich sehe eine starke, unabhängige Person. Klug, charismatisch, witzig. Weltgewandt. Einfach hinreißend. Oh, und Sie sehe ich auch!«

»Ist das der richtige Augenblick, um Witze zu machen?«

»Nein.«

»Nein«, wiederholt er und fängt an, durch den Raum zu tigern. »Ist es nicht. Also, was siehst du?«

»Mich.« Ich sehe jünger aus als noch vor ein paar Wochen. Wahrscheinlich liegt es daran, dass ich ungeschminkt bin und praktisch keinen Alkohol mehr zu trinken kriege.

»Du siehst dich«, stellt Pater Markus fest. »Du hättest auch sagen können, dass du die schöne Holztäfelung des Raumes siehst, für die sich im 16. Jahrhundert ein paar tapfere Männer die Finger blutig geschnitzt haben. Weißt du, wie schwer es ist, die ganze Bibelgeschichte in Holz zu schnitzen?«

Ich schüttele den Kopf. Keine Ahnung.

»Oder diese Säule dort. Der Steinmetz muss Wochen daran gearbeitet haben. Nicht gearbeitet, geschuftet! Würdigst du seine Arbeit? Nein, tust du nicht! Du blickst in einen Spiegel und siehst einzig und allein dich.«

»Aber ist das nicht der Grund, warum man in einen Spiegel blickt?«

Der Pater lässt ein rostiges Lachen los.

»Der einzige Grund, warum man in einen Spiegel sehen sollte«, ruft er, »ist der, dass man die Dinge aus einem anderen Blickwinkel betrachten kann. Die guten Schwestern dort drüben im Haus, glaubst du, dass die ihre Zeit damit verbringen, in einen Spiegel zu blicken? Tun sie nicht. Weil es nämlich Z E I T V E R S C H W E N D U N G ist!« Er brüllt jetzt fast. In seinen Mundwinkeln sammeln sich kleine Blasen. Ich versuche, überall hin zu gucken, nur nicht in den Spiegel.

»Was glaubst du, was dir Schönheit im Leben bringt? Glaubst du, die Menschen sind aufrichtiger zu dir, weil du hübsch hohe Wangenknochen hast und einen schönen Mund? Glaubst du das etwa?«

»Nun ja«, setze ich an. »Aufrichtiger vielleicht nicht, aber …«

Er macht einen geschickten Raubtiersprung zu mir rüber und packt meinen Kopf mit einem Schraubstockgriff. Er dreht ihn so, dass ich wieder in den Spiegel sehen muss.

»Hochmut ist eine hässliche Sünde. Hochmut verhindert, dass wir das sehen, was wirklich ist.« Er drückt seine Zeigefinger gegen meine Mundwinkel und zieht sie nach unten, bis ich aussehe wie ein trauriger Clown. »Schönheit bleibt nicht. Das Einzige, was du über die Zeit retten kannst, ist ein inneres Leuchten.«

Er lässt meine Mundwinkel los und reibt sich die Hände. Ich massiere mein Gesicht, damit alles wieder an seinen ursprünglichen Ort zurückrutscht.

»Sag mir, Tochter. Hast du in deinem Leben über andere gespottet? Hast du dich über andere gestellt und mit dem Finger auf sie gezeigt? Hast du dich der Sünde *schuldig* gemacht?« Er kommt jetzt wieder auf mich zu. Seine Hand ist ausgestreckt, als hätte er vor, mir an die Gurgel zu gehen.

»Himmel, ja!«, rufe ich schnell. »Ich habe eine Menge Spott verteilt, und ich verspreche, es nie wieder zu tun!«

Pater Markus nickt zufrieden.

»Cave, cave, deus videt«, sagt er. »Hüte dich, hüte dich, denn Gott sieht.«

Er schlendert zu einem Stuhl, lässt sich auf das Lederpolster sacken und zieht eine kleine Pappschachtel aus seiner Tasche. Darin liegt ein winziges Sahnetörtchen. Es ist ein delikates Gebilde aus Mürbeteig, Früchten und Sahne. Oben auf der Spitze balanciert eine perfekt geformte Himbeere. In der Himbeere steckt ein winziger Schokoladenspan. Pater Markus hält mir das Törtchen hin. Gerade als ich zufassen will, zieht er es wieder weg und beißt selbst hinein.

»Neid«, sagt er mit vollem Mund. »Eine wirklich teuflische Sünde.«

†

Ich versuche herauszukriegen, wo der Gärtner seine Bleibe hat. Manchmal sehe ich ihn im Haupthaus, aber meistens nur aus dem Augenwinkel, wie einen Schatten. Viel häufiger sehe ich ihn in der Nähe der Stallungen.

Bei den Stallungen ist die Erde feucht und zertreten, als hätte hier vor nicht allzu langer Zeit ein Kampf stattgefunden. Vielleicht bin ich wegen des martialischen Stils von Pater Markus auch nur ein bisschen übersensibilisiert. Trotzdem sieht die Stelle aus wie das »Nachher« in einem John-Carpenter-Film. »P. blickt vorsichtig um die Ecke. Ihre Schuhe machen schmatzende Geräusche im Schlamm, ihre Hände krampfen sich in das unschuldige Weiß ihrer Schürze und hinterlassen dort feuchte Spuren. Als sie durch das fast blinde Fenster des Hauses sieht, erkennt sie, dass das, was da drin von der Decke hängt, gar keine Schweinehälften sind. Sondern Dutzende ausgeweideter Frauen.«

Als ich um die Ecke schaue, ist da aber gar nichts, außer noch mehr Schlamm. Und am Ende des Schlamms steht ein winziges kleines Häuschen, das mir vorher gar nicht aufgefallen ist.

Um durch das kleine Fenster sehen zu können, muss ich mich tatsächlich auf die Zehenspitzen stellen. Die weiße Farbe am Holzrahmen ist abgesprungen und liegt in Spänen auf dem kleinen Sims. Das Holz darunter ist grau und bleich wie die Hand einer Wasserleiche. Auf der Fensterscheibe hat sich eine Menge Kondenswasser gesammelt. Ich wische ein bisschen daran herum, bis ein kleines Guckloch entsteht. Zuerst erkenne ich gar nichts. Der Raum dahinter ist voller Dampf. Dann lichtet sich der Dampf für einen Moment, und ich sehe den Gärtner.

Er steht unter der Dusche und seift sich ein. Seine Hände streichen den Schaum langsam und fast feierlich über den Körper, So langsam, dass sich zwischen seinen Brustmuskeln eine große Seifenblase bildet. Er sieht so jung, knackig und großschwänzig aus, dass sich meine Großmutter auf der Stelle einen Bulldozer besorgt hätte, um die Hauswand einzureißen. Das Wasser läuft aus einem sehr kleinen Duschkopf in unregelmäßigen Rinnsalen über seinen Körper und durchtrennt den Schaum in schmalen Streifen. Und gerade, als er beginnt, sich das Shampoo aus den Haaren zu spülen, und dabei den Oberkörper nach hinten biegt, gerade dann also höre ich Schritte, die durch den Matsch langsam auf mich zukommen. Ich drehe mich blitzschnell um und lehne mich lässig mit dem Rücken gegen die Hauswand.

Es ist Schwester Bernadette. Sie steht ungefähr zehn Meter von mir entfernt. An den Füßen trägt sie Gummistiefel, an den Händen Handschuhe, und vorne an ihrer Ordenstracht klebt eine Menge dunkler Lehm, den ich spätestens morgen unter größter Mühe mit Gallseife und etwas Zitronensaft wieder entfernen darf. Sie hat die Hände in die Seiten gestemmt, ganz die patente Gärtnerin. Wenn mir jemand sagen würde, dass sie unter dem Treibhaus heimlich ein Methlabor betreibt, würde ich es ihr auch glauben. Kein Mensch trägt rote Socken. So was ist verdächtig.

»Hallo!«, ruft sie.

»Hallo!«, rufe ich zurück und winke.

»Was machst du denn hier in dieser rumpeligen Ecke?«, fragt sie.

»Ich, ähm, ich genieße ein bisschen die Aussicht.«

Sie folgt meinem Blick und sieht dann wieder zu mir zurück.

»Auf die Mauer?«

»Nun ja. Es ist schließlich eine sehr schöne Mauer, nicht wahr? So schöner Putz. So weiß.« Verdammt.

Sie zuckt mit den Schultern, weil es sich wahrscheinlich schon herumgesprochen hat, dass ich ein bisschen meschugge bin.

»Fein«, sagt sie. »Wenn du damit fertig bist, komm doch kurz ins Gewächshaus. Ich muss den Fingerhut umtopfen, und mein Rücken macht mir wieder mal Ärger.«

Ich nicke ihr zu und winke. »Bin gleich da.«

Als ich sicher bin, dass sie weg ist, drehe ich mich um und wische mein Guckloch frei. Der Raum dahinter ist vollkommen leer.

»Na, Lust auf eine kleine Duschpartie?« Es ist der Gärtner. Er steht plötzlich neben mir. Nur mit einem Handtuch um die Hüften. Die Hände in der Taille. Die kleinen Wassertropfen, die seinen Bauch herablaufen und sich in den feinen Haaren sammeln, entgehen mir nicht. Er grinst so breit, dass er unmöglich noch aus den Augen gucken kann. Gegen seine Zähne wirkt das Weiß meiner Haube, als hätte jemand draufgepinkelt. Es sind vielleicht 15 Grad, und seine Haut dampft wie ein Teebeutel auf einem Unterteller.

»Ich war nur gerade in der Nähe, und da wollte ich…«

»Ein bisschen rumspionieren?«

»Ich spioniere nicht herum«, protestiere ich. »Ich wollte nur mal die Gegend erkunden. Es gibt hier so viele Winkel, in denen ich noch nicht war.« Ich zeige auf die Mauer. Und auf die Ecke, wo sich die nächste Mauer anschließt. Sein Handtuch ist nicht besonders fest gesteckt. Wenn er sich jetzt ein bisschen bewegt, wird es herunterrutschen. Dann stehe ich hier mit einem nackten Mann hinter einem Haus.

Was hat die Angeklagte zu ihrer Verteidigung zu sagen?

Ach, Oberstes Gericht, ich wollte wirklich nur ein wenig die mittelalterliche Architektur der Klosteranlage genießen. Und dabei wurde ich von diesem Mann überrascht. Ich wollte ihn nicht ausziehen. Ich würde nie einen Mann einfach so ausziehen!

Das werden wir noch sehen. Die Anklage bittet die Zeugen Männer A bis F und Männer K bis P in den Zeugenstand.

Nein. Wenn mich Schwester Bernadette jetzt erwischt, hätte ich wahrscheinlich einen kleinen Unfall im Gewächshaus, bei dem ihre Fingerhutzucht eine wichtige Rolle spielen würde.

»Hör mal«, sage ich, »dein Handtuch rutscht.«

»Und? Interessiert?« Er rückt das Handtuch ein wenig nach unten, bis die kleinen Adern am Ende seiner Adduktoren zu sehen sind. Er beugt sich zu mir rüber, und als seine Lippen meine Ohrmuschel berühren, fließt plötzlich flüssiger Stahl in meinen Adern. Er fährt mit seinen Lippen über mein Ohr und dann hinunter zum Hals. Dort beginnt er, mit seiner Zunge kleine Kreise zu malen. »Wo das herkommt«, flüstert her, »gibt es noch viel mehr.«

†

Ich bin leicht zu verführen. Macht keinen Sinn, irgendwas abzustreiten. Wenn mir ein Mann die richtigen Dinge sagt oder zeigt, spüre ich einen Kribbeln in meinen Schamlippen und den unbedingten Impuls, mich nackt neben ihn zu legen. Darum war ich auch immer so schlecht in Vorstellungsgesprächen. Aber es gibt Arten der Anmache, die jagen sogar mir einen Schrecken ein. Wenn ein Mann sich erkennbar nur auf seine animalischen Instinkte verlässt, bekomme ich Angst vor Schamlippenfissuren und Kontrollverlust.

Als ich ins Gewächshaus gestürzt komme, steckt Schwester Bernadette bis zum Ellbogen in frischer Erde und wühlt darin herum. »Himmel, Mädchen! Du rennst ja, als wäre der Teufel hinter dir her! Moment, ich muss erst noch diesen Wurzelballen … ah, da ist er ja!« Stolz hält sie etwas in die Höhe, das aussieht wie die Nachgeburt eines Komposthaufens.

Ich merke, dass meine Hände zittern, und greife schnell nach einer kleinen Schippe.

»Ich wollte nur möglichst schnell hier sein«, sage ich.

»Wunderbar. Trotzdem hättest du nicht so rennen müssen. Hat dir die Mauer gefallen?« Sie sagt das ohne jede Spur von Ironie. Wahrscheinlich könnte ich zwei Stunden auf einen Löffel Pferdemist starren, und sie würde das völlig okay finden. Gottes Wege sind unergründlich.

»Sehr. Eine ausgesprochen schöne Mauer. Mittelalter?« Man muss den Dingen nur einen seriösen Anstrich geben, dann ist alles in Ordnung.

»Nun, ich glaube eher Renaissance«, sagt sie und legt den Wurzelballen zur Seite. »Die ursprüngliche Mauer hat irgendwann nachgegeben und ist ersetzt worden. Der Putz stammt allerdings aus dem Jahr 2001.« Sie zwinkert mir zu.

In den folgenden zwei Stunden heben wir zwölf Fingerhutstöcke aus ihren Töpfen und setzen sie in größere um, während mir Schwester Bernadette alles über die wunderbare Heilkraft der Alraune erklärt. (»Früher hat man sie als Aphrodisiakum benutzt, aber ich benutze den Saft der Blätter eigentlich nur, um die Abszesse von Schwester Ruth-Maria in den Griff zu bekommen.«) Dann betten wir die Petunien um, gießen die Rosenstöcke und säen ein paar Ringelblumen, damit Schwester Bernadette später aus den Pflanzen Salbe machen kann.

»Manchmal«, sagt sie und stößt mich an, »bin ich eine richtige kleine Kräuterhexe.«

Und als ich dann zurück über den Hof gehe, um mir in der Waschküche Schelte wegen meiner total versauten Schürze abzuholen, denke ich daran, dass ich in den letzten Wochen kein einziges Mal laut die Worte Pimmel, Schwanz, blasen, wichsen, ficken, vögeln, One-Night-Stand, lecken, Penis, Schaft, Eichel, Möse, Titten, Sperma oder Flachwichserrufmichniewiederan gesagt habe.

Halleluja.

†

Wo ist eigentlich Janis? Ich meine Gudrun.« Wir sitzen beim Abendessen, und der Stuhl, auf dem Janis sonst saß und sich Gurken auf die Stulle gestapelt hat, ist leer.

»Sie ist doch heute Morgen abgereist«, sagt der Historiker und reicht mir ein Stück Butter. »Wir haben uns schon gewundert, wo du bist. Sie hat mir das hier für dich dagelassen.« Er reicht mir einen kleinen, zusammengefalteten Brief, ganz siebte Klasse.

»Oh, wie nett. Sie lässt mir ihre Adresse da und lädt mich ein nach … wie heißt das?«

»Stade.«

»Ah«. Ich habe keine Ahnung, wo Stade liegt. Aber ich wünsche ihr alles erdenklich Gute dort. »Kriegen wir denn Ersatz?« Das »Wir« geht mir inzwischen erstaunlich leicht von den Lippen. Wir gehen in die Kirche. Wir stehen um sechs Uhr auf. Wir üben ein Lied ein, um damit Schwester Gertraud zu ihrem 93. Geburtstag zu überraschen.

Der Historiker nickt. »Sogar heute Abend noch. Schwester Regina sagt, es kommt eine größere Gruppe aus dem Rheinland.«

»Na, hoffentlich bringen sie ordentlich Kölsch mit«, sage ich und hebe meine Teetasse. Die Fremdenlegionärin sieht zu mir rüber und schüttelt wieder mal den Kopf. Ich wünschte wirklich, sie würde damit aufhören.

Ich bin versucht, dem Historiker eine kleine Runde Seelenrettung vorzuschlagen, aber Schwester Franziska lockt uns in die Teeküche. Sie hat sogar drei Flaschen Bier besorgt. Eine für den Historiker und zwei für mich. Der Historiker verträgt nicht viel, und Schwester Franziska trinkt nichts, was stärker ist als Apfeltee.

»Ich habe einen neuen Film«, sagt sie und hält uns die Hülle hin.

»›Der Pferdeflüsterer‹?«

»Oh, ich liebe Pferde«, sagt der Historiker. »Als ich klein war, habe ich meine Ferien immer auf dem Ponyhof verbracht.« Das glaube ich ihm sofort.

»Wirklich?«, sagt Schwester Franziska. »Ich auch!«

Nachdem ich die DVD eingelegt habe, setze ich mich zwischen die beiden. Ich will auf keinen Fall in eine Romeo-und-Julia-artige Sache verstrickt werden, in deren Verlauf eine Nonne aus dem Konvent austritt und ihre Jungfräulichkeit an einen Typen mit Pferdeschwanz und Cordhosen verliert. Garantiert würden sie das mir in die Schuhe schieben.

Zweimal muss ich allerdings aufstehen, um neue Taschentücher für den Historiker zu holen, und ein weiteres Mal, um aus dem Medizinschrank im Flur eine Packung Augentropfen zu besorgen, weil Schwester Franziska vom Weinen immer trockene Bindehäute bekommt. Dazwischen denke ich daran, wie ich mit Mimi den »Pferdeflüsterer« gesehen habe.

»Was meinen Sie damit, ›Der Soldat James Ryan‹ ist ausverkauft? Wenn wir beschlossen haben, ins Kino zu gehen, dann gehen wir verdammt noch mal ins Kino!«

»Ich könnte Ihnen noch Plätze in der anderen Vorstellung anbieten. ›Der Pferdeflüsterer‹. Ist thematisch ein bisschen was anderes, aber es geht auch um Leben und Tod und so. Da hätte ich zwei sehr schöne Plätze in der Loge.«

»Meinetwegen«, hatte Mimi gesagt. »Dann her damit.« Ich sagte gar nichts, weil ich zu gerne Mimis Gesicht sehen wollte, wenn der Film so richtig in Fahrt kam.

»Pferde? PFERDE? Diese Frau wagt es, mich in einen verdammten Pferdefilm zu schicken?«, rief sie nach ungefähr 20 Minuten. »Sie glaubt ja wohl nicht im Ernst, dass Robert Redford in Lederhosen die Sache wettmacht!« Die wenigen Männer um uns herum nickten zustimmend. Zumindest so lange, bis die dazugehörigen Frauen sie mit einem Blick zum Schweigen brachten. Ach, ich vermisse Mimi.

Ich stehe noch einmal auf, um Wasser für den Historiker und Schwester Franziska zu holen. Offenbar haben sie durch die Heulerei einen starken Flüssigkeitsverlust erlitten, und im Kühlschrank der Teeküche ist keines mehr. Ich muss also durch den ganzen Flur und dann hoch in den zweiten Stock und dort bis ans Ende des Ganges, wo die Küche ist.

Aus Energiespargründen wird um 20 Uhr auf Nachtlicht umgeschaltet. Ich drücke also auf den Lichtschalter, bis die Gänge in ein gruftartiges Licht getaucht sind, und marschiere los. Meine Schritte quietschen auf dem Steinfußboden. Das Gebäude ist für knapp 100 Menschen gebaut worden, und jetzt wird es von nicht mal 30 bewohnt, die Gäste mitgezählt. Man merkt, dass es zu leer ist. Nachts, wenn ich aufs Klo muss, ist es der gleiche Weg. Sobald ich meine Zimmertür öffne, starrt mich wieder Jesus an, mit Dornenkranz und blutverschmiertem Gesicht. Das ist aber nicht der Grund, warum ich jedes Mal renne. Das Gerenne liegt an den Bildern, die dann noch kommen. Porträts von Menschen mit seltsam ausdruckslosen Gesichtern. Am schlimmsten ist das von der alten Frau. Sie hat eine kleine weiße Haube auf und hält einen Kerzenständer in der Hand. Das Licht der Kerze wirft seltsame Schatten auf ihr altes Gesicht. Sie starrt so intensiv aus dem Bild heraus, dass ich jedes Mal damit rechne, dass sie aus dem Bild herausgreifen und versuchen wird, mich an den Haaren festzuhalten. Darum renne ich.

Auch jetzt muss ich an dem Bild vorbei. Sie guckt immer noch böse. Auf dem Rückweg aus der Küche beuge mich in einem Anfall von Mut und zwei Flaschen Bier zu ihr hin und sage: »Pschschtt, böse Frau!«

Da höre ich es.

Es ist die Art Geräusch, wie wenn jemand Verstecken spielt und dem anderen einen Tipp geben will, wo er steckt. Nur leiser. Ich habe aber keine Lust, im Dunkeln Verstecken zu spielen. Mein Körper auch nicht. Ich merke, wie sich meine Nackenhaare aufstellen und meine Muskeln steif vor Schreck werden. Um eine solide Panik auszulösen, braucht es nicht viel. Nur ein Wispern.

»Hallo?« Das Echo meiner Stimme macht es nicht

besser. Als Antwort kommt jetzt ein kleines Kichern. In der Luft hängt plötzlich ein merkwürdiger, aber vertrauter Duft. Ein Männerparfüm. Rechts von mir liegt das Treppenhaus. Ich erkenne gerade noch die hochgewachsene Statur und die breiten Schultern. Es war der Gärtner. Genau in diesem Moment fängt direkt hinter mir die große Standuhr an, zehn Mal zu schlagen.

Das ist zu viel für meine Nerven. Ich fange an zu rennen, schlittere um die Ecke und stoße die Tür mit so viel Wucht auf, dass der Jahreskalender mit den Blumenmotiven von der Wand fällt.

»Entschuldigung«, sage ich. »Ich wollte auf keinen Fall verpassen, wenn sie sich das letzte Mal küssen.«

Der Weg in mein Zimmer ist knifflig. Eigentlich müsste ich alleine gehen, weil der Eingang in die Klausur im ersten Stock liegt und der Historiker im Erdgeschoss untergebracht ist. Mein Zimmer liegt im zweiten Stock.

»Es wäre toll, wenn ihr mich zu meiner Zelle begleiten würdet«, sage ich. »Dann könnten wir noch ein wenig über den Film sprechen. Mich interessiert der, äh, religiöse Kontext.«

»Du meinst wegen des Verstoßes gegen das sechste Gebot?«, fragt Schwester Franziska.

»Welches war noch mal das sechste?«

»Du sollst nicht die Ehe brechen«, sagt der Historiker.

»Genau das meinte ich«, sage ich. »Die Filmleute kennen doch wirklich keine Grenzen.«

Immerhin lassen sie sich breitschlagen und begleiten mich zu meinem Zimmer. Ich lasse sie kurz vor der Toilette warten, weil ich auf keinen Fall nachts gehen will, und von da aus sind es ja nur noch ungefähr 200 Schritt bis zu meinem Zimmer. Wir sind uns einig, dass wir Ehebruch rundweg abstoßend finden, Pferde mögen und dass das Mädchen unheimlich tapfer war. Dann schließe ich die Tür zweimal ab und frage mich zum ersten Mal, warum sie mich in Zimmer 13 untergebracht haben und nicht in einem mit einer hübscheren Zahl, zum Beispiel 5 oder 24. Auch in dieser Nacht hänge ich das Kruzifix ab, doch ich schaffe es nicht zu lesen. Als ich das Licht lösche, halte ich das Kreuz fest in meiner Hand. Wie einen Teddybären.

†

D*ie Rheinländer sind ein voller Erfolg.* Der Anführer ist eine Art Mensch gewordener Pfälzer Saumagen und hat nicht nur sämtliche Witze von Jürgen von der Lippe verinnerlicht, sondern auch noch die komplette Diskografie der »Bläck Fööss«.

Wann immer ich Dinge sage wie »Damals, als ich noch in Bonn gewohnt habe«, stimmt er »Mir sin die Weltmeister vum Rhing« an. Und jedes Mal, wenn eine Schwester vorbeigeht, singt er »Ich wör' su jän ens Weihbischof«.

Ich wör' su jään ens Weihbischof,
dat wör' en prima Saach.
Ich wör'su jään ens Weihbischof,
dovun dräum ich ald su manche Naach.

Spätestens nach der ersten Strophe stimmen die anderen vier mit ein, und dann singen sie das ganze Lied bis zum bitteren Ende. Was sie im Kloster wollen, ist mir schleierhaft. Die beiden Frauen in der Gruppe sind so prall und fröhlich, als wären sie auf dem Weg zu einer Karnevalssitzung. Der einzige Augenblick, in dem sie schweigen, ist während der Gebetszeiten. Während Schwester Regina die Psalmen vorsingt, sitzen sie so fromm und engärschig auf den Bänken, als täten sie den ganzen Tag nichts anderes als Beten. Und kaum quellen sie aus der Tür heraus, platzen sie auf wie Säcke, in die man sehr viel Lautstärke und seltsame Musik eingenäht hat.

Der Historiker hat Angst vor ihnen.

»Komm schon«, sage ich, als wir eines Abends in der Teeküche verabredet sind. Der Saumagen hat angekündigt, ein paar Anekdoten zu seiner Kommunion zum Besten zu geben, und ich kann mir vorstellen, dass ich ein, zwei Flaschen Bier dafür brauchen werde.

»Nee«, sagt er. »Ich fühle mich einfach unwohl bei so viel Krach.«

»Och bitte. Tu's mir zuliebe!«

Eine Stunde später platzt die Teeküche aus allen Nähten. Sogar Schwester Bernadette ist gekommen. Wahrscheinlich, um dem Saumagen beizeiten ein bisschen Baldrianextrakt ins Bier zu träufeln. Das Bier stammt ohne Frage aus Schwester Reginas geheimem Vorrat. Es ist dieselbe Biermarke wie neulich. Sogar Schwester Franziska nippt an einer Flasche. Es herrscht Gruppenzwang, dem muss man sich einfach beugen. Der Saumagen ist voll in Fahrt.

»Und dann sage ich dem Dekan, wenn es Ihnen nicht passt, dann ziehe ich mich eben wieder aus!« Die anderen brüllen vor Lachen.

»Worum ging's?«, frage ich den Historiker.

»Um irgendwas beim Krippenspiel.«

»Ah.«

Wirklich schade, dass sie nur drei Tage bleiben.

†

Zorn ist eine heikle Sünde«, sagt Pater Markus. »Weißt du, warum? Weil der Zorn die Ratio ausschaltet und die Grenze zwischen Mensch und Tier verwischt. Der Zornige verliert den Kontakt mit seiner Seele und übergibt sich ganz dem Wirken Luzifers. Und weißt du, wo Luzifer am liebsten sitzt?« Er klopft mir auf den Schädel. »Da drin, einfach da drin.« Den Gedanken findet er offenbar selbst ulkig. Er lacht darüber und holt dann tief Luft. »Ah, diese Frische!«

Wir stehen wieder im Wald. Ich rechne damit, dass er vorhat, mich mit irgendetwas wahnsinnig wütend zu machen und dann zuzusehen, wie ich mir die Schlüsselbeine bei dem Versuch breche, Kiefern umzurennen.

»Im Zorn tut der Mensch nichts Gutes. Willst du wissen, was ich einmal getan habe, als ich Gott noch nicht in mein Leben gelassen hatte?«

»Ja, natürlich. Unbedingt.«

Er streckt seine Hand nach einer wilden Eibe aus, pflückt eine der roten Beeren und zerquetscht sie zwischen seinen Fingern. Von Schwester Bernadette weiß ich, dass der milchige Saft hochgiftig ist. Das trifft offenbar auf alle milchigen Säfte zu.

»Es war im fünften Jahr meiner Armeezeit. Wir waren im Manöver. Es war kalt, so kalt, dass einem nicht mal warm wurde, wenn man zwischen den

Munitionskisten und dem Verpflegungsfahrzeug zehn Mal hin und her flitzte. Sogar das Leder der Stiefel war hart und scharfkantig geworden und schnitt einem beim Marschieren in die Zehen.«

An seinen Augen sehe ich, dass er in seiner Erinnerung an irgendeinem Acker steht. Es ist die Zeit des Kalten Krieges. Die Kubakrise ist gerade erst ein paar Jahre her, und wer weiß, was noch kommt.

»Wir mussten die Waffen laden und entsichern. Ich hatte es den Rekruten ein Dutzend Mal gezeigt, das hier war der Ernstfall. Stangenmagazin rein, durchladen, abwarten. Wir hatten G3 damals, solide Sturmgewehre. Unter Dauerfeuer 100 Schuss die Minute. Kein Kinderspielzeug.« Er ist jetzt fast in die Knie gegangen. In den Händen hält er sein G3.

»Da ist dieser Junge. Vielleicht 18, 19 Jahre alt. Ein richtiges Pickelgesicht. Aufmüpfig, faul, aber immer dabei, wenn es darum geht, Mist zu machen. Er sitzt da mit seiner G3 auf dem Boden und fummelt an dem Verschluss herum und steht nicht auf. Ich brülle: Was machst du da, Soldat, mach deine Waffe schussbereit, aber fix! Er brüllt zurück: Ich kann nicht, irgendwas klemmt hier! Ich schreie: Da darf nichts klemmen, die Russen kommen! Und er schreit zurück: Mach doch deine Scheiße alleine, du blöder Drecksoffizier! Da nehme ich ihm das Gewehr aus der Hand und ziehe ihm damit eins über den Kopf. Und noch eins. Es hat drei Mann gebraucht, um mich zu Boden zu ringen.« Er steht jetzt da und keucht und schlägt den Soldaten in seiner Erinnerung noch mal nieder.

»Hat er überlebt?«, frage ich.

»Was?« Er braucht eine Weile, um wieder zu sich zu kommen.

»Der Soldat. Ob er überlebt hat.«

»Ja, ja, natürlich.«

Pater Markus zieht seinen Anzug glatt und streicht sich durchs Haar. »Er hatte ja einen Helm auf. Aber wenn er keinen getragen hätte, dann wäre er jetzt tot. Mausetot.« Er wirkt plötzlich unendlich müde.

Ich nehme Pater Markus vorsichtig am Arm und führe ihn aus dem Wald.

»Also keinen Zorn, hm?«

»Kein Zorn«, sagt er. »Zorn ist …«

»Reine Zeitverschwendung?«

»Sehr richtig, Töchterchen. Sehr richtig.«

†

Mimi hat mir einen Brief ins Kloster geschickt. Ich weiß nicht, warum ich nicht von selbst darauf gekommen bin. Telefon, E-Mail – was mein Kommunikationsverhalten angeht, bin ich völlig degeneriert. Schwester Regina überreicht ihn mir feierlich nach der Mittagshore, und ich hebe ihn bis zu meiner Pause am Nachmittag auf, bevor ich ihn aufreiße. Er ist ziemlich kurz.

Süße,
Du kannst Dir ungefähr vorstellen, wie langweilig es hier ohne Dich ist. Mit diesem Steuerberatertypen habe ich endgültig Schluss gemacht. Ein toter Tintenfisch auf einem Stock hat mehr Körpergefühl. Na, egal. Ich wollte Dir nur sagen, wie lieb ich Dich habe. Komm bald wieder.
Deine Mimi (und Thor schickt auch viele Grüße)

Ich lese den Brief noch einmal und dann noch mal, aber es steht immer noch das Gleiche dort.

Deine Mimi (und Thor schickt auch viele Grüße)

Wie kommt Mimi an Thor? Und bedeutet die Klammer, dass sie zusammen sind, sie mich aber nicht aufregen will? Oder heißt es eher, dass sie zufällig in ihn reingelaufen ist und sie dann noch einen Kaffee zusammen getrunken haben? Ich muss die einzige Frau hier fragen, an die ich mich mit solchen Fragen wenden kann.

»Schwester Franziska«, sage ich, »wenn Schwester Regina dir eine Karte schreiben würde, sagen wir: aus dem Urlaub. Und sie würde diese Karte mit ihrem Namen unterschreiben, was logisch ist, aber daneben würde noch ein Name stehen, zum Beispiel der von Pater Markus. Würdest du dann denken, dass die beiden zusammen sind?«

Sie sieht kurz zu mir herüber und fährt dann fort, die Bücher im Lesesaal zu ordnen. Brentano, Clemens, »Das bittere Leiden unseres Herrn Jesu Christus«. Brentano, Clemens, »Leben der heiligen Jungfrau Maria«. Döblin, Alfred, »Die Pilgerin Aetheria«. Sie nimmt den Döblin heraus, wischt ihn kurz ab und tauscht ihn ein Regal weiter gegen Böll, Heinrich, »Am Rande der Kirche« aus. »B zu B, D zu D«, murmelt sie, »das ist doch wirklich nicht so schwer.«

»Also?«

»Nun, ich würde natürlich meinen, dass sie zusammen sind, sonst könnten sie ja schlecht gemeinsam einen Brief schreiben, Dummerchen«, sagt sie freundlich. »Pater Markus würde es bestimmt nicht gefallen, wenn Schwester Regina in seinem Namen Briefe verschickt. Aber eigentlich ist es sowieso unwahrscheinlich, dass sie zusammen in Urlaub fahren.« Sie nimmt eine Handvoll Bücher und läuft suchend die Regale entlang. Ich laufe hinterher.

»Ich meine nicht räumlich zusammen«, sage ich. »Ich meine, na ja, seelisch zusammen.«

»Seelisch zusammen? Was ist denn das nun wieder?«

»Himmel noch mal, du weißt schon«, sage ich. »Wie Mann und Frau eben. Wie Mann und Frau nach der Hochzeit.«

»Willst du damit etwa sagen«, sagt sie und lässt die

Bücher sinken, »dass Schwester Regina und Pater Markus Unzucht treiben?«

»Nein. Weißt du was? Vergiss es.«

Es dauert ewig, bis ich den Historiker aufgescheucht habe. Er sitzt in der Kerzenzieherei bei Schwester Fidelia und züchtet dicke Bolzen aus bunt geringeltem Wachs. Seine Hose ist voller Kleckse. Ich werde literweise Waschbenzin brauchen, um das Zeug aus dem Stoff zu bekommen. Der Historiker hält einen Stumpen am Docht hoch wie eine tote Maus und sagt: »Hübsch, nicht?«

Ich tätschele ihm auf die Schulter, nicke und sage: »Ethernetkabel. Sofort.«

†

Ich weiß nicht, warum es die Lügerei nicht unter die Todsünden geschafft hat. Ich jedenfalls sitze lieber einem Völlerer als einem Lügner gegenüber. Die Vorstellung, dass Mimi und Thor hinter meinem Rücken eine Affäre anfangen und sie es nicht schafft, mich darüber aufzuklären, lässt meine Knie weich werden. Nicht, dass ich nicht großzügig bin. Aber wenn ich an etwas dran war, dann ist und bleibt es meins. Da bin ich ganz US-Präsident.

Jesus und Maria haben es offenbar zur Reparatur geschafft. Dafür blockiert ein mannshohes Kruzifix die Abstellkammer. Weil es verkehrtherum steht, mache ich ein paar Scherze zum Thema Satanismus, aber der Historiker ist abgelenkt.

»Warum willst du diese Frau unbedingt retten?«, fragt er. »Sie wirkte nicht besonders offen, wenn du mich fragst. Am besten lernt man die Seelsorge mit Menschen, die auch wirklich reden wollen.«

»Ja, aber ich habe in der letzten Nacht einen wirklich erhellenden Traum gehabt. Die Frau ist mir erschienen, hat sich auf den Boden niedergelassen und dann begonnen, mir die Füße zu waschen.«

»Du meinst, wie bei Jesus?«

»Ja. Nein. Himmel! Was ich damit sagen will, ist einfach, dass sie mich im Traum angefleht hat, mit ihr Kontakt aufzunehmen. Und du hast selbst gesagt, dass Träume Boten der Seele sind.«

Damit gibt er sich geschlagen und klappt den Rechner auf. »Aber versuch diesmal, wirklich zu ihr durchzudringen.«

Kleene_Maus: (ist online)
Berlinermöpse: Na endlich!
Kleene_Maus: WIR sind immer für dich da. Verstanden?
Berlinermöpse: Schon wieder? Verstanden.
Lonely_w22: @berlinermöpse können wir uns gleich im Privatchat treffen? Habe die Sache ausprobiert, die du mir empfohlen hast. Bin total verwirrt!!!!

Berlinermöpse: @lonely_w22 klar bin gleich bei dir.
Kleene_Maus: Was machst du für einen Mist? Du sollst keinen Gott neben mir haben.
Berlinermöpse: Aber ich habe keinen Gott neben dir!
Kleene_Maus: Ich meinte eher, du sollst nicht zu fremden Göttern beten.
Berlinermöpse: Was?
Kleene_Maus: Zum Beispiel nordische Götter.

»Ich denke«, sagt der Historiker vorsichtig, »du solltest eher Bezug auf ihre aktuelle Situation nehmen. Wie lebt sie, was sind ihre Sorgen, so was eben.«

»Aber genau das habe ich vor.«

Berlinermöpse: … du meinst Odin, THOR?
Kleene_Maus: Zum Beispiel. Betest du etwa Thor an?
Berlinermöpse: Haha, nein, bist du wild? Zufall. Netter Kerl. Fragt mich aus nach einer gewissen Schwester.
Kleene_Maus: Ich dachte schon. Hier haben wir keine anderen Götter außer einem. Und noch einen halben.
Berlinermöpse: Ein halber? Juuuhuuu. Donnerschläge in der Klosterzelle. Ich sehe schon die Verfilmung vor mir!
Kleene_Maus: (ist offline)

Ich reiche dem Historiker das Ethernetkabel, das ich hastig aus der Buchse gerupft habe.

»Vielleicht hast du recht. Ihr ist wirklich nicht zu helfen.« Den Gärtner als halbe Portion zu bezeichnen war eine glatte Lüge. Nach allem, was ich gesehen habe, ist er riesig.

†

Pater Markus schleppt seine Koffer die Einfahrt runter. Er muss zu einer Priesterkonferenz nach Polen.

»Wir machen weiter, wenn ich wieder zurück bin«, sagt er. »Sehr viel Zeit haben wir ja nun nicht mehr.«

»Zwei Wochen«, sage ich und sehe mir den Ablaufplan an, den er mir in die Hand gedrückt hat, während er seine Koffer ins Taxi lädt.

Das Leben und die Berufung der Dienerin Gottes Rozalia Celakówna

Die Inthronisation Christi als König aus der historischen Perspektive, Konferenz 3

Rettet die Priester, Konferenz 2

Segnet sie, verflucht sie nicht! Habt Vertrauen an die Maria

Die Zeit der Apokalypse. Herr, rette uns, wir gehen zugrunde

»Hört sich spaßig an«, sage ich und reiche ihm die Zettel in den Wagen. Er sieht mich ernst an und drückt dann meine Hand.

»Spaß, mein Kind, ist nicht das, wofür wir hier auf der Erde wandeln.«

Als ich ins Haupthaus zurückgehe, ist es sehr still. Offenbar habe ich den Anfang der Mittagshore verpasst, aber jetzt noch in die Kirche zu rennen geht auch nicht. Schwester Regina verlangt zu den Gebetszeiten absolute Pünktlichkeit.

Ich gehe also in die Küche hoch und hole mir den Korb mit den schmutzigen Kochschürzen und den Geschirrtüchern. Dann hüpfe ich pfeifend die Treppen hinunter, und als ich unten im Erdgeschoss ankomme, sehe ich am Ende des Ganges, dass die Tür zur Schatzkammer sperrangelweit aufsteht.

Innerhalb von Sekunden fühlen sich meine Knochen an, als wären sie aus Zuckerwatte. Selbst wenn eine der Schwestern in das Verlies hinabgestiegen wäre, hätte sie niemals die Tür offen gelassen, sondern sie wieder verschlossen. Schwester Regina hatte mir das Schlüsselbund gezeigt. Jeder einzelne Schlüssel war mindestens so groß wie ein Kinderschuh.

In Filmen endet so etwas mies. Ich sollte den Korb fallen lassen und so schnell ich kann zur Kirche laufen. »P. hört das leise Knarren der Tür in den Angeln. Ein kaum spürbarer Windhauch streift ihren Nacken wie ein Atemzug. Sie fährt herum, doch da ist niemand. Zu ihrem Entsetzen merkt sie, wie sich ihre Füße von selbst auf die geöffnete Tür zu bewegen.«

Zu meinem Entsetzen bemerke ich tatsächlich, wie sich meine Füße wie von selbst auf die Tür zubewegen. Erst als ich direkt davor stehe, halten sie an. Vielleicht ist es ja nur eine der Schwestern, die irgendetwas holen möchte. Ganz bestimmt sogar. Sonst hat niemand den Schlüssel.

»Hallo?« Ich warte, bis das Echo meiner Stimme verklungen ist, und rufe dann noch einmal lauter: »Hallo? Schwester?« Nichts. Meine Stimme versickert in den Mauersteinen. Ich stelle den Korb auf den Boden und luge vorsichtig um die Ecke. Als ich niemanden sehe, trete ich ein.

Der Raum ist quadratisch wie ein Würfel und misst vielleicht drei mal drei Meter. An der Wand zu meiner Rechten ist ein Bücherregal aus dunklem Holz angebracht, das bis auf den letzten Platz mit alten ledernen Buchrücken vollgestellt ist. Die Wand vor mir ist bis auf ein schmales Kruzifix und einen kleinen Tisch darunter leer. An der Wand zu meiner Linken steht ein kleines Schreibpult. Und daneben ist ein Einlass, eine Tür, gerade so hoch, dass ein zehnjähriges Kind bequem durchgehen könnte. Die Tür ist in dem gleichen Braunton gestrichen wie die Wand. Ich sehe sie nur, weil auch diese Tür offen steht. Meine Gedanken fliegen in meinem Kopf hin und her. Was, wenn eine der Schwestern gestürzt ist und nun hinter der Tür liegt und meine Hilfe braucht? Was, wenn dort Einbrecher am Werk sind, auf dem Weg, den Klosterschatz zu stehlen? Ich muss hinunter, ich muss einfach.

Die Tür lässt sich vollkommen geräuschlos bewegen. Ich öffne sie ein Stückchen weiter, bis sie den Blick auf eine schmale Steintreppe freigibt, die aussieht, als wäre sie nicht gebaut, sondern aus dem Untergrund geschlagen worden. Die Luft, die zu mir hochsteigt, schmeckt trocken und stumpf. Am Ende der Treppe tänzelt der Widerschein eines Feuers.

Um durch die Tür zu kommen, muss ich mich bücken. Erst ab der vierten Treppenstufe kann ich mich wieder ganz aufrichten. Ich setze meine Füße so leise wie möglich auf, aber meine Schürze raschelt bei jeder Bewegung. Zu viel Wäschestärke. Schwester Adelheid besteht darauf, dass die Schürzen von alleine stehen können. Mit jedem Schritt wird die Luft trockener. Meine Zunge fühlt sich an, als hätte ihr jemand einen Socken aus Fleece angezogen. 23 Stufen, 24. Bei 25 erreiche ich festen Boden. Der Feuerschein kommt aus einem Gang zu meiner rechten. Am Ende des Ganges steht der Gärtner und blättert in einem Buch.

»Was tust du hier?« Meine Stimme klingt wütend. Er dreht sich nicht um, sondern blättert seelenruhig weiter.

»Das Gleiche könnte ich dich fragen.«

»Es ist verboten, hier unten zu sein.«

»Für dich aber auch.«

»Gut, dann gehe ich wieder.«

»Bitte sehr.« Er dreht sich um und sieht mich mit seinen Kohleaugen an. »Dann geh doch.«

Meine Füße bewegen sich kein Stück. Der Raum ist zwei Meter hoch und hat unebene Wände, die aus dem nackten Stein gehauen sind. Bis auf einen Holzstuhl mit hoher Lehne und einem Bücherregal ist er leer. Das Licht kommt aus einer gläsernen Laterne, in der eine mächtige Gasflamme brennt. Ein Teil von mir will hier so schnell wie möglich raus. Der andere ist wie hypnotisiert. Der Gärtner klappt das Buch zu und betrachtet den brüchigen Einband.

»Eine Abschrift der ›Summa Theologica‹ von Thomas von Aquin«, sagt der Gärtner und wiegt das Buch in der Hand. »Diese hier stammt aus dem 16. Jahrhundert, schätze ich. Nichts für Anfänger.«

»Tatsächlich.«

Er lächelt. Das Feuer lässt das Weiß seiner Zähne aufblitzen. Für einen kurzen Moment sieht es aus, als hätte er Wolfsfänge im Mund.

»Ja, tatsächlich. Da du vermutlich keine Ahnung hast von Thomas von Aquin, werde ich dir eine kleine Geschichte erzählen. Der gute Thomas stammte aus einer sehr wohlhabenden, einflussreichen Familie. Mit fünf Jahren wurde er weggeschickt, um bei seinem Onkel das Leben eines Geistlichen zu erlernen.

Fünf Jahre, ein Kind noch. Vielleicht kam daher seine Neigung zu, sagen wir, radikaleren Methoden.«

Der Gärtner hat sich langsam auf mich zu bewegt und steht nun hinter mir. Seine Brustmuskeln berühren meinen Rücken. Seine Hände liegen auf meinen Schultern. Ich kann mich nicht bewegen.

»Accipere fidem est voluntatis, sed tenere fidem iam acceptam est necessitatis«, sagt er. »Weißt du, was das bedeutet?« Er streicht mir mit den Händen am Hals entlang und fährt dann mit den Fingern in den Ausschnitt meiner Arbeitsbluse. Ich muss mich räuspern, bevor ich antworten kann. Trotzdem klingt meine Stimme so schwächlich wie ein krankes Kätzchen.

»Ich weiß nicht.«

»Es heißt, ›Die Annahme des Glaubens ist freiwillig, den angenommenen Glauben beizubehalten notwendig‹. Und weißt du, was man nach Ansicht Thomas' mit Ketzern macht?« An meinem Rücken kann ich seine Erektion spüren. Seine rechte Hand liegt fest in meinem Schritt. »Man verhört sie. Man foltert sie. Und dann verbrennt man sie auf dem Scheiterhaufen.«

Ich schlage seine Hände weg und wirbele herum. Meine Fäuste hängen in der Luft. Es ist lächerlich. Er ist so groß, wenn er wollte, könnte er mich zerquetschen wie eine Fliege. Er lacht.

»Hör auf!«, rufe ich.

»Jetzt reg dich nicht so auf«, sagt er und hebt beschwichtigend die Arme. »Ich mache nur ein bisschen Spaß. Die richtige Kammer ist übrigens da drüben.« Er zeigt in eine Ecke. Dort ist das Gestein an einer Stelle kaum erkennbar dunkler. Eine weitere Tür.

»Ich werde jetzt gehen.«

»Bitte sehr«, sagt er. »Und falls du dir Sorgen machst wegen deines verbotenen Ausflugs nach hier unten – wenn du nichts sagst, sage ich auch nichts.«

Ich höre ihn kaum noch. Ich nehme immer zwei Stufen auf einmal.

†

D*ie ewige Liebe ist ein Konzept,* das mir sehr gefällt. Zwei Menschen treffen sich, ein paar passende Steinchen fallen an ihren Platz, und alles ist gut. Ewige Liebe ist etwas, das mir jedes Mal das Wasser in die Augen treibt, und das, obwohl mir jegliche praktische Erfahrung fehlt.

Nehmen wir zum Beispiel Norma und Gordon Yeager. Gordon ist 16, als er von einer Farm in Minnesota zurückkehrt nach State Center, Iowa. Die Depression hat das Land fest im Griff. Gordon findet einen kleinen Job in einer Autowerkstatt und versucht, über die Runden zu kommen. Dann sieht er dieses Mädchen. Sie ist einen halben Kopf kleiner als er, hat braune, fast unzähmbare Locken und schmale, lange Finger. Wenn sie lächelt, hat sie Grübchen auf beiden Seiten ihres Mundes. »Was für eine Frau«, denkt sich Gordon, »dieses Mädchen muss ich heiraten!« Wie es der Zufall will, findet Norma den jungen Mann auch sehr attraktiv. Die beiden heiraten am 26. Mai 1939, genau an dem Tag, als sie mit der Highschool fertig wird. Die Zeremonie findet um Punkt acht Uhr abends im Haus seiner Schwester statt. Speisen und Getränke zahlt Gordon mit seinem ersten Gehaltsscheck. Die beiden bekommen vier Kinder. Einmal, als Gordon fast schon 60 ist, fährt er mit seinem Sohn Wasserski auf dem Clear Lake in Minnesota. Der Sohn fährt das Boot, der Vater steht auf den Skiern. Plötzlich gibt es eine Riesenfontäne, die Skier fliegen durch die Luft, und Gordon verschwindet in den Fluten. Das Wasser beruhigt sich wieder, aber Gordon taucht nicht auf. Norma läuft am Ufer hin und her und ist krank vor Angst.

Als Gordon schließlich doch noch auftaucht, brüllt Norma: »Was zum Teufel hast du da unten so lange gemacht?«

Und Gordon ruft zurück: »Na ja, ich kann doch nicht ohne meine Badehosen aus dem Wasser steigen!«

Gordon pflegt zu sagen: »Ich muss noch eine Weile bleiben. Ich kann nicht vor ihr sterben, weil ich doch für sie da sein muss, und sie würde das Gleiche für mich tun.«

Im Oktober 2011 ist Gordon 94 Jahre alt und Norma 90. Die beiden sind auf dem Weg in die Stadt, als Gordon den Wagen in einen Kreisverkehr lenkt. Der von links kommende Wagen kann nicht mehr bremsen. Im Krankenhaus werden beide in dasselbe Zimmer auf der Intensivstation verlegt. Ihre Betten stehen nebeneinander, Norma und Gordon halten sich an den Händen, obwohl sie nicht wirklich ansprechbar sind. Ihre Kinder sind bei ihnen, als Gordon um 15 Uhr 38 aufhört zu atmen.

Der Herzmonitor, an den Gordon angeschlossen ist, piepst weiterhin. Da ist noch ein Herzschlag. Babumm, babumm, babumm. Der Sohn steht auf und sagt: »Ich verstehe nicht, was hier los ist. Dad ist tot, wieso sehen wir auf dem Monitor immer noch einen Herzschlag?« Er holt eine Krankenschwester.

»Es ist ihr Herz, das da schlägt«, sagt die Krankenschwester und zeigt auf die Hände des Paares, die sich immer noch halten.« Ihr Herz schlägt für ihn mit.

Norma Yeager stirbt um 16 Uhr 38, genau eine Stunde nach dem Mann, mit dem sie 72 Jahre verheiratet war.

Ewige Liebe von Anfang bis Ende gibt es also, auch wenn der Zug für mich abgefahren ist. Wenn ich jetzt einen kennenlerne, mit dem ich für immer zusammen sein will, schaffe ich es vielleicht noch bis zur Silberhochzeit. Mit der Goldenen wird es ganz schön knapp. Ich komme nur darauf, weil Schwester Franziska wieder einen neuen Film ausgeliehen hat. Der Historiker sitzt schon in der Teeküche. Wahrscheinlich hofft er, dass es wieder was mit Pferden ist.

»›Stolz und Vorurteil‹«, lese ich vor. »Das ist mal was, mit dem ich was anfangen kann.« Es kommt sogar ein Pfarrer drin vor, und Schwester Franziska macht Scherze, weil er die Bibel falsch zitiert. Nachdem der schweigsame Mr. Darcy und die vorlaute Lizzy Bennet sich endlich bekommen haben, sitzen wir eine Weile schweigend nebeneinander. Drei Menschen, denen die verzehrende, die Seele auffressende Liebe verwehrt geblieben ist. Eine, weil sie sich Gott und der Enthaltsamkeit verschrieben hat. Der andere, weil er viel zu schüchtern ist, um sich jemals einer Frau auf romantische Art zu nähern. Die Letzte, weil sie es einfach nicht kann.

Meine Großmutter kannte nur zwei Arten der Liebe, und keine davon war ehrlich. In der ersten Variante wurde ihr Körper von den Männern benutzt, in der zweiten Variante benutzte sie die Körper der Männer. Manchmal überspringen schlechte Gewohnheiten eine Generation. Oma und ich, wir haben noch ein Hühnchen miteinander zu rupfen.

†

N*ach einer Woche kommt Pater Markus zurück* und ich springe um ihn herum wie ein Schulkind, das seine Mutter nach Wochen zum ersten Mal wiedersieht. Ich bin zumindest ebenso frech.

»Wie ist es mit der Apokalypsenplanung gelaufen?«, frage ich. »Wie war das noch? Ach ja, Herr, rette uns, wir gehen zugrunde. Sind wir jetzt gerettet?«

Er versucht mich am Ohrläppchen zu erwischen, aber ich bin schneller.

»Man merkt, dass die Schwestern bei dir die Zügel haben schleifen lassen«, sagt Pater Markus, »warte nur ab, deine Scherze werden dich noch Kopf und Kragen kosten!«

Ich hoffe, dass er Witze macht, trage aber sicherheitshalber seine Koffer bis vor seine Tür.

†

A*m Nachmittag beschließt Schwester Gertraud* zu sterben.

»Sie ist friedlich eingeschlafen«, versichert mir Schwester Franziska. »Sie hat jetzt ihren Frieden. Gott hat sie zu sich geholt.«

Aus irgendeinem Grund muss ich heulen. Ich erinnere mich an den Nachmittag, als sie mir erzählt hat, warum sie ins Kloster gegangen ist.

»Ich war die Jüngste von fünf Töchtern«, sagte sie. »Was sollte ich da schon tun? Und meine Freundin Marianne ist ja auch gegangen. Wir hatten es schön, all die Jahre, doch, das hatten wir. Vielleicht, wenn ein fescher Bursche gekommen wäre, um mich zu heiraten …« Sie hatte gelacht, meine Hand in ihre gichtkrummen Finger genommen und fest gedrückt. Das Leben ist schnell vorbei, wenn man nicht höllisch aufpasst.

Die Schwestern bahren sie im Kreuzgang am Eingang zur Klausur auf. Die alte Frau macht einen zufriedenen Eindruck. Ihre Haut sieht aus wie die Oberfläche von einem sehr blassen Stück Trockenobst. »Das ist die Stelle, an der Schwester Gertraud zum ersten Mal die Klausur betreten hat. Wir singen für sie dieselben Psalmen, die zu ihrer Profess gesungen worden sind.« Während die Nonnen singen, verdrücke ich mich. Die nächsten zwei Tage gehe ich immer über das hintere Treppenhaus aus dem Gebäude. Ich will auf keinen Fall in Gegenwart einer Leiche mit dem Gärtner zusammenstoßen.

Bei der Beerdigung ist er natürlich da. Er steht hinter der letzten Grabstelle und stützt sich auf seine Schaufel. An seinen Gummistiefeln klebt frische Erde. Offenbar ist er gerade noch damit fertig geworden, Schwester Gertrauds Grab auszuheben. Er macht eine Handbewegung mit den Fingern, eine militärische Handbewegung, die man auf das Nötigste reduziert hat. Ich bin empört über seine Nachlässigkeit. Die Fremdenlegionärsschwester sieht mit starren Augen in seine Richtung. Die anderen Schwestern bemerken ihn entweder nicht oder ignorieren seine Anwesenheit.

Erde zu Erde, Asche zu Asche.

Staub zu Staub.

†

Liebe Paula,
es tut mir sehr leid zu hören, dass die alte Nonne gestorben ist. Vor allem, weil ich doch weiß, wie sehr Du Beerdigungen hasst! Weißt Du noch damals, bei der Beerdigung des Großonkels Deiner Mutter (ich weiß gar nicht mehr, wie genau er mit Dir verwandt war) und Du auf dem Leichenschmaus mit diesem Kerl getanzt hast, weil – ich zitiere – »sein Ständer meine Mückenstiche so schön kratzt«? Ach, das waren noch Zeiten …
Hier ist alles beim Alten, Du weißt ja, man kann Jahre weg sein, und es verändert sich kaum was. Ach doch, gleich unten neben Deinem Haus hat eine schöne neue Bar eröffnet, da sollten wir gleich hin, sobald Du wieder da bist! Ich vermisse Dich schrecklich!
Um Dich ein bisschen aufzuheitern, habe ich Korbinian einen Besuch abgestattet. Er ist in Wahrheit ein

eingebildeter Fatzke, und Thor hat mir erzählt, dass er in seinem Leben praktisch nichts selbst gemacht hat. Angeblich hat ihm sein Vater sogar den Abschluss gekauft, das ist der Grund, warum er überhaupt in die USA gegangen ist. Und diese Charitysache – in Wahrheit fließt wohl ein großer Teil der Spendengelder in teure Autos. Tut mir leid, dass ich so einen beknackten Kandidaten ausgesucht habe! Kommt nicht wieder vor!!
Aber pass auf, jetzt kommt's. Mir ist in meiner rechten Achsel ein Haar eingewachsen. Ich gehe bestimmt nie wieder zum Waxen! Erst war es nur so eine kleine Pustel, aber plötzlich war da eine Eiterbeule, ungefähr so groß wie ein Hühnerei. Die Haut drüber war richtig bläulich, so gespannt war das Ganze. Ich habe noch nie so etwas Ekelhaftes gesehen. Da dachte ich mir, das ist genau das Richtige für unseren Etepetete (schreibt man das so?) – Doktor. Du hättest sein Gesicht sehen sollen! Er hat sich wahnsinnig angestellt, vor allem, als dann der ganze Eiter rausgeflossen ist … ich habe Tränen gelacht.
Thor fragt übrigens häufig nach Dir. Und danke, dass Du mich für so eine miese Freundin hältst, aber ich habe natürlich nicht vor, mit ihm zu schlafen. Er ist ganz Dein, wie's nämlich aussieht, ist er ganz scharf drauf, die Nummer von neulich zu wiederholen. Wie wir uns wiedergetroffen haben, erzähle ich Dir dann. Die Welt ist sooo klein!

Viel Spaß noch beim Versuch, ein besserer Mensch zu werden. Ich glaube an Dich!
Es küsst Dich, immer Deine
Mimi

Mimi. Licht meines Lebens, Feuer unzähliger Barbesuche. Meine Sünde, meine Seele. Mimi. Die Zungenspitze macht zwei Sprünge den Gaumen hinab und tippt bei zwei gegen die Zähne. Mi. Mi. Kann man sich eine bessere Freundin vorstellen?

†

Laisser-faire tut dir nicht gut«, sagt Pater Markus. »Du brauchst klare Regeln und konsequentes Handeln.« Ich bin wieder fünf Jahre alt und habe mein Puppenhaus kaputt gemacht.

»Ich weiß«, sage ich und gucke zu Boden. Irgendjemand hat den Kirchenboden gewischt. Er glänzt so sehr, dass ich mich fast drin spiegeln kann.

»Peccatum mortiferum«, ruft Pater Markus und blickt zur Kirchendecke. »Nur wer wahrhaft Reue zeigt, kann von den Sünden erlöst werden und in das Himmelreich gelangen! Bereust du?«

»Ja, ich bereue«, rufe ich. »Äh, was jetzt genau?«

Er sieht mich streng an.

»Wir haben fast alle Sünden behandelt. Welche fehlen noch?«

»Habgier«, sage ich. »Und Wollust.«

»Die Wollust ist die interessanteste Sünde«, sagt Pater Markus und zwinkert mir zu. »Die heben wir uns bis zum Schluss auf. Definiere Gier.«

»Den Hals nicht vollkriegen«, rutscht es mir heraus. »Ich meine, von nichts genug zu bekommen. Immer mehr zu wollen.«

»Und, kennst du das Gefühl?« Seine Meerwasseraugen flackern. »Kennst du das Gefühl, immer mehr zu wollen. Den, wie du sagst, Hals nicht voll zu kriegen?«

Ich frage mich, wie viel er von mir weiß. Einmal war ich bei einer Kartenleserin. Sie sagte mir auf den Kopf zu, dass ich aufhören müsste, Männer nach ihrem Aussehen zu bewerten. »Ab jetzt solltest du eher auf ihren Uniabschluss und ihre Aktienpakete achten«, sagte sie und zuckte mit den Schultern. »Erwachsenwerden ist kein Vergnügen.« Pater Markus hat einen direkten Draht zu Gott. Ich bin sicher, dass sie abends jede einzelne meiner Sünden auseinandernehmen und überlegen, was für eine Strafe sie mir dafür aufbrummen.

»Ja, und wie«, sage ich. »Ich kenne das Gefühl ziemlich gut.«

Pater Markus nickt und dreht dann seine Kreise. Die Arme hält er hinter dem Oberkörper verschränkt.

»Hieronymus Bosch«, sagt er schließlich, »hat die Habgier als Gerichtsverhandlung dargestellt. Der

Angeklagte ist ein Mann, der sich um nichts in der Welt von seinem Geldbeutel trennen will. Der Richter ist um keinen Deut besser; er lässt sich bestechen und nimmt noch während der Verhandlung Geld an.« Er wirbelt herum.

»Geld vernebelt den Geist. Merk dir das! Geld zu haben und noch mehr zu wollen mindert deine Urteilsfähigkeit. Es ist ein Irrglaube, dass Geld glücklich macht. Was einzig und allein zählt, ist der Frieden, den der Mensch mit sich selber macht. Dass der Mensch gut zu sich ist. Nach seinen Begabungen lebt. Und aufhört, nach Statussymbolen zu lechzen!« Er spuckt aus und zeigt dann mit dem Finger auf mich.

»Ich habe mich über euch junge Frauen erkundigt«, sagt er. »Ihr kauft euch Schuhe, die ihr dann nicht tragt. Trotzdem kauft ihr noch mehr Schuhe. Und dann noch mehr. Anstatt euch ein Paar zu kaufen, mit dem ihr vernünftig laufen könnt, wollt ihr Dutzende besitzen, die am Ende nur im Schrank stehen und von euch begafft werden. Habe ich recht?«

»Äh …«

»Natürlich habe ich recht! Nicht weit von hier findet gerade ein Fabrikverkauf statt. Französische Schuhe. Von einem Mann namens Christian …«

Oh, bitte, bitte, alles, nur bitte nicht das. »Louboutin?«

»Der war's«, ruft Pater Markus. »Das ist der

Mann!« Er blickt auf seine Uhr. »Nur schade, dass die Veranstaltung in zehn Minuten endet.«

Ich atme tief durch und sage: »Ach bitte, Pater Markus. Sie wollen mich läutern mithilfe eines Abverkaufs von Schuhen? Sehr schönen Schuhen, das muss ich zugeben. Aber wofür halten Sie mich, irgend so eine großstädtische Shoppingmaus?«

Verdammt. Wo ist eine Zeitmaschine, wenn man sie braucht?

†

M*it einem Mal ist der Frühling da.* Das Braun der Erde ist wie über Nacht mit grünem Flaum überzogen. Schwester Bernadette bittet mich zweimal, ihr beim Aussetzen des Fingerhutes zu helfen.

»Wir können sie hierhin setzen und dorthin«, sagt sie und zeigt auf zwei schöne Plätze an der Mauer. »Und die anderen pflanzen wir hier ein. Und dazwischen kommt dann schön der Eisenhut zur Geltung.«

An den jungen Birken im Hof sind die ersten zarten Blätter ausgetrieben. Die Luft ist frisch und klar und der Himmel strahlend blau. Es ist ein paar Tage her, seit ich den Gärtner zum letzten Mal gesehen habe. Vermutlich hat er genug damit zu tun, die Reste des Laubes aus dem Weg zu räumen.

Auch Schwester Adelheid ist bereit für den Frühjahrsputz. Sie weist mich an, die Wäschespinne im Hof aufzustellen und die Leinen neu zu spannen.

»Von der Sonne getrocknete Wäsche duftet immer noch am besten!«, sagt sie.

Dann gibt sie mir drei Körbe Bettwäsche zum Mangeln, damit ich mir ja nichts auf den Frühlingsanfang einbilde. Gott macht schließlich auch keine Pause.

Als ich die Wäschesäcke der Schwestern sortiere, finde ich in Schwester Bernadettes Schürzentasche einen kleinen Plastikbeutel voller Samen. Die Kerne sind klein, glänzend und marmoriert wie winzige Käfer. Ich lege die Wäsche weg und laufe zurück zum Gewächshaus, wo Schwester Bernadette in der feuchten Erde kniet und Löcher aushebt.

»Meine Wunderbaumsamen!«, sagt Schwester Bernadette. »Ich habe mich schon gefragt, wo sie geblieben sind.«

»Wunderbaum? Kann er zaubern oder so?«

»Und wie!« Sie hält den Beutel gegen die Sonne. »Wenn du zum Beispiel Verstopfung hast. Aus den Samen des Wunderbaums gewinnt man nämlich Rizinusöl. Und er sieht einfach wunderschön aus. Wusstest du, dass er schon in der Bibel vorkommt?« Sie lächelt verträumt. »Gott ließ den Rizinusstrauch über Jona wachsen, um seinem Kopf Schatten zu geben. Jetzt soll er uns Schatten geben. Aber nicht von den Früchten naschen, hörst du? Die sind nämlich absolut tödlich.«

Am Nachmittag sitze ich mit Schwester Franziska auf der Bank draußen im Hof. Wir sehen zwei Eichhörnchen bei ihrem Balzritual zu. Das eine, von dem ich annehme, dass es das Weibchen ist, rennt davon. Das Männchen hechtet hinterher. Wenn Mimi und ich ausgehen, ist es immer genau andersherum.

»Ich muss bald gehen«, sage ich.

»Ich weiß«, sagt Schwester Franziska. Von einem anderen Baum springt ein weiteres Tier dazu. Offenbar auch ein Männchen. Das erste Männchen reagiert mit wütendem Protest und hackt nach dem Konkurrenten.

»Ich werde unsere Filmabende vermissen«, sage ich.

»Ich auch«, sagt Schwester Franziska. »Du bist so … anders.«

»Ja, das höre ich öfter.« Wir schweigen eine Weile. »Darf ich dich was fragen?«

»Natürlich«, sagt sie, »du kannst mich alles fragen.«

»Hast du jemals daran gedacht, du weißt schon …« Ich weiß nicht, wie ich es sagen soll, darum zeige ich einfach auf die Eichhörnchen. Das eine Männchen sitzt jetzt ein wenig abseits. Der Sieger dreht enge Kreise um das Weibchen.

»Du meinst, ob ich mir gewünscht habe, mit einem Mann zusammen zu sein?«

»Ja, so ungefähr.«

Sie zuckt mit den Schultern. »Es hat sich nie richtig angefühlt. Ich meine, es ist einfach nicht passiert. Es hat mich auch nicht interessiert. Und dann, als Gott mich zu sich gerufen hat, wusste ich, dass es richtig ist.«

»Das muss ein wunderbares Gefühl sein«, sage ich. »Zu wissen, dass man genau da ist, wo man hingehört.« Ich hake mich bei ihr ein. Das Eichhörnchenpaar ist inzwischen abgezogen. Nur das übrig gebliebene Männchen sitzt noch da und putzt sich seinen Schwanz. Es sieht irgendwie traurig aus.

Unser Gespräch muss Eindruck bei Schwester Franziska hinterlassen haben. Am Abend nach dem Komplet bittet mich nämlich Schwester Regina in ihr Büro. Sie sitzt wieder hinter ihrem Tisch, der aussieht, als hätte sie sich die Wartezeit damit versüßt, alles im rechten Winkel zueinander anzuordnen.

»Wie lange bist du nun bei uns?«

»Fünf Wochen«, antworte ich. »Noch eine Woche, dann reise ich wieder ab.«

»Und, hat es dir gefallen? Hast du die innere Ruhe gefunden, nach der du gesucht hast?«

»Ja, auf jeden Fall. Ich frage mich nur, wie es weitergehen soll. Ich meine, wie ich die Ruhe mit nach draußen nehmen soll. Und den geregelten Tagesablauf. So was halt.«

»Darüber habe ich mir auch schon Gedanken gemacht.« Sie sieht mich ernst an. »Als du hierher kamst, wirktest du aufgewühlt, zerstreut. Zynisch sogar. Aber dann habe ich gemerkt, dass dir die Arbeit mit Schwester Adelheid gut tut. Und die mit Pater Markus natürlich. Du kommst mir jetzt besonnener vor, nicht mehr so gehetzt. Was auch immer in deinem Leben gefehlt hat, du scheinst auf dem richtigen Weg zu sein. Habe ich recht?«

Ich nicke brav mit dem Kopf, weil ich keine Ahnung habe, worauf sie hinaus will.

»Dachte ich mir. Nun, wie du weißt, hat dieses Haus eine lange Tradition. Auch der Gastfreundschaft. Wir nehmen Menschen auf, die auf der Durchreise sind, und das meine ich durchaus symbolisch. Du warst auf der Durchreise und hast hier einen Halt eingelegt. Wir haben dich genährt, so gut wir eben konnten. Dieses Haus hat aber noch eine andere Tradition. Die des Glaubens. Wir Schwestern konzentrieren uns in diesen Mauern seit Jahrhunderten auf das Zwiegespräch zwischen Mensch und Gott. Wir klammern alles Weltliche aus. Das meiste.« Sie lacht. »Das ist nicht immer bequem, muss ich sagen, aber wenn man die Essenz will, darf man sie nicht verwässern.« Sie steht auf und kommt um den Tisch herum, genau wie bei unserem ersten Gespräch. Wahrscheinlich, damit ich kapiere, dass es jetzt ernst wird. Sie nimmt einen Schluck aus der Teetasse und bietet mir auch etwas an. »Heißer Kakao«, sagt sie. »Ein bisschen Abwechslung muss sein.« Ich nehme ihr die entgegengehaltene Tasse ab und stelle sie auf den Rand des Schreibtisches. Schwester Regina räuspert sich kurz, streicht mir über den Kopf und spricht dann weiter.

»Nun, wo war ich? Ach ja. Gott zeigt uns nicht nur einen Weg auf. Es gibt immer mehrere, das weißt du. Manche führen ins Licht, andere in die Dunkelheit. Aus denen in der Dunkelheit lernen wir Demut. Aus denen im Licht lernen wir die Liebe. Was ich eigentlich damit sagen will, ist ganz einfach: Du kannst deine Rechnung hier bezahlen und wieder zurück in dein altes Leben gehen. Oder du bezahlst die ganze große Rechnung und bleibst hier.«

»Was?«

»Paula«, sagt sie und sieht mir fest in die Augen. »Ich frage dich hiermit, ob du in unseren Orden eintreten willst.«

Als ich aufstehe, ist der Kakao kalt. Ich habe meine Tasse nicht angerührt.

†

W*enn ich heute sterben würde* und vor das Jüngste Gericht träte … ich nehme an, dass zehn Verhandlungstage nicht ausreichen würden. Meine Schuldenliste dürfte ungefähr sechs himmlische Staatsanwälte beschäftigen, und während sie an ihrer Anklageschrift arbeiten, würde ich schnell in die Hölle hinabsteigen und versuchen, mir ein Team aus wirklich abgewichsten amerikanischen Scheidungsanwälten zusammenzusuchen. Und nicht mal dann hätte ich große Chancen, dem Fegefeuer zu entkommen.

Was meinen Einzug ins Himmelreich angeht, ist Schwester Reginas Angebot also wirklich reizvoll. Als ich aus dem Zimmer trete, fühle ich mich trotzdem wie gelähmt. Im Flur ist es dunkel. Das einzige Licht, das den Flur erhellt, ist der Lichtschein aus Schwester Reginas Zelle. Nachdem ich die Tür geschlossen habe, sehe ich, dass hinter der Tür jemand steht. Es ist der Gärtner. Schneller war meine Hand nie an einem Lichtschalter.

Das Licht der Nachtbeleuchtung lässt seinen Körper Schatten auf das Gemäuer werfen. Er lehnt an der Wand, die Hände in den Hosentaschen. Sein rechtes Bein ist angewinkelt.

»Interessante kleine Ansprache«, sagt er. »Da hat jemand aber ganz tief in die Trickkiste gegriffen.«

»Hast du etwa gelauscht?«

»Köstlich, einfach köstlich.« Er grinst sich fast die Beißerchen aus dem Gesicht. »Versuchen die alten Weiber doch tatsächlich, sich eine wie dich ins Boot zu holen. Als ob jemand wie du deren Nachwuchsprobleme lösen könnte.«

»Die alten Weiber? Immerhin geben die alten Weiber dir eine Menge Arbeit. Arschloch.« Ich mache mich auf den Weg in mein Zimmer, er läuft mir hinterher.

»Arbeit geben sie mir wirklich zur Genüge«, sagt er. Als wir um die Ecke gebogen sind, hält er mich an der Schulter fest.

»Nun warte doch mal. Du bist ja richtig sauer, das gefällt mir.« Er beugt sein Gesicht zu meinem herunter, bis wir fast Nasenspitze an Nasenspitze stehen. Normalerweise wäre jetzt die passende Gelegenheit, ihm mit Schwung in die Eier zu treten, aber irgendetwas hält mich zurück. Er ist auch nur irgendein hart arbeitender Mann, der versucht, ein bisschen Spaß zu haben. Pech für ihn, dass er sich mich dafür ausgesucht hat. Ich werde ihn nicht ranlassen.

Ich betrachte ihn näher. Der Gärtner hat ein Gesicht wie ein Adler, alles an ihm ist scharf geschnitten; die Wangenknochen, die Nase, die Höhlen, in denen seine Augen versinken. Er hat die sexuelle Ausstrahlung eines wilden Tieres. Neben ihm zu stehen fühlt sich an, als würde man neben einem Johannisfeuer stehen. Alles brennt.

»Was willst du überhaupt von mir?« Ich starre ihm wütend in die Augen. Obwohl sie so dunkel sind wie das Innere eines Maulwurfshügels, sehe ich mein Spiegelbild nicht darin. Sie verschlucken alles Licht. Statt mich loszulassen, greift er fester zu. Sein rechtes Knie schiebt sich zwischen meine Schenkel. Ich spüre, dass mein Widerstand dahinschmilzt wie Eis in der Sonne. Like Ice in the sunshine, like Ice in the sunshine … Ich lache irre und versuche einen Schritt zur Seite zu machen, aber ich taumele wie ein Betrunkener. Er fängt mich auf, schnappt sich meine Hand und schiebt sie sich unter sein Hemd. Die Haut ist warm und fest, die Muskeln darunter fühlen sich an, als würden sie sich fortwährend bewegen.

»Was ich will?«, flüstert er. »Das Gleiche wie du. Ein paar kleine schmutzige Spielchen. Ein bisschen die Leute an der Nase herumführen. Ich kenne deine Träume. Ich weiß, woran du nachts denkst, wenn du alleine in deinem kleinen Nonnenbett liegst und so tust, als würdest du schlafen.« Seine Stimme klingt rau. Weil ich keine Schürze mehr trage, gelingt es ihm, den Knopf meiner Hose zu öffnen und seine Hand hinunterrutschen zu lassen. Seine Finger schieben meine Schamlippen auseinander und gleiten dann in mich hinein.

»Nicht … Hör auf damit!«, bettele ich. Inzwischen hat er meine beiden Hände mit seiner freien Hand gepackt und drückt sie über meinem Kopf gegen die

Wand. Die andere Hand stimuliert mit kleinen Zupfern meine Klitoris.

»Du kannst vielleicht die anderen reinlegen«, raunt er in mein Ohr, »aber nicht mich. Ich weiß, dass du mich willst. Du weißt, dass ich dich will.« Er drückt seine Erektion gegen meinen Unterleib. Seine aufgeregten Finger zittern an meiner Klitoris. Zu meinem Entsetzen spüre ich, dass es mir kommt. Ich reiße mich los und trete nach ihm.

»Lass es sein, du Kotzbrocken!«

Meine Stimme hallt durch die Gänge. Um die Ecke sind Schritte zu hören, die rasch näher kommen. Hastig streiche ich meine Kleidung glatt und fahre mir durchs Haar.

Es ist die Fremdenlegionärin. Sie blickt mich streng an und gibt mir mit einem Kopfnicken zu verstehen, dass es Zeit ist, in die Zellen zu gehen. Ich drehe mich nach dem Gärtner um. Aber der ist weg.

†

Ich bewege mich so unauffällig wie möglich. Nach dem kleinen Zwischenfall mit dem Gärtner lässt mich die Fremdenlegionärin nicht mehr aus den Augen. Zum Mittagessen gibt es jetzt jeden Tag Suppe, weil sie irgendetwas mit Fasten machen, und Schwester Regina hat die ganzen Bierflaschen einkassiert.

Immerhin hat der Schweigetisch Zuwachs bekommen. Der Fremdenlegionärin sitzt jetzt eine dünne kleine Frau in den Sechzigern mit einem Gesicht wie ein Kaninchen gegenüber. Wenn sie den Mund zum Löffel führt, zuckt ihre Nase, als würde sie frischen Klee wittern. Keine Ahnung, wie die Fremdenlegionärin das aushält. Manchmal spüre ich ihren Blick auf mir, und wenn ich mich dann umdrehe, sieht sie schnell woanders hin.

Die anderen Schwestern sind stolz auf mich. Sie lächeln mich an, als hätte ich gerade für das Kloster den örtlichen Wettbewerb für den größten Kürbis gewonnen, und Schwester Adelheid steckt mir, dass Pater Markus sehr zufrieden mit meiner Entwicklung sei. Ich bin das Pferd, auf das sie nicht gesetzt haben.

»Was meinst du damit, er ist stolz auf mich?«

»Na, stolz eben«, sagt Schwester Franziska. »Er sagt, er hätte noch nie einen Gast erlebt, der sich so nahtlos in das Klosterleben einfügt wie du. Er sagt, du passt zu uns.« Ich wittere Schwester Regina dahinter. So deutlich, dass man fast die Rekrutierungsunterlagen rascheln hört.

»Jetzt übertreibst du aber.«

»Nein, wirklich.« Sie sieht mich hoffnungsvoll an. »Überleg es dir doch noch mal.«

»Der Herr ist mein Hirte, mir wird an nichts mangeln?«

»Richtig«, sagt sie und schenkt mir die Art Lächeln, die nicht auf Erden produziert wird.

†

Liebe Mimi,

das mit der Willkommensparty ist eine fabelhafte Idee. Könnten wir das auf den Samstag nach meiner Ankunft schieben? Ich weiß nicht, ob ich nach so viel Stille die volle Dröhnung aushalte. Was die DJ-Frage angeht: Nimm einfach den, den Du für richtig hältst. Keine Ahnung übrigens, ob die Zwillingsschwester von diesem Typen (Harry? Wirklich?) merkt, wie Euer Sex war. Vielleicht hat sie einfach nur so enttäuscht geguckt. Ich bin aber ziemlich sicher, dass er jetzt den Unterschied zwischen Speerwurf und Vögeln verstanden hat, Deine Lektionen sind ja sehr intensiv.
Komm mich doch bitte abholen, das würde mich wahnsinnig freuen.

Tausend Küsse, P.

†

In zwei Tagen reist der Historiker ab. Ich bin fast ein bisschen traurig, und das nicht nur, weil er sein Ethernetkabel und den Laptop mitnehmen wird. Der ganze Mann strahlt so eine solide Hoffnungslosigkeit aus, dass es einem richtig leicht ums Herz wird. Er weiß, dass ich weiß, dass er als Jungfrau sterben wird. Ich versuche ihn ein bisschen aufzumuntern.

»Du solltest mal mit Pater Markus sprechen«, sage ich, »ich verstehe sowieso nicht, warum ich mit ihm die ganze Bibel durchackern muss, und dich lassen sie mit ein bisschen Beten vom Haken.«

»Du vergisst, dass ich in meiner Gemeinde zu Hause aktiv bin«, sagt er. »Ich kenne die Gesetze, und ich lebe danach.« Er sagt das ohne jede Spur von Selbstironie. Man könnte den Historiker ohne Weiteres dazu bringen zu behaupten, die Wurzel seines persönlichen Trauerspiels liege allein darin, dass alle anderen außer ihm die Zehn Gebote mit Füßen treten. Zur Sicherheit wohnt er immer noch im Keller seiner Eltern, wo sie ihm eine Einliegerwohnung eingerichtet haben. Irgendetwas muss ich ihm mit auf den Weg geben. Der Historiker ist 42 Jahre alt und verbringt seit 15 Jahren seine gesamten Ferien in irgendeinem Kloster. Und zu Hause in Kassel arbeitet er abends am Aufbau einer virtuellen Stadt, in der sein Leben bedeutsamer ist als in der Realität. Ich versuche ihm klarzumachen, dass er so niemals eine Frau kennenlernen, geschweige denn Gebot Numero Sechs auch nur theoretisch nahe kommen wird. Er protestiert.

»Ich will aber keine Ehen zerstören!«

»Musst du ja auch nicht«, sage ich. »Ich meine nur, dass es verschiedene Möglichkeiten gibt, Frauen kennenzulernen. Du musst nicht mal Sex mit ihnen haben, ein bisschen Händchen halten reicht für den Anfang.«

»Die Frauen in unserer Gemeinde sind fast alle verheiratet«, sagt er nachdenklich. »Und die Kolleginnen in der Schule … Ich bin einfach nicht deren Typ.« Ich sehe seine Konkurrenz deutlich vor mir: der Sportlehrer, braun gebrannt, muskulös, immer einen flotten Spruch auf den fröhlichen Lippen. Auf der Weihnachtsfeier schnappt er sich den Historiker, klemmt ihn sich unter den Arm und unterhält die Runde, in dem er Nussknacker mit ihm spielt. Vielleicht schaffe ich es, Schwester Franziska zu überreden, sich »Jungfrau, 40, männlich, sucht« auszuleihen. Der Film würde ihm gefallen.

»Okay«, sage ich, »weißt du, dies hier ist das 21. Jahrhundert. Man kann inzwischen Leute kennenlernen, ohne dass man sich sieht. Du kannst sogar behaupten, dass du groß und blond bist und ein richtiges Großmaul. Einfach so, zum Üben. Das Gute am Internet ist nämlich, dass niemand weiß, wer du wirklich bist.«

»Du willst mich zum Lügen anstiften!« Seine

Augen sind zu misstrauischen kleinen Schlitzen zusammengezogen. Himmel. Das hier wird schwieriger, als ich gedacht habe.

»Wir machen es anders. Du und ich, wir gehen jetzt in die Abstellkammer, loggen uns in ›JoyVillage‹ ein und üben, ein bisschen zu flirten.«

»In meiner Kirche? Das grenzt ja an Amtsmissbrauch!«

Nachdem ich ihm versichert habe, dass wir nicht die Kirche, sondern den Chatroom benutzen und man dafür nicht in die Hölle kommt (»Es ist schließlich nicht *real*, verstehst du?«), ist er bereit, es wenigstens zu versuchen. Kurz bevor wir an der Kammer ankommen, höre ich, dass jemand darin herumwühlt. Ich befehle dem Historiker, im Treppenhaus zu warten, und schleiche mich langsam ran.

Der Krach stammt vom Gärtner, der sich im Inneren der Abstellkammer zu schaffen macht. Er ächzt und keucht, während er irgendetwas Schweres hin und her schiebt. Vor der Kammer steht ein sehr großer Kasten mit einem Tuch darüber. Schließlich ist der Gärtner fertig mit Keuchen, hebt das Kruzifix aus der Kammer und schiebt den Kasten hinein. Dann blickt er sich kurz um, löscht das Licht im Raum, schließt die Tür und macht sich ohne einen Mucks davon.

»Was war los?«, fragt der Historiker, als ich ihn holen komme. »Ich habe gar nichts gehört.«

»Es war nichts«, sage ich ihm, weil er nicht alles

wissen muss. »Ich wollte nur sichergehen, dass wir nicht gestört werden.« Und bei mir denke ich: Wir müssen uns beeilen. Wenn der Gärtner uns dabei erwischt, wie wir in der christlichen Virtualität üben, Frauen aufzureißen, kann der Historiker sein männliches Ego nehmen und es persönlich erschießen. Ich öffne die Kammer. Der Historiker starrt auf das Ding, das der Gärtner hineingestellt hat.

»Warum«, sagt er, »steht hier ein Flipperautomat?«

Nachdem wir uns arrangiert haben – der Laptop steht auf der Glasfläche, der Historiker direkt am Hebel, ich links davon, bereit, die entscheidenden Knöpfe zu drücken –, legen wir los.

»Heute musst du dir einen Nicknamen aussuchen«, sage ich. »Du kannst dich nicht als Seelsorger einloggen, sonst schütten dir die Frauen nicht ihre Vagina, sondern ihre Herzen aus.« Er sieht mich erschrocken an.

»Ach, du weißt schon, wie ich's meine.«

Er kann sich nicht entscheiden. Er möchte etwas Griffiges, das nicht liederlich klingt (er sagt tatsächlich »liederlich«), sondern eine gewisse Zuverlässigkeit vermittelt. Nach langem Hin und Her entscheidet er sich für »Schmusebär«. Leider ist »Schmusebär« schon vergeben. Also nennt er sich »Schmusebär12«, weil er zwölf war, als sein erster Hund gestorben ist.

Schmusebär12: (ist online)
Schmusebär12: Hallo, hat jemand Lust auf einen Chat?

Das habe ich ihm diktiert. Er starrt wie gebannt auf den Bildschirm, als hätte er Angst, dass die dreibrüstige Hure vom Planeten Erotikon VI persönlich herauskommt und ihn mit in ihr Bettchen schleift. Ab jetzt lasse ich ihn selber machen.

Bea_teee: Hallo, Schmusebär12. Das ist aber ein putziger Name. Männlein oder Weiblein?
Schmusebär12: Männlein.
Bea_teee: Und wo bist du gerade? Wohnzimmer? Küche? Ich sitze im Wohnzimmer. Hab den Kamin an! Schön warm *grins*
Schmusebär12: In der Abstellkammer.
Schmusebär12: (post deleted)

»Himmel«, sage ich. »Willst du, dass sie dich für einen Psychopathen hält? Denk dir irgendwas Schönes aus! Eine Altbauwohnung mit Stuck. Eine Berghütte. Irgendwas Heimeliges!«

»Aber dann muss ich ja lügen!«

»Exakt«, sage ich. »Genau dafür ist das Internet da.«

Schmusebär12: Ich sitze in meiner Altbauwohnung mit Stuck. Sie sieht aus wie eine Berghütte.
Schmusebär12: Das hört sich komisch an. Ich meine, sie ist gemütlich, wie eine Berghütte.
Bea_teee: Klingt total gemütlich! Magst du Katzen? Ich habe drei.

Uh, eine Katzenlady. Normalerweise würde ich ihm jetzt von ihr abraten. Frauen mit mehr als zwei Katzen haben die Partnerschaftssuche für gewöhnlich schon aufgegeben und beenden fast jede Unterhaltung mit dem Satz: »Meine Katzen würden mich nie im Stich lassen.« Aber weil es der Historiker ist, bin ich gnädig. Die hier ist genau seine Kragenweite.

Schmusebär12: Ich liebe alle Tiere.

»Schon ganz gut«, sage ich. »Erinnerst du dich an das, was du mir über die Seelsorge gesagt hast? Dass man was Persönliches preisgeben muss, damit sich die Leute öffnen? Das hier ist so ein Moment.«

Er nickt. »Okay.«

Schmusebär12: Mein erster Hund hieß Lucky. Mein zweiter auch. Ich habe beide unter dem Apfelbaum im Garten meiner Eltern vergraben. Jeden Sonntag stelle ich frische Blumen an die Stelle.
Bea_tee: (ist offline)

Der Historiker sieht mich an. »Habe ich was Falsches gesagt?«

»Nicht doch«, sage ich. »Wahrscheinlich muss sie nur ganz schnell irgendwohin.«

Erstaunlich. Gib ihm drei Minuten, und er schafft es ganz von selbst, sich öffentlich die Eier abzuschneiden.

Er reist an einem Sonntag ab. Vorher besuchen wir gemeinsam den Gottesdienst. Wir sitzen nebeneinander, er ist hibbelig wie ein Kind. Als Pater Markus ihn in seiner Predigt persönlich verabschiedet und sich alle Gemeindemitglieder umdrehen, um sich den Historiker anzusehen, fällt er vor Stolz fast in Ohnmacht. Ich halte seine Hand, bis er sich beruhigt hat, und er lächelt mich dafür dankbar an.

Schwester Emanuela hat ihm für die Fahrt ein paar Butterbrote geschmiert. Offenbar hat sie Angst, dass er im Zug verhungern könnte. Der Historiker knotet die riesige Tüte an seinen Rucksack und bedankt sich überschwänglich. Dann lädt er jeden Einzelnen von uns ein, ihn in Kassel zu besuchen.

»Jetzt, wo meine Großmutter tot ist, haben wir sogar ein Gästezimmer unter dem Dach.«

»Klingt super.« Ich schüttele seine Hand. Dann ziehe ich ihn zu mir ran und umarme ihn fest.

»Du denkst doch daran, was ich dir gesagt habe? Den Kopf immer schön oben halten?«

»Mache ich.« Er nickt. In seinen Augen glitzert es. In meinen auch.

Er hat sich vorgenommen, zu Fuß zum Bahnhof zu gehen. Wir winken ihm nach, bis seine schmale Gestalt und der riesige Rucksack im Wald verschwinden. Hoffentlich gibt es hier keine Wölfe, denke ich, der Mann ist leichte Beute. Ich lege meinen Arm um Schwester Franziskas Schulter und seufze.

»Meinst du, er wird überleben?«

»Aber natürlich, du Spaßvogel«, sagt sie und lacht ihr schönstes Frühlingszwitschern. »Der Herr wacht über ihn.«

†

Mit Pater Markus habe ich natürlich noch eine Rechnung offen. Ich erwische ihn in der Kirche, wo er gerade Scherben zusammenkehrt. Der ganze Boden ist voller Splitter, und in der Mitte, wo Pater Markus steht, liegt ein porzellanener Kopf. Offenbar hat jemand mit Engelbomben geworfen.

»Du liebe Zeit, was ist denn hier passiert?« Ich bücke mich und hebe den Engelskopf auf. Er zerbricht in zwei Teile. Eines seiner Augen sieht mich von der rosafarbenen Scherbe an, der Blick ein einziger Vorwurf.

»Er ist einfach runtergefallen«, sagt Pater Markus

und zeigt an den Kirchenhimmel, wo nun ein nackter Metallstab aus der Decke ragt. Die anderen Engel flattern weiter fröhlich um die Stuckwolke herum. »Aber Gottes Plan ist es sicher nicht, einen Hirten seiner Schäfchen von einem Engel erschlagen zu lassen, nicht wahr?« Ich versichere ihm, dass ich das auch glaube. Nachdem wir alles zusammengefegt haben, legen wir die Scherben in eine Kiste, damit sich irgendein Restaurator daranmachen kann, die ungefähr tausend Einzelteile wieder zusammenzusetzen. Aber weil Gottes Pläne sogar für Pater Markus unergründlich sind, verlegen wir unser Gespräch aus Sicherheitsgründen in den Wald.

»Ich war fünf Jahre lang verheiratet«, sagt Pater Markus. »Vier Jahre und sechs Monate davon waren eine Qual.« Wir gehen wieder unseren üblichen Weg durch den Wald, aber diesmal ist die Erde trocken. Am Waldrand blühen die ersten Buschwindröschen.

»Hatte sie einen schlechten Charakter?« Das würde zumindest zu einem Soldaten passen. Die Soldaten, die ich persönlich kennengelernt habe, hatten alle Frauen, die sie in null Komma nichts gegen irgendeinen anderen getauscht hätten. Wahrscheinlich wird man so, wenn man mit uniformierten Männern ausgeht. Irgendwann erkennt man die Unterschiede nur noch an den Mustern auf den Epauletten.

»Nun, sie hatte anfangs sogar einen ausgesprochen guten Charakter. Sie war eine dieser Frauen, die einem tagsüber Eintopf kochen und abends, nun ja …«

»Die Ehe vollziehen?«, helfe ich nach. Es muss die Hölle für ihn sein, über Sex zu sprechen. Als würde man mit einem trockenen Alkoholiker über die Unterschiede zwischen einem Single Malt und einem Bourbon diskutieren.

»Ja, wenn du es so nennen willst. Es verlief alles sehr harmonisch. Dann, eines Tages, fing sie an zu nörgeln. Wachte auf und war unzufrieden. Fing an, meine Art, mich zu kleiden, zu kritisieren. Sie sagte, sie wolle, dass ich etwas aus meinem Leben mache. Brauchte plötzlich ein größeres Auto. Die Ehe wurde auch nur noch selten vollzogen.«

Hört sich für mich so weit nach einer ganz normalen Beziehung an. Ich sage aber nichts.

»Ich überlegte, ob ich eine falsche Entscheidung getroffen hatte, diese Frau zu heiraten. Wir kannten uns ja erst ein Jahr. Irgendwann mochte ich nicht mehr nach Hause kommen. Trank im Offizierskasino, bis mich mein Oberst zur Seite nahm und mich an meine Vorbildfunktion erinnerte. Also ließ ich mich für Manöver einteilen, wann immer ich konnte.«

Ich sehe ihn förmlich vor mir. Lauter Männer mit Samenstau, und der mit den dicksten Eiern hat das Kommando. Lasst uns diesen Baum abknallen! Und diesen!

»Scheidung war keine Option in meiner Familie. Mir ist beigebracht worden, dass die Ehe ein Bund ist, der nur durch Gott gelöst werden darf. Das glaube ich auch heute noch. Aber wenn ein Paar zu mir kommt und sich trauen lassen will, stelle ich ein paar Fragen. Manche gehen dann wieder. Man darf nicht blauäugig sein.« Der Pfarrer bietet einen Ehe-TÜV an. Cool. Vielleicht kann ich ihn bitten, mir eine Art Testformular mitzugeben. Das würde Mimis Suche nach dem richtigen Kandidaten erleichtern.

»Welche Art von Fragen sind das?«

»Wenn du heiraten willst, Tochter, kommst du mit dem Mann zu mir, und ich sehe, was ich tun kann«, sagt er freundlich und belässt es dabei.

Ich pflücke einen Strauß Buschwindröschen, offenbar die einzigen Blumen hier in der Gegend, deren Berührung einen nicht sofort umbringt. Ich rieche daran, aber sie duften nach gar nichts, sondern werden in meiner Hand nur schlapp und matschig. An der nächsten Waldbiegung werfe ich sie unauffällig ins Gebüsch. Pater Markus ist offenbar bereit, weiter zu reden.

»Eines Tages feierten wir unseren fünften Hochzeitstag. Sie wollte eine Rheinschifffahrt machen, also habe ich eine Tour gebucht. Von Bingen nach Köln, eine wunderschöne Strecke. Vorbei an der Loreley, na, du kennst ja die Gegend. Aber direkt nach der Abfahrt wurde ihr zu kalt an Deck. Wir gingen also runter, aber dort war ihr die Luft zu stickig. Dann aßen wir ein Stück Bienenstich, ihren Lieblingskuchen, aber der war ihr zu pappig. Am nächsten Morgen bin ich für zwei Wochen auf Manöver gefahren. Keines dieser lächerlichen Ausbildungsmanöver«, sagt er und boxt sich in die Handfläche. »Eine richtige Militäraktion der NATO. 44 000 Mann, davon kamen 38 000 allein aus den USA, den Rest stellten wir und die Kanadier. Certain Pledge, Ehreneid, so haben sie den Einsatz genannt.«

Offenbar ist der Smooth Talk jetzt vorbei. Er bleibt abrupt stehen. Sein ganzer Körper steht unter Spannung, als wollte er jemanden anspringen.

»Ich und meine Jungs waren der 1. US-Infanteriedivision zugeteilt. Die verstanden keinen Spaß. Über Stock und Stein ging es da, und wer gejammert hat, durfte abends die Latrinen ausheben. Ich habe gut zehn Kilo in den zwei Wochen verloren. Hat mir nicht geschadet. Tagsüber ging es Schlag auf Schlag, aber nachts im Schlafsack hatte ich viel Zeit, über dies und das nachzudenken. Zum Beispiel darüber, dass mich diese Ehe nicht glücklich machen wird. Und meine Frau auch nicht. Dann kam der letzte Tag des Manövers. Wir sind allein 1200 Höhenmeter rauf und runter marschiert an dem Tag, dazu noch die Strecke über die Ebenen. Alles mit voller Beladung, dazu das G3 in der Hand und eine Menge Munition. Als ich abends in mein Lager sank, war ich sicher, den nächsten Tag nicht mehr zu erleben.« Er wischt sich wieder den Schweiß von damals aus der Stirn.

»Und dann?«

»Dann kam die Nacht. Der Himmel war sternenklar, und obwohl es schon Oktober war, habe ich nicht gefroren. Minus zwei Grad bei uns in der Senke, und ich habe nicht gefroren. Und weißt du, warum? Weil Gottes Feuer in mir brannte. Als ich am nächsten Morgen aufwachte, fühlte ich mich glasklar, und zum ersten Mal in meinem Leben wusste ich genau, was ich tun musste.«

Da haben wir's. Du entziehst einem Mann den Sex, schickst ihn zum Herumrennen auf ein Feld, und schon wird er zum Priester. Eigentlich sollte die Kirche keine Nachwuchsprobleme haben. Meine Mundwinkel krümmen sich zu einem Lächeln.

»Lachst du etwa über Gottes Botschaft?«

»Nein.« Doch. »Wirklich nicht.«

Ich wünschte, ich hätte mir das dämliche Grinsen aus dem Gesicht geschlagen. Jetzt liege ich zwischen den Bäumen auf dem Waldboden und mache Sit-ups. Pater Markus hält körperliche Ertüchtigung für ein probates Mittel, um den Geist zur Ordnung zu rufen. Nicht weit entfernt ist ein riesiger Ameisenhaufen. Ich hoffe, die Viecher halten noch Winterschlaf. Ich muss sofort an diesen Horrorfilm aus den Siebzigern denken, den ich mal gesehen habe, »Phase IV«. »P. sieht aus den Augenwinkeln, wie die Ameisen langsam einen Ring um sie bilden. Sie zerrt an den Fesseln, mit denen ihre Extremitäten an den umliegenden Bäumen fixiert sind. Sie bewegen sich kein Stück. Ihre Panik scheint die Ameisen nur noch mehr anzustacheln. Das war wirklich das letzte Mal, dass sie mit einem Biologen ausging, der Tierversuche mit Radioaktivität macht.«

Pater Markus marschiert inzwischen weiter um mich herum. »Wollust«, ruft er, »ist eine der gefährlichsten Sünden überhaupt. Die Wollust ist ein Freier, der seine Kinder im Auto sitzen lässt, um im Gebüsch Sex zu haben. Die Wollust ist eine Hure, die reich ist und trotzdem anschaffen geht.« Er scheint echt wütend zu sein. Um ein Haar stolpert er über den Ameisenhaufen. Ich sehe mich schon bei Schwester Bernadette im Gewächshaus liegen, wo sie die Bisse an meinem Körper mit seltsamen Tinkturen verarztet, die meine Haut zu eitrigen Blasen anschwellen lässt.

»Wollust ist das göttliche Geschenk der Liebe zwischen zwei Menschen, nur ohne das Herz zu benutzen. Sex!«, ruft er und stößt den Finger in die Luft. »Sex ist eine ganz natürliche Angelegenheit, aber es ist unerlässlich, u-n-e-r-l-ä-s-s-l-i-c-h, hörst du, die Seele mit einzubeziehen! Wahre Leidenschaft kann nur mit Hingabe geschehen. Und Hingabe kann nur mit Liebe geboren werden. Erfreue dich an deiner Frau, die du als junger Mann geheiratet hast. Bewundere ihre Schönheit und Anmut! Berausche dich immer wieder an ihren Brüsten und an der Liebe, die sie dir schenkt! Das Buch der Sprüche Fünf-Achtzehn. Verstehst du, was ich meine?«

»Ich verstehe«, keuche ich, »darf ich jetzt aufhören?«

»Weitermachen!« Pater Markus marschiert jetzt schneller. Die Tannennadeln fliegen mir um die Ohren. »Wer fortwährend der Wollust verfällt, verliert den Blick für die Sinnlichkeit der wahren Liebe. Wie heißt es in bei den Galatern Fünf-Neunzehn? Die Werke des Fleisches sind deutlich erkennbar: Unzucht, Unsittlichkeit, ausschweifendes Leben.« Er sieht mich streng an. »Erkennst du dich darin wieder?«

»Ich fürchte, ja«, rufe ich von unten.

Er lässt den Blick in die Ferne schweifen und hört auf, um mich herum zu joggen.

»Bumsen, lecken, zustochern«, ruft er und schlägt sich erneut mit der Faust in die Handfläche, »sind also reine Zeitverschwendung. Und Gott hat es verdammt noch mal nicht gern, wenn man seine Zeit verplempert!«

»Um Himmels willen, Pater Markus«, rufe ich und höre mit den bescheuerten Sit-ups auf. »Sie hören sich schon an wie ich!«

»Schlechter Einfluss«, seufzt er. »Davor ist wirklich niemand sicher.«

†

Dann ist plötzlich der Tag der Abreise da. Beim Frühstück ist die Stimmung gedrückt. Außer mir sind jetzt nur noch die Kaninchenfrau und die Fremdenlegionärin da, und beide sitzen am Schweigetisch. Das zuckende Näschen der Häsin hängt über einer Tasse Pfefferminztee. Die Fremdenlegionärin schaut nur gelegentlich auf ihr Butterbrot und dann wieder starr geradeaus. Sie wirkt so hochkonzentriert, als würde sie etwas ausbrüten.

Schwester Franziska hat ihr Frühstück extra in den Gästetrakt verlegt. Sie isst trockenes Brot mit sehr viel Marmelade. Als sie fertig ist, hat sie rechts und links an den Mundwinkeln rote Streifen. Ich muss mich schwer zusammenreißen, um nicht einfach aufzuspringen und sie in meinen Armen zu zerquetschen.

»Du vergisst uns doch nicht«, sagt sie. »Du kommst uns doch besuchen?«

»Natürlich«, sage ich, »großes Schwesternehrenwort.« Und ich habe vor, mich daran zu halten.

In der Wäscherei wartet der letzte Korb auf mich. Obenauf liegt eine Schürze voller gelber Flecken.

Offenbar hatte jemand einen Zusammenprall mit einem guten Dutzend Hühnereiern.

»Damit du nicht aus der Übung kommst und nicht vergisst, was ich dir alles beigebracht habe«, sagt Schwester Adelheid und haut mir lachend auf die Schulter. Ich weiche die Schürze also in warmem Seifenwasser ein, bis das Orangegelb zu einem zarten Zitronenfalterton verblasst ist. Dann reibe ich die Stellen mit Waschbenzin ein, spüle den Stoff noch einmal aus und reibe schließlich noch einmal mit Gallseife darüber. Während die Maschine den Rest erledigt, hänge ich zwei Körbe voller Socken, Unterhosen und Nachthemden auf die Wäschespinne.

»Bist ein braves Mädchen«, sagt Schwester Adelheid und kneift mich in die Wange. Ich laufe ein bisschen über das Gelände, um Abschied zu nehmen, aber auch, weil ich den Gärtner noch einmal sehen will. Es ist das Gleiche wie mit der Maus und der Schlange. Die Maus weiß, dass die Schlange gefährlich für sie ist, aber sie muss trotzdem noch mal genauer hinsehen, was da im Gras so schön grün und golden glitzert. Aber ich finde ihn nirgends. Wahrscheinlich traut er sich seit der letzten Nummer nicht mehr, sich blicken zu lassen.

Es ist inzwischen verflucht heiß geworden. So heiß, wie es einem im April vorkommen kann, wenn man sechs Wochen in einem Gebäude verbracht hat, das nie wärmer wird als eine Kiste Tiefkühlhühner. Ich stehe am Tor und warte auf Mimi und Elvis. Der Schweiß läuft mir über das Gesicht. Ich sehe aus wie jemand, der seit Stunden heult und nicht vorhat, damit aufzuhören. Ein Auto nach dem anderen zieht vorbei, und noch eins und dann noch eins, bis mein Hirn zu einem alten Waschlappen zusammenschrumpft von der Hitze und der ewigen Warterei.

Mindestens 247 Rosenkränze später taucht Elvis endlich auf. Ich höre das Bellen seines Motors und das Knistern seiner Reifen auf der mit Rollsplitt übersäten Straße. Der gute, alte Elvis, fett wie ein Wal, im Tank sämtliche Ölreste aus dem Golf von Mexiko. Der Wagen kommt knapp vor meinen Füßen zum Stehen. Mimi pellt sich vom Sitz und steigt aus, ohne ein Wort zu sagen, aber ich sehe, dass alles Sinn macht: Bettschwester holt Betschwester ab. Wir sind auf einer göttlichen Mission. Genau wie die Blues Brothers.

»Da bist du ja endlich!« Wir umarmen uns so heftig, dass Mimis Sonnenbrille in den Dreck fällt. »Mensch, ich hab dich vielleicht vermisst!«

»Ich dich mehr!«

»Ich dich am meisten!«

Mimi hält mich ein Stück von sich weg, um mich genauer anzusehen. »Du wirkst jünger«, stellt sie fest. »Und irgendwie ausgeschlafen. Das gefällt mir!« Ich kann es kaum erwarten, ihr zu erzählen, dass die

Schwestern mich sogar für so ausgeschlafen halten, dass sie mich zu einer der ihren machen wollen.

»Komm, ich bringe dich erst mal rein, damit du dir alles ansehen kannst.«

Ich gebe ihr die Tour de luxe. Sie kriegt mein bescheidenes Zimmer zu sehen, bevor ich sie nach einem Abstecher in den Speisesaal, die Wäscherei und den Meditationsraum (den ich heute feierlich zum ersten und letzten Mal betrete) nach draußen in den Garten zu Schwester Bernadettes kleiner Lebensbeendigungsanlage bringe.

»Die hier sorgt dafür, dass du nach einer halben Stunde Schaum vor dem Mund hast«, sage ich. »Und diese hier lässt deinen Lungen kollabieren, einfach so: puff!« Ich forme mit der Hand ein einstürzendes Gebäude, bevor ich auf ein paar kräftig pinkfarbene Stauden zeige. »Und bei diesen hier löst sich deine Leber in ihre Einzelteile auf und verabschiedet sich durch den Darm.«

»Wow.«

»Ja, nicht wahr?«, sage ich. »Das Beste hast du aber noch gar nicht gesehen.« Ich zeige ihr ein winzig kleines Blümchen, das sich in den Schatten der Mauer kauert. »Wenn du die hier berührst und zufällig eine klitzekleine Wunde an den Händen hast, dann dauert es keine Stunde, bis dein Blut nichts anderes mehr ist als ein zähflüssiger Brei, der sich mühsam durch deine Adern schiebt, während dein Herz verzweifelt versucht, die Pampe weiter durch deinen Körper zu pumpen. Drei Minuten später bist du mausetot.«

»Wirklich interessante Freunde hast du hier«, sagt Mimi. »Können wir jetzt bitte fahren?«

So einfach ist das natürlich nicht. Schwester Regina, Schwester Adelheid, Schwester Franziska und all die anderen wollen Mimi kennenlernen. Schwester Emanuela läuft los, um aus der Küche ein wenig Kuchen zu besorgen. Und Schwester Regina verwickelt Mimi geschickt in ein Gespräch über die Vorzüge des Klosterlebens. Ob das nicht vielleicht für sie eine Option sei? Bevor irgendetwas Schlimmes passiert und Mimi aus Spaß einen Optionsvertrag über einen Beitritt unterschreibt, laufe ich schnell schon mal hoch in mein Zimmer, um meinen Koffer zu holen.

Ich drehe den Schlüssel im Schloss herum und betrachte noch einmal die kleine Plakette, die daran hängt. Zimmer 13, na und? Wie affig es von mir war, so abergläubisch zu sein.

Als ich die Tür öffne, sehe ich, dass jemand in meinem Zimmer ist. Es ist der Gärtner. In seinen Händen hält er mein Portemonnaie, aus dem er jetzt langsam meinen Personalausweis zieht.

»Wie bist du hier hereingekommen?«

»Du hast mich doch hereingelassen«, sagt er, ohne aufzusehen. Er betrachtet sich das Bild auf meinem Ausweis, dreht ihn dann und studiert gemütlich die

Rückseite. Ich nehme an, dass er einen Generalschlüssel hat.

»Lass die blöden Witze«, sage ich. Mein Herz schlägt bis zum Hals. Trotzdem durchquere ich den Raum und reiße ihm meine Sachen aus den Händen. »Gib das her.«

Er hebt beschwichtigend die Hände. »Schon gut, schon gut. Ich wollte mir nur mal deine Adresse ansehen«, sagt er und lächelt höhnisch. »Aber keine Sorge. Ich würde dich auch so finden.«

So schnell ich kann, packe ich meine Sachen zusammen. Als ich gehe, blockiert ein heraushängender Ärmel die Rollen des Koffers. Ich muss ihn mit Gewalt hinter mir herzerren.

»Du bist ein Schwein«, sage ich, als ich fast draußen bin.

»Nichts Neues«, ruft er mir nach. »Das höre ich ständig!«

Die anderen warten bereits draußen vor dem Tor. Sogar die Fremdenlegionärin ist dabei.

»Da kommt sie ja«, sagt Schwester Regina in meine Richtung. »Und jetzt ist sie schon wieder so blass, als hätte sie den Beelzebub selbst gesehen. Manchmal glaube ich wirklich, sie hat etwas mit dem Kreislauf.«

Kurz vor dem Auto komme ich zum Stehen. Die Berührung von Elvis' warmer Kühlerhaube hilft mir, mich wieder einigermaßen in den Griff zu kriegen.

Ich will die anderen nicht beunruhigen. Vor allem will ich nicht, dass die spitzkriegen, dass ich mir von ihrem Gärtner ins Höschen habe fassen lassen.

»So, das wäre dann alles.« Ich weiß nicht, was ich sonst sagen soll. Pater Markus nimmt mich in den Arm und presst mich an sich.

»Es war mir eine Freude, dich zu unterrichten«, sagt er. »Mach mir keine Schande.«

Die Fremdenlegionärin tritt vor und reicht mir die Hand.

»Alles Gute«, sagt sie zu meiner Überraschung. Ihre Stimme klingt, als hätte jemand feste gegen eine Klangschale geschlagen. Das Vibrato verursacht bei mir eine Gänsehaut.

»Danke«, antworte ich. »Sind die Exerzitien vorbei?«

»Seit gerade eben. Ich habe meine Aufgabe erfüllt. Du auch. Ich bin froh, dass du widerstanden hast.« Ich quetsche ihre Hand zurück und nicke. Junge, Junge. So seltsam, wie die ist, bin ich froh, dass sie erst jetzt anfängt zu reden.

Schwester Bernadette drückt mir ein kleines Säckchen in die Hand. Es enthält eine bräunliche Paste, die nach verrottendem Laub riecht.

»Was ist das?«

»Nur eine kleine Zauberpaste«, sagt Schwester Bernadette und beugt sich vor, damit die anderen es nicht hören. »Ein kleines Stückchen davon, in Wasser aufgelöst, wirkt Wunder bei Frauenschmerzen.« Zum besseren Verständnis hält sie sich den Bauch. »Aber schön vorsichtig sein bei der Dosierung, sonst – hui!« Sie macht eine flatternde Bewegung mit der Hand. Ich bin nicht sicher, was die Geste bedeutet. Entweder ich segne bei einer Überdosis das Zeitliche. Oder ich werde ziemlich high.

Schwester Franziska sieht richtig bedröppelt aus. Sie hält meine Hände in ihren.

»Schreib mir«, sagt sie. »Und schick mir ein paar schöne Filme. Du weißt ja, was mir gefällt.«

Ich verspreche, beides zu tun, und dann denke ich, dass es Zeit ist, eine kleine Warnung auszusprechen.

»Euer Gärtner«, sage ich und steige ins Auto, »den solltet ihr besser im Auge behalten. Er lauert den Leuten auf und so. Außerdem benimmt er sich ziemlich merkwürdig.«

Wir sind schon fast auf der Straße, als ich höre, wie Schwester Franziska zu Schwester Regina sagt: »Sie ist wirklich zu ulkig. Wir haben doch gar keinen Gärtner.«

George Bernhard hat einmal gesagt: Jeder Dummkopf kann fasten, aber nur ein Weiser beherrscht das Fastenbrechen. Ich bin ziemlich sicher, dass er in Wahrheit nicht über das Fasten spricht, sondern über sexuelle Abstinenz. Ich habe jedenfalls eine Heidenangst davor, mir beim ersten Mal gleich wieder die Vagina zu verderben.

Was meine Rückkehr in die Welt der Laster betrifft, so kann ich verkünden, dass die Party ein voller Erfolg war, ich ein wenig getrunken habe, aber nicht besonders viel, und dass irgendwann gegen Ende Mimi auf einem Tisch stand und gerufen hat: »Ich will einen Mann, der Katzen mag und bereit ist, sich einer Vasektomie zu unterziehen. Ist das wirklich zu viel verlangt?« Wir hatten schon Angst, sie gar nicht mehr runterzubekommen, doch dann krachte zum Glück der Tisch in sich zusammen und hat das Problem für alle gelöst.

Thor war übrigens auch da. Er sah gepflegter aus als beim letzten Mal, und ich muss sagen, er gefiel mir richtig gut. Das kann aber auch an dem langen Entzug liegen. Wenn man einem Mann nach einem mehrtägigen Gang durch die Wüste ein Glas Wasser hinstellt, denkt er garantiert auch: Dies ist das schönste, appetitlichste Glas Wasser, das ich je gesehen habe. Und nein, wir hatten keinen Sex. Ich ging gegen halb drei ins Bett, und zwar allein. Punkt fünf Uhr wachte ich wieder auf, weil das offenbar mein neuer Biorhythmus ist. Ich lag zwei Stunden wach und habe Däumchen gedreht, bevor ich ins Bad gegangen bin, um ein bisschen Wäsche zu machen. Ich vermisse die Mangel. Wenigstens bin ich über dem beruhigenden Brummen dann doch noch eingeschlafen.

Mein Handy habe ich im Kloster vergessen und mit ein paar Tagen Verspätung per Post bekommen. Es waren 34 Nachrichten auf der Mailbox und 78 Kurznachrichten im Speicher. Die meisten davon stammten von Mimi und hatten alle den gleichen Inhalt: »Ich sollte meine Lebensentscheidungen vielleicht auch mal überdenken. Dann wiederum würde ich wahrscheinlich alles noch mal genauso machen, nur würde ich beim nächsten Mal direkt einen Push-up anziehen.«

Vor ein paar Tagen habe ich einen Brief von Pater Markus erhalten. Ich habe ihn gebeten, wegen des Gärtners ein paar Nachforschungen anzustellen, aber er schreibt nur: »Er hat viele Namen und viele Gesichter. Es ist gut, dass du ihm widerstanden hast.« Ich habe den Brief Mimi gezeigt, aber sie versteht auch nicht genau, was er meint.

Schwester Franziska sieht immer noch gerne Filme. Zumindest nehme ich das an. Ich habe ihr »Der Exorzist« geschickt, weil ein Pfarrer drin vorkommt und sie ein ordentlicher Kampf Gut gegen Böse sicher begeistern wird. Nachdem ich danach nichts mehr von ihr gehört habe, bin ich noch mal in den Laden gegangen und habe alle Filme der »Twilight-Serie« gekauft, die ich kriegen konnte. Sie müssten inzwischen bei ihr angekommen sein. Ich warte noch auf Antwort.

Was Dr. Sternberg betrifft, so ist er ewig nicht ans

Telefon gegangen. Weil es mir komisch vorkam, dass er angeblich immer noch auf einer Fortbildung sein soll, habe ich dem Postboten aufgelauert und bin hinter ihm ins Haus geschlüpft. Als ich klingelte, hat Dr. Sternberg sofort die Tür geöffnet. Vielleicht hat er den Briefträger erwartet. Sein Gesicht hatte was von einer Gewitterwolke, kurz bevor sie abregnet, aber solche Kleinigkeiten stören mich nicht. Schließlich bezahle ich ihn! Er hat gesagt, dass wir die Sache mit meiner Großmutter schon in den Griff bekommen, es allerdings ein wenig dauern wird. Genauer sagte er: »Es ist wissenschaftlich unwahrscheinlich, dass sich das Beziehungsverhalten Ihrer Großmutter nicht durch eine ausgiebige Analyse aus Ihren Beziehungsmustern tilgen lässt. Wenn ich scheitere, gebe ich meine Approbation zurück.« Ich habe ihm viel Glück gewünscht und gleich ein paar Dutzend Termine vereinbart.

Das Kräuterpäckchen von Schwester Bernadette habe ich an ein paar Businesstypen vor dem Soho House verschenkt. Ich habe ihnen gesagt, sie sollten vorsichtig damit sein, aber sie meinten nur: »Mädchen, in den Kreisen, in denen wir uns bewegen, wird wesentlich Härteres genommen.« Ich habe auch ihnen viel Glück gewünscht.

Thor kommt inzwischen häufiger vorbei. Wir verstehen uns sehr gut. Über Mimis Versuch, mich mit Korbinian zu verkuppeln, kann er sich stundenlang totlachen. Offenbar ist Korbinian ein richtiger Idiot. Thor hat erzählt, dass seine Standardanmache während der Studienzeit so ging: »Ich bin so intelligent, ich wette, du bekommst vom bloßen Zuhören einen Eisprung.« Ich habe ihm gegenüber nicht erwähnt, dass ich ganz kurz an Korbinian interessiert war. Thor kann übrigens ziemlich gut kochen. Ob ich verliebt bin? Ob wir schon Sex hatten? Seid nicht so neugierig. Das erzähle ich ein anderes Mal.

Danksagung

Ich danke Jim und Rio für die Geduld, Matthias für 24-Stunden-Versorgung. Manuel fürs Einspringen. Michaela Röll und Katrin Andres fürs Ermöglichen und Rausreißen, und Marcel Hartges für eine glücklich machende Last-Minute-Entscheidung. Michael und Karen Zimmer dafür, dass sie so verständnisvolle Vermieter sind. Meiner Großmutter für all das seltsame Zeug, das sie getan hat. Mimi, immer mein. Tina und Marlene, logisch. Heike-Melba Fendel, Mann, bin ich froh, dass ich dich habe. Professor Daniela Hensel und ihren Studenten der HTW Berlin für ausgezeichnete Arbeit. Chev Chelios fürs Wachhalten. Und natürlich den duften Männern bei GQ, allen voran dem Chef, José Redondo-Vega, und Dominik Schütte. Seht ihr, ganz schön kurz. Ich war offenbar im letzten Jahr sehr männerfreundlich. Na, noch ist nicht aller Tage Abend.

Sarah Harvey

Kann ich den umtauschen?

Roman. Aus dem Englischen von Marieke Heimburger. 368 Seiten. Piper Taschenbuch

Alice Cooper ist verwirrt. War ihr Freund Nathan schon immer so unachtsam? Oder hat sie nur nicht gemerkt, wie er sich im Laufe der Zeit veränderte? Während Alice noch darüber nachdenkt, tut er etwas (fast) Unverzeihliches. Er schenkt ihr zu Weihnachten einen Bürokalender und ein Wörterbuch – beides hat er noch schnell von seinem Schreibtisch mitgenommen. Unglaublich! Wütend schnappt sich Alice den Kalender und verfasst ihr ganz persönliches Wörterbuch: eine Abrechnung mit ihrem Horrorfreund von A-rmleuchter bis Z-eugungsverweigerer …

»Dieses Buch ist nicht nur außen rosarot, sondern auch innen: Es verzaubert mit viel Witz, Situationskomik und Charme.«

Laura

05/2662/01/L

Samantha Wilde

Das kommt davon

Roman. Aus dem Amerikanischen von Hanna Klimesch. 432 Seiten. Piper Taschenbuch

Schlanker Single war gestern … heute findet sich Joy als verheiratete Frau und frischgebackene Mama wieder und weiß plötzlich nicht mehr, was schlimmer ist: postnatal oder postmortal? Denn seit der Geburt ihres Babys spielt sich ihr Alltag nur noch zwischen Wickeltisch und Waschmaschine ab. Ihr Mann, ihre Schwiegermama und selbst die eigene Mutter rauben ihr – gemeinsam mit dem chronischen Schlafentzug – den letzten Nerv. Was für ein Glück, dass es beste Freundinnen und Schokolade gibt! Als plötzlich ihr umwerfend aussehender Exfreund und der charmante neue Yogalehrer auftauchen, spielen ihre Gefühle verrückt. Oder sind es nur die Hormone?

»Wilde, Yoga-Lehrerin und selbst Mutter von zwei Kleinkindern, schreibt erfrischend und authentisch.»

Publishers Weekly

05/2661/01/R

Amy Molloy

Bekenntnisse einer jungen Witwe

Eine wahre Geschichte. Aus dem Englischen von Julia Walther. 256 Seiten. Piper Taschenbuch

»Niemand käme je auf die Idee, dass ich mit dreiundzwanzig schon Witwe war. Ich habe gelernt, es gut zu verbergen. Denn was für eine Wahl hat man schon, wenn man die Liebe seines Lebens fast sofort wieder verliert, nachdem man sie gefunden hat? Meiner Ansicht nach gab es da nur zwei Möglichkeiten: A) sich schwarz kleiden, zum Einsiedler werden und das Hochzeitsvideo auf Dauerschlaufe anschauen. Oder B) beschließen, sich nie wieder zu verlieben…«

»Ein eindringlicher Bericht über Liebe, Trauer und Neubeginn. Sie werden dieses Buch lieben!«
Closer

05/2571/01/L

Lionel Shriver

Liebespaarungen

Roman. Aus dem Amerikanischen von Monika Schulz. 592 Seiten. Piper Taschenbuch

Irina McGovern kann sich ein Leben ohne den klugen, geistreichen und verlässlichen Lawrence nicht vorstellen – auch wenn die Leidenschaft ihrer Liebe mit den Jahren abgeflaut ist. Doch als Irina sich der überwältigenden Anziehungskraft von Ramsey hingibt, verändert ein Kuss ihr Leben und ein Spiel mit zwei Wirklichkeiten beginnt…

»Wie die Leidenschaft einer neuen Liebe aufflammt und dann im Alltag verkokelt, wie die Intimität einer langen Beziehung einem Kraft gibt und im nächsten Moment die Luft abschnürt, wie Sex uns erheben und bedrücken kann – darüber hat seit Langem niemand so rasant und so lebensklug geschrieben.«
Brigitte

05/2542/01/R